# 清醒生活

QingXing
ShengHuo

香袭书卷 著

— 著 —

百花洲文艺出版社
BAIHUAZHOU LITERATURE AND ART PRESS

图书在版编目（CIP）数据

清醒生活 / 香袭书卷著. -- 南昌：百花洲文艺出版
社，2022.12
ISBN 978-7-5500-4795-2

Ⅰ.①清…　Ⅱ.①香…　Ⅲ.①散文集—中国—当代
Ⅳ.①I267

中国版本图书馆 CIP 数据核字（2022）第 180094 号

清醒生活
QINGXING SHENGHUO
香袭书卷 / 著

| | | |
|---|---|---|
| 出 版 人 | 章华荣 |
| 责任编辑 | 郝玮刚 |
| 封面设计 | 肖景然 |
| 制　　作 | 书香力扬 |
| 出版发行 | 百花洲文艺出版社 |
| 社　　址 | 南昌市红谷滩区世贸路 898 号博能中心 A 座 20 楼 |
| 邮　　编 | 330038 |
| 经　　销 | 全国新华书店 |
| 印　　刷 | 成都兴怡包装装潢有限公司 |
| 开　　本 | 880mm×1230mm　1/32　　印张　11.375 |
| 版　　次 | 2023 年 3 月第 1 版第 1 次印刷 |
| 字　　数 | 228 千字 |
| 书　　号 | ISBN 978-7-5500-4795-2 |
| 定　　价 | 55.00 元 |

赣版权登字　05-2022-197

# 前言

　　这是一本在与每个人息息相关的生活中构建心理关系的散文集。

　　散文集带着平和的气息，散落出生活的魅力。在我们平凡而庸常的生活中，有坦途与坎坷，但是我们依旧能够活得真实且有力量。

　　真正活得清醒的人，是对生活葆有热情，坚持心中热爱，并能够带着满心的爱意，在日常中发现美好的人。

　　散文集《清醒生活》是用很多个生活的点，绘制出的一根线，其上系着热爱、梦想、爱与生命，以及生命中的所见、所思、所想。

　　清醒生活的人，能够遵循自己内心的方向坚定地前行，能够在庞杂的生活中发现美好，能够拥有自己对这个世界的理解与认知，能够和谐地处理好各种社会关系，能够随时与自己和解、与生活和解。

　　《清醒生活》突出人与社会的关系。引导人们在庞杂的生活中，保持真实面对生活的勇气，保持热情面对生活的态度，坚持追求幸福生活的信心。

每个人都在生活的磨砺中，一边受伤，一边治愈。这是一本具有治愈功能的散文集，让人们在不断地思考与反省中，清醒地向着浪漫而有趣的生活靠近。

散文集从生活的多个层面，用一种崭新的散文形式，注重人们心灵的疏通与成长，从而让生活在大地上的人们，能够在烦琐的生活中，温暖而真诚，热情而清醒。

向伟大而繁盛的生活致敬！

二〇二二年元月

# 目 录

C O N T E N T S

●●●● 清醒生活

C O N T E N T S

# CONTENTS

CONTENTS

# CONTENTS

CONTENTS

# CONTENTS

# CONTENTS

## CONTENTS

香袋书卷　作品

历经世事，我们终会选择一条有意义的路走下去。

# 路过人间

我们生而平凡，在人世间过着平凡的生活。欢笑与哭泣，得到与失去，喜悦与痛苦，结伴而来。在我们路过人间的这趟旅程中，将与许多的未知相遇。让平凡的我们，在平凡的生活中，与之纠缠。

生命说长不长，说短不短。路过人间，每个人都应该如朝霞漫天、如星光灿烂。再卑微的生命，都值得尊重。人间值得，是值得我们用心用爱去对待。

人世间的这趟旅程，也只是我们从出生到老去的一个过程。路过人间，悲欢在所难免。我们没有权利选择出生，但是我们有权利选择怎么活着。在这不长不短的一生，爱过才是值得。

爱上日常的生活，在其中感知喜乐。一日三餐，四季转换，七情六欲。在人间的烟火气中，慢品生命的逐渐流逝。转角的街头，堆满了人世间的烟火，郊外的村庄里，升起人世间最美丽的炊烟。

时间是一个漏斗，它筛选着哪些是可以留下来的人与事物。

剩余的部分，不是选择失忆，而是它早就消散。我们在时间的长河中，曾经同行，这就足够。

路过人间，留下喜欢。喜欢，一个多么内涵丰富的词语。我喜欢，看山坡上的野百合盛开。我喜欢，星辰大海，生活滚烫。我喜欢，在一盏茶前细说往事如烟。我喜欢，在人群中漫步，听人世间最动听的声音。

人世间，有着太多的事物值得我们去喜欢，细微的、宏大的；高尚的、卑微的……生命如此短暂，我们用喜欢来填满每一天。能喜，是心态的平和。能欢，是心境的愉悦。

每一点滴光阴都可以充满喜欢。初生的晨曦，薄暮中归来的牧童，父亲手上的茧，母亲手中的线。天是那么蓝，鸟儿筑巢，溪水潺潺。一望无垠的田野，满室的灯光。时光里的喜欢，它落在目之所及，它就在指尖缝隙。

心中装满喜欢，每一寸光阴都有闪光点。歌德说："人之幸福，全在于心之幸福。"一个对光阴深情的人，内心是喜欢的，也是喜悦的。

路过人间，爱上悲欢。悲欢离合，是每个人都不能逃脱的。心中的那艘船，停泊着人世间所有的悲欢。生来孤单，我们最终面对的是自己。这一趟经历的聚散，是生命长卷中不可缺少的浓墨重彩。不停地相逢，不断地告别。

生而为人，总有世俗悲欢。人人都是一本书，书中的片段，集合着一生的悲欢离合。我们不停止地前行，遇见许多不可预料的事情。

投入地去爱上生命中的发生，完整的、破碎的，都难得体验。支离破碎有它的残缺美，圆满通达当然更好。每一段经历，都有着它的深意，这些生命中的发生，是为了让我们真正地去理解生活的意义。

生活的滋味是多元化的，有悲哀，也有欢喜。我们在生命的沙滩上，捡起琐碎的一生，其间有砂砾，也有珍珠。不被悲伤打倒，不为欢喜忘形。用一颗平常心，爱上日月给予的悲欢离合。

当我们明白，人这一生也就是路过人间的过程，我们便会愈加珍爱这难得的境遇。悲与欢，都去爱上它，然后静静品尝它的绵长与味道。

路过人间，敬请勇敢。不轻易放弃，是一个人最具有力量的品质。活在人世间，哪能是一帆风顺。大事小事，都不能轻言放弃对美好的追求。做最坏的打算，尽力向着最好的方向去努力。

勇敢去面对，面对世事的艰难。勇敢去爱，爱上这千疮百孔的生活。勇敢去攀登，生命的高度无止境。勇敢去呐喊，喊出生命的辉煌与璀璨。扬起生活的风帆，勇敢向前。

没有迈不过去的坎，没有不经风雨的人生。既然如此，我们还担心什么呢？无论如何，也就是这一生的光阴，勇敢去挑战，那些已经来临的、未知的。

与其苟且偷生，倒不如正大光明，活得坦荡。你所担心的，未必就会到来，你所期待的，它一定在前面等着。正因为如此，迈开脚步，去闯、去爱。

路过人间，爱着和爱过都值得。我们爱过，就是最美的绽放。爱是一个亘古不变的话题。爱是慈悲，是宽恕，是接纳，是付出。所有与爱有关的命题，都是我们一生修行的课程。

爱不是占有，而是付出。一个人拥有多少并不重要，一生我们付出了多少，才是生命的质量。我们被大自然爱着，被父母无私地爱着，被人世间的友情、爱情、亲情爱着。在爱中生情，在情中施爱。

季节的轮回，循环往复。生命的轮回，爱是唯一的主题。此时，你在我在，就是最好的生活。每天醒来，爱着的人都在，无论天涯海角，知道彼此安好，这就是人间美好。

路过人间，用力去爱。爱上这流淌的时间，爱上这曼妙的时光，爱上那些沉重的光阴。一张旧照，一条老街，一位故人，一段往事，一杯好酒，一程并肩，一番风雨，都是爱的源泉。

尽情去爱，也接受被爱。被人爱着是幸福，父母在的日子我们永远是个孩子。恋人的手，一直是暖的。支持和帮助我们的人，是善意的。我们被大自然中的空气、阳光、雨露爱着，我们被许多人和事物爱着。

爱与被爱，都是人间值得。结局并不重要，过程才是精彩。

和这个世界用力相拥，伤害、痛苦、磨难、成功、喜悦、幸福，全都接纳。

　　生命的本身，就是路过人间。平凡的生活，就是生活的本质。而我们唯一能做的，就是拥有平凡生活中的英雄梦想，那就是，爱上平凡的生活和我们的生而平凡。

# 恰逢佳期

在"佳期"的几重释义中，尤喜"好时光"。凌晨的窗外，雾色掩映着城市的高楼。披衣而起，顿觉恰逢佳期。

念念不忘，便有佳期如梦之感。踩着时间的海绵，轻飘飘地，却又重似千斤。庞杂的一生，像一条铺着枕木的铁轨，它承载着时光中无尽的好与坏。

好时光里，是清风徐徐吹来的舒缓，是音乐流淌的浪漫，是与你共度的每一寸光阴，是挑灯夜读的身影，是与工作同乐的心情，是骑着单车迎风吹起的好心情。

每一寸光阴，都是佳期。不留有走回头路的时间，它傲娇得让人心生恼意。为什么不能总是停留在幸福的时刻，它在自己的路上，严格到一分一秒都不出错。

任是被风吹落，一地落英。城市的街道，地面有黄色细碎的小小花事。倘若刚好有些小雨经过，便是诗情画意地美出了自己的高度。

"一帆风顺"的绿植，开出了一片片像帆船一样的花朵。净手，静心。好时光，是每分每秒我们内心的安宁。

不慌乱，不急躁，不纠结。一生就是这一程的路程，早晚都会到达终点。拿起与放下，只是一个过程。而我们在这个过程中的选择，决定了自己内心是否快乐。

当我把每一时刻，都当作佳期来度过，我发现所有的时间里，装满了美丽与欢乐。即便是忧郁与伤感，也披上了一层刺绣过的华袍。穿过日月的风雨与忧伤，我们愈加美丽且坚强。

赏时，而不是厌生。真怕一不小心，时间就从眼眸中溜走，于是时时如佳期，相逢且欢喜。于晨雾中，看见朦胧的美感，于星空下，念一段诗篇。

与万物的相逢，都含着滋养。与万事的相遇，都饱含着内涵。只是大多数时间，我们疲于应对，而忘记了带着欣赏的心情去面对。

痛苦与磨难又何妨？那日与一人相遇，她缓缓道来。几年前她检查身体，得知自己因为病症，最多只能活半年。她并没有因此而消沉，而是每天都在愉快中度过。

她说："任何事情都不可怕，可怕的是自己的内心恐惧。"当她把一切都放下，用心去享受每一刻，才发现心情竟然出奇地好。在这种平静的心境中，她带着阳光与乐观积极生活。与朋友们出去游玩、吃美食、唱歌，去做一切自己想要做的事情。

就这样，过了已经好几年，再去复查时，病情竟然在减轻。我们站在汉江边，六十八岁的她，穿着一身红色的运动衣。她说自己每天早晨四点半坚持起床，五点钟出门沿着江边走路锻炼。

并且用满心的爱，去对待自己的生命。全身心地付出去爱家人，与陌生人友善地交往，呼吸新鲜空气，保持笑容。这样活着的每一天，于她都是拾起的幸福。

生命的长度，终有限度。但是在有限的时间中，如何度过才是我们活着的命题。流年似锦，佳期如梦，我们在佳期中相逢。

她看着宽阔的江面说："每天的清晨都很美。"我说："醒来就是佳期。"我们相对一笑，然后告别。她红色的运动衣在晨雾中，好似一抹霞光，矫健的身躯，看上去很年轻。

何谓"佳期"？活着的每时每刻，都应该算是佳期。就连痛苦，它也是有滋有味地在发生着。我在这百花相争的季节，不再排斥与拒绝，与所有美好的事物相逢。

勇敢地迎上去，拥抱每一个清晨与黄昏。人间风月如尘土，都是历经一场又一场的变故和新遇后，最后归为尘土。这样想来，就没有好与不好的生活了。

"良农能稼而不能为穑，良工能巧而不能为顺。"当我们只是专注于当下，而不是为某种目的行进时，我们便已经在佳期中。

正是，与君初相识，犹如故人归。在每一寸光阴里，都有着出发与回归的喜悦，那么最好的时光，也就是当下的一分一秒。不能辜负这难得一趟的生命之旅，你还有什么不快乐的理由呢？

净手，澄心。那盆叫着"一帆风顺"的绿植，兀自开在自己的佳期中。于我们若能澄心净耳听，万籁俱寂亦有韵。每一个醒来的日子，皆是佳期。

窗外的浓雾，在逐渐消散。城市的高楼露出了它应有的风貌，里面装满了人们的喜怒哀乐。落笔，起身，这一日又是好日。

此一时，恰逢佳期。

# 活得足够真诚

桌上的台历，翻到了新的月份。浅黄色的纸张，数字显眼却柔和。日月正以它自己的方式，融入我们的生活，天空是湛蓝的，微风透出凉意，明晃晃的日头，照射在地面。

植物不再是雄赳赳的模样，叶片经过酷热的考验，有些走向枯黄。早一点感知季节的，已有脱落。就像是我们的生命，在老去时，会褪去很多的包装，这是一个自然的过程。

有时会想，人要是能像自然一样，活得真实而坦诚，才算是舒服自在。日子过得舒服与否，都是个人的事情。我们明白了这一点，才能在真正意义上为拥有生命而感恩，而后才会活得足够真诚。

《中庸》中说："诚则明矣，明则诚矣。"当一个人诚于己，则能信于人，明于事。诚实地面对自己的生活，无论它是好还是坏。有太多的人，活在虚伪中，从而忽略了生活的本真，生出诸多的烦恼和焦虑。

诚于己，真诚地面对自己。好与坏，都是生活的本质。诚实地面对生活，在其中认真地感知。即便是痛苦，也能品尝出甜味来。一个不能接受现实的人，是难以获得幸福和快乐的。

幸福和快乐，不是外在的，而是发自内心的，是自然流淌出的情感与感悟，像风吹过原野，像阳光照射大地。

明心净性，足够真诚。内心的杂念，时时侵扰着我们，原本可以享受的生命，成了时时担在肩上的负累，成了抱怨哀叹的理由。活着，是为了让我们享受生命，它带来的一切，都值得好好品尝。

诚于己。伤心了就找个地方痛哭一场，累了就停下脚步歇息片刻。不与自己较劲的人，更能触摸到生命的温热。总是与生活拧巴，又怎能发现世事的温情和世界的美好。

就比如，当我们明白了学习是自己的事情，就会自觉学习，而不是被强迫着去学习。此时，怎么会不快乐呢? 明是知，诚是行，知行合一。以诚学习则无事不立，以诚立业则无业不兴。

诚于中，必能形于外。先弄明白自己是为谁活着、为谁学习、为谁工作，那么自然能够真心实意地去面对一生的际遇。

我们的不快乐，大多来源于攀比心和虚荣心。生活简单，内心清明的人，起心动念都是纯粹的，没有太多的功利，自然得失之心，就不再重要，更多的是真实的诚意，反而更易获得。

读过一个故事: 有一个国王没有儿子，打算从民间挑选一个小孩做王子。于是给候选者每人一颗牡丹花种，看谁种出的花最漂亮、花朵最多。到了评比的时候，几乎所有小孩都捧着鲜艳的牡丹花，只有一个小孩捧着那颗种子伤心落泪，他没有种出花来。

但是，恰恰是他被选中。原来，之前给出的所有花种都是煮熟了的，是不能开出花的。国王看重的是"诚"，一个有担当的人，它必定是一个足够真诚的人。

对自己、对事业、对他人，做到足够真诚，并不容易。我们在各种诱惑中，能做那个诚实的小孩，不是一件容易的事情。

我用手轻轻抚摸着台历上的数字，它们寂静而真诚地告诉我："时间是一条永不停止的溪流，不管前面所遇的是高山丛林，还是坦途平原，都不能阻止它的前进。"太阳和月亮，按照自己的轨迹转动，大自然中的万物，都有着自己生长和凋落的规律。

我们终将老去，我们曾经年轻。我提笔落下一行文字："好好年轻，好好老。"把它写在台历上新月份的开端。诚于己，诚于事，诚于人。

愿我们历经世事的颠沛流离，依然保持一颗清明心，能够活得足够真诚。

# 清醒生活

　　突然被一股暗香击中，便知是熟悉的桂花又来人间赴约。被桂花暗恋着的人间啊，该是多么有趣。迈着细碎的脚步，踏过大地与桂花偶遇。

　　不舍得离去，想要贪婪地把这红尘中的香气占为独有。人是贪心的，对于美好的事物总是忍不住想要多看几眼，或者想要拥有它。

　　流年是桂花树上结出的一朵朵鹅黄色的小花，细密地结出一树的幽香。习惯性地被一些熟悉的事物牵引，我拿起久违的往事，在心中提起。

　　过去的、现在的、未来的，有清晰，有模糊。开在九月的桂花，一开始就撩起人们内心的面具，露出柔软的部分。据说，桂花代表着相思与期盼，因为桂花一开，团圆的日子就不远了。

　　日子庸常，我们都一样，凡尘琐事，一应俱全。没有谁是不食人间烟火，每一阶段都有着自己的烟火气。年少时，捉鱼摸虾，是乐。青春时，为爱哭泣，是成长。人到中年，肩挑背扛，是苦中有乐。老去时，忆起当年的风华，一曲唱腔就有了意味深长。

我的思绪，像浮动在空气中的一股股暗香，自由奔跑。是对生活滚烫的热爱，让我的心充满了浪漫的自由。日常可以琐碎，但是心灵要有它自由的道场。

一位出生在农村的妇女，在互联网上写诗，火了。她用自己的语言，通过诗歌的形式把自己的生活写出来，让很多人感同身受。每天面对沉重的生活压力，她寻找到了一方让自己内心安放的乐园。

但是生活并不会因为她会写诗，就从此顺风顺水。嫁了一个不成器的丈夫，田里的农活一样都不能少，几个孩子还没成家，整个家庭的重担都在她的肩上。

一手是诗歌一样的文字语言，一手是沉甸甸的生活重担。自从在互联网火了之后，丈夫患得患失，看管严格。她说："我要是想跑，你也拴不住。我是想好好过日子。"因为与丈夫的不同频，她无数次想过离婚，看看孩子，终究选择了与生活和解。骂出一句粗话后，继续写她的诗，继续种她的地。

即便是生活不堪，依旧心怀滚烫地去爱，并怀抱希望。一手提起凌乱不堪的日常，一手写下诗意的文字与心灵的幽香。

这应该是一个滚烫的人生，爱得执着，活得透彻。汗水和泪水化作一段段以诗歌为载体的珍珠，散落在字里行间，散落在大地之上。

细数流年，谁的内心不带着无数的暗伤？我们被生活折磨得遍体鳞伤，却依旧会用一颗炙热而滚烫的内心，去接纳与包容去理解并热爱。

我是欣赏这种自带光芒的人，他们身上天生具有与生活融合和抗衡的力量。无形而有形，书写着自己滚烫的人生。

竭尽全力，却又云淡风轻。一生太长，要经历很多，而唯独不会让我们失望的，是内心对生活的热爱与勇敢。

我想象着她穿着粗布衣服，挥汗如雨在地里干活的样子，又想象着她坐在一盏灯前，浑身披挂着月光，写着自己的句子。

"清醒，是一种细小而又耐心的英雄主义。"是啊，人间真正的清醒，是用力活着。我们在平凡的生活中，做着许多平凡的事情，过着不平凡的一生。

超市的小姐姐，正在卖力推销着她的产品，工地上戴着安全帽的工人，在机器的轰鸣声中埋头苦干，业务员奔波在销售的路上从清晨到深夜，开奶茶店的年轻人，热情地招呼着每一位顾客。

一树桂花敲开了季节的大门，人们走在尘世的脚步，有急有缓。无情的生活，有着一颗多情的心。桂花的思念中，是期盼着人世间的团圆。

伸手扯下一片白云，俯身拾起一朵碎花，心间升起牵挂与想念。生活的苦乐，有着它自身的魅力，让人们欲罢不能地去爱上。

我们活得清醒，是因为我们想要好好活着，就像是桂花为了与九月的相逢，清醒且温柔。

往事如一朵朵细碎的花粒，在生命的枝干上，呈现出其自有的芳华。时起时落，如一本旧折子戏，写满了诸多不可言说、尽可言说的主题。

循着生命的印记，边走边清醒。所幸，往后的路还很长。

# 住在自己的美好里

乡村是越来越美丽，沿路盛开着五颜六色的花朵，招惹得路人纷纷停下脚步。夕阳铺满天际，立秋后的温度宜人。去几公里外的乡村办事，归途中我把车子停在路旁，拿出了背包中携带的白色相机。

拍不够啊，这一路的木槿花开得实在温柔。某个时刻，总是会有一些事物，它在不经意间撩动了心底的温柔，让我们不自觉地微笑，在一瞬间变得柔软。

我的视线一直被乡村公路两旁粉色的花朵吸引着，相机的快门一次次被按下，每一朵花都怀着自己的心事，在秋风中诉说。微凉的风，落在心尖上的花瓣，低眉或是抬头，美丽溢满。

专注于眼前的一丛丛花开，想要用镜头记录下所有发现的美好。我把这些日常所见的美丽，搓揉、捏碎、黏合，印刻在记忆中，留着它们，来治愈我庸常的麻木与沮丧。

对美好事物的喜欢，是每个人都有的能力，只是我们之间有人学会了运用这种能力，把它转化成了滋养生命的动力，还有一部分人忽略了去发现美。

我对美好的书写，是想要唤醒内心的感知。在关于美的文字路径上，走一回，我的心就会清醒和柔软一分，我是那个喜欢在美中去增加能量和治愈自己的人。

路边的木槿从半夏开到了秋天，还有继续开下去的势态。硬邦邦的公路，被它们的柔美点化，村庄和行人披上了温情。

我一直寻找着内心生长的力量，后来我在日常的点滴美好中，发现了方法。那就是积攒平日所见的美好事物，让自己住在自己内心的美好之中。

我用相机收集着这些尘世间最寻常的美，也被它们浸润着。我们对村庄的画像，从过去的房屋炊烟中，又增添了一些现代化的美学。古老与现代的融合，自然与刻意的调和，天衣无缝。

一个快门按下，木槿花开了。又一个快门按下，瓜果熟了。成群成群的美、排着队在秋天，向我走来。

我把所见所闻，以及所思所感，写在日月的缝隙里，从内向外，从外向内，一边生长一边绽放。

生而为人都避不开一生的劳累，可是总会有许多美好的事物，与我们迎面相逢、相拥而生，它们化解了生活的平庸与辛劳，让我们心生愉悦，从而面对艰辛与困难，也会向好而去。

真善美，是言行举止的修行，也是我们日常中对每一寸光阴的解读。相信真诚、善良、美好，我们就会变得如它一样，就好像我们一直相信爱的力量，爱就在世世代代中传承。

那一刻我停留在高大的木槿花身边，倾听着美的声音。路边的农户人家，庭院宽敞明亮，门口的空地被平整出一块院子，一边是散发泥土芬芳的菜园，一边是水泥地面上砌成的花坛。

五十多岁的男主人，带着小孙子在打扫庭院。夕阳的光晕落在他们的身上，爷孙俩其乐无穷。见我在路边拍花，男主人招呼我去他家院子看看。

"拍拍这棵枣树。"顺着他手指的地方，一棵挂满枣子的枣树，被压弯了腰。厚厚的一层枣子，泛出白里微红的肤色。男主人热情地介绍说："这棵长不高的枣树，是我特意做的造型，方便人们摘枣子。"

枣树上有着动人的精灵在跳舞，我在这个秋天看见了。"再过十天半个月，你来摘些枣子带回城里吃。"男主人说因为自家枣树在路边，经常会有过路的人停下来看他的枣树。

"就在路边，结这么多枣子，不担心被偷走？""随便摘，还说什么偷不偷的。"他个头不高，敦实的身材，脸上带着笑意，声音明亮爽朗。

"谁来了都可以摘，下次来我在或不在，你都可以自己摘。"乡村的记忆，一直保留着这种淳朴的民风，这也正是我们剪不断的乡愁，从这个中年男人身上，自然地流淌出来。

在他家的庭院里，菜地的红薯开出浅紫色的花，一棵拐枣树也是果实累累，豇豆、苦瓜挂在木架上，南瓜藤爬了出来。

《易传》中说："积善之家必有余庆。"这个富足的小家，家庭和睦，满园瓜果。说起以后的日子，男主人说："媳妇劳累了半辈子，有时间带她出去走走。儿子已经结婚，儿子和儿媳都有自己的事做，我体力尚好，还在工地上做点小活。"

指着小孙子，他说自己很满足。干净整洁的庭院内，瓜果飘香，一派祥和。庭院外的木槿花，开得花枝招展。他住在自己的美丽里，享受着生命带来的快乐。他说："在工地上的劳累，一回到家里就消散了。"

这个笑容明亮的男人，有着满心的善意和对美的追求。他在自己的生命中，打造出一片善意与美丽共建的家园，也因此自己也被回馈了甜美与和睦。

在我们不断追求美与善的同时，我们的生命不正在趋向完美与圆满吗？住在自己的美好里，生出善意，面对人间，坦荡而明净。

让自己的身躯和心灵，时刻住在自己的美好里，生出温柔和慈悲，来度过这无数个庸常而平淡的日子，从中品出甜蜜与和美。

这也是我想要用相机拍摄的主题，也是我笔下的文字想要诉说的情怀，也是在这个秋天里所有花开的意义，也是无数个果实传递出来的信息。

这些美，我们共享，就像我们一起拥有这个秋天。

# 历事炼心

漫长的一生，不知道要经历多少事情，我们在各种事情的历练中成长。从蹒跚学步的跌倒，到青春时期的叛逆，直至人到中年的重负、老去时的通透，生命由各种事情的发生叠加起来。

事情，是不会击败我们的，而情绪会。在发生的事情面前，能够控制自己的情绪，然后坦然接受，从容解决。所有的情绪，都来自于内心。修一颗明净心，与世事纠缠。

没有人可以逃开世事的困扰，我们在世事的缠绕中，顺着时间走到终点。遇见的每一件事情，都是对我们的历练，让我们的生命趋于饱满。

少不经事时，以为人生是一条欢快的河流，是用来嬉戏的。在经历过许多事情之后，才明白人生是一场跋涉，不负其重，难成其人。

怎么在世事繁乱中获得内心的宁静、感知幸福，那就是修养身心。让内心在无数次的淬炼中强大，再看所遇之事，便不觉困难。

历经世事之后，我开始感恩生命中所有的发生。在一次又一次面对、接受、解决事情的过程中，我的内心也一层一层剥离掉喧嚣和浮躁，有了清澈的迹象。一个人每经历一件事，就像是上了一个台阶。

迈过去的一道道坎，堆砌成了人生之路，我们向上走去。随着阅历的增加、世事的历练，我们的内心对待世界的看法也会发生改变。让我明白道理的，是一次又一次的生活磨炼。

前年遇见一位女性，我们搭乘同一辆车。大姐看上去开朗明亮，精气神十足。她说在她五十多岁时，经历了一场"灾难"。她用"灾难"来形容那一场大病。她说自己就在一年前，差点瘫痪在床上。

由于年轻时没有注意，落下腰部毛病，原以为是小事，没想到去年发病，躺在床上起不来，日夜的疼痛折磨着她。大姐说："没人的时候，会号啕大哭。"一是疼痛难忍，二是心怀恐惧，想着要是这样一直站不起来，该如何是好。

大姐在短暂的伤心之后，开始积极乐观地配合治疗。由于常年卧床，她把长发剃成光头，她翻出两张照片让我看，一张是剃发前的，一张是光头的。她坚信通过治疗，会康复，正是因为积极而乐观的心态，她在卧床一年多之后，就可以下床正常行走了。

我们在车内，大姐说着自己的经历，车窗外的路有时平坦，有时弯曲。她说："给你讲我的故事，是想告诉你，内心坚定而乐观是治愈所有病痛的根基。"在经历一场大病之后，她改变了许多，开始规律的生活、适量运动、结交朋友，做一些自己喜欢的事情，更重要的是她开始帮助那些和她一样被病痛折磨的人。

我看着脸色红润、声音洪亮的她，感受着她对生命的译释。战胜了那场大病，使她活得充实而饱满。不再没日没夜地去赚钱，不再熬夜吃喝玩乐，而是选择了去帮助他人减轻病痛。

能让我们改变的，就是有意义的。每一个遭遇，都是生命派来的礼物，勇敢去拆开它、面对它、接纳它，然后拥有它。

炼，是用火烧制或者用加热等方法使物质纯净、坚韧、浓缩。用心琢磨使其精炼，《诗经》中说："如切如磋，如琢如磨。"只有在无数次的淬炼、打磨中，人生才能呈现光泽和华章。

王阳明早就说过："越是艰难时，越是修心时。"在诸多的世事中，修炼自己的内心，让它清澈而豁达。历经世事，我们终将会选择一条有意义的路坚定地走下去。

# 琐碎日常

我们只有捕捉到万物的灵光，才能感知到当下生活的乐趣。烦琐的日常，处处都有美丽的光芒在流动。大自然中的万物，都蕴含着无穷的趣味。

雨后，去看望一只路边的蜗牛。春天来时摘一枝桃花去访友。冬日的炉火发出噼里啪啦的响声。夏日的荷塘里蹦出了一群可爱的小青蛙。我们牵着手走在秋天的月光里。

一天的时间太短，有趣的事情太多。常说无聊的人，少了对日常的爱意。日常的点滴，都可以成为丰盈内心的事物。希望在生活之中，我们可以去看见和发现其中的美妙。

雨后天晴，天空的白云画出了各种图画。蓝是纯粹的，白也是纯粹的。蓝天白云，树木绿郁葱茏。每一个迈开的脚步里，都是画。停车对着天空拍照，然后写下："我被天空的辽阔和温柔所打动。"

心情是不断变化的，而主宰它的是自己。内心对这个世界的感知，是心情的发源地，我们眼中的世界，就是自己的生活。

晴朗的日子，是美的，有雨的日子，亦是美的。窗外的芭蕉在雨中快乐地呻吟，古巷弄里撑着雨伞买早点的阿婆，在雨中玩耍的孩子，一首闲词被念起。雨中，摩托车穿过城市马路发出轰鸣声。

生活的交响曲，是阴晴圆缺，是喜怒哀乐。在寻常的生活中，寻找乐趣，为什么要叹息呢，有这么多美好的事物陪伴在我们周围。

我和远方的友人说："你居住的湖边，真的很美，有落日余晖在湖面闪烁，有凉风吹过的湖水轻轻荡漾。"她说："我觉得你居住的古城，也很美，有各种小吃在古老的北街上飘香，有护城河的足迹，有古城墙的回音。"

我们彼此笑了，讨论起卞之琳的《断章》。"你站在桥上看风景，看风景的人在楼上看你。"许多的日常，在我们是常见，对于远方的人就成了风景。

原来，人间处处是美景。需要调整的是我们看风景的心情，过于熟悉的风景总是容易被忽略，就像是我们的每一个日常，总认为它一直都在，所以忘了要刻意感受。

在我能够从日常中汲取养分和发现美感时，我的内心开始充实。开始远离犹豫和彷徨、担忧和恐惧。爱上当下的光阴，我们便活在了爱中。

开始观察一只小动物的形态，开始留意四季的花开，开始聆听不同的声音，开始关注自己的成长。当这些行为成了日常生活的一部分，我发现自己获得很多。来自不同层面的养分，它们滋养着岁月的苍凉，从而长出一丛丛茂密的爱意。

　　好像做什么都有了兴趣。林语堂在评《浮生六记》时写下："我相信，淳朴恬适自甘的生活，是宇宙间最美丽的东西。"他在沈复的笔下，读到了日常的流光溢彩。乡居院旷、久居城市，细细品尝，每一种生活，自有它独特的味道。

　　万物有灵，用善意的心去亲近。小溪的水流终年流动，弄堂口的大爷们敲着棋盘，卖菜的大嫂满脸堆笑，迎面遇见的外卖小哥活力满满，上班的人们心怀希望。落日下，有人牵着一只狗在散步。

　　抬头，星空闪烁。低头，满是稻香。一粥一饭，有滋有味。举手投足，触碰到的都是喜乐。植物繁茂，日月有光，鸟鸣蛙声不断，黄昏与清晨，有人可待。

　　在日常生活中，过得有趣，把手头的工作，做出乐趣。与喜欢的人通电话，去远方看看不同的风土人情。一天的光阴，就在自己的心间，就在自己的手边，就在自己的脚下。

　　写一封信，装在信封里，上面写下每一个日常的欢愉与不悦。时日愈久，欢愉愈多，不悦渐渐少去，逐渐活成了一道光，它带着喜悦和深情，有着希望和期盼。

无论明天会发生什么，在当下的光阴里，已经体验到了日常的快乐，这足以让我们的内心丰富，从而强大，直至无惧岁月中发生的一切。

是这些日常散落的星光，滋养着生命，照亮着前程。让我们在生活里，披荆斩棘，乘风破浪。所有日常，都有光，我们只有捕捉到万物的灵光，才能感知到当下生活的乐趣。

日常过于琐碎，我们都在其中。日常很美，但是如果它不琐碎，怎么能在不经意间钻到心底细小的裂缝深处。

# 日渐温柔

我把目光从近处伸向远方，又从远方回到故乡，人的一生就是在这种不断放飞与回归中完成。这一路翻过高山、越过海洋，山高路远地修行，让我的心在日后的光阴里，渐显温柔。

当我不再挑剔生活的好与不好，这时生活才在真正意义上属于自己。我在春日里，听风声温柔，看花朵绽放，在月色下漫步，在晨光中奔跑。一切自然而祥和，这时的心，披着一床柔软的毯子，让岁月渐生暖意。

看着眼前来来往往的旅人，他们从熟悉的地方到陌生的地方，从陌生的城市回到熟悉的家乡，背着行李，辗转于车流之中，他们的背影有着水彩画的错综复杂，留下的余韵有着一抹温情。

大地上，村庄被一片片的油菜花包围着，从远处看去，房屋与树木，田野与天空，构成了一幅美丽的画作。袅袅升起的炊烟，为彩色的春天，落下一笔水墨色。

我深情地凝望着大地，大地在慢慢泛绿，一层清新的绿意正悄然覆盖原野。春日的风，捎来了远方的消息，无论多远的路，都会热情奔赴。

生命的歌声嘹亮响起，我在旷野之下，心怀无尽温柔，这是对生活饱含的深情，是对天地充满的敬意，是对日月无尽的期许，是对爱的执着。

"今夜月色很美。""风很温柔。"当我的目光触及到这样的句子时，嘴角还是带着笑意。有着一颗多么深情的心，才会把这样简单的句子，理解得如此悠长且具有深意。

我是那个在春风中读诗的人，却也不能将春风的温柔表达。古人早就对春风与温柔做了最好的定义，《诗经》中说："谦谦君子，温而如玉。"《易经》中说："言念君子，温其如玉。"

所谓君子，定当如玉。有着一颗玉石般温润的内心，那么对待世事就有了海纳百川的胸怀。温柔是君子本色，是对世事的温柔、对万物的温柔。

当一个人能够去爱大地上的万事万物，那么世界回馈给他的也是无尽的爱。如此这样，循环往复，还有什么烦恼困扰着我们呢？

"活在巨大的爱中，活在温柔之中。"这是春风告诉我的秘密，也是日月刻下的不朽。春风来时与之拥抱，然后去看春色漫山，去听鸟儿春鸣。

什么是温柔？那一定是你在抬头的一瞬间，看见了月色如华；你在低头的那一刻，闻到了久违的花香；你在注目时，刚好看见了越来越好的自己。

明朝文学家陈继儒说："焚香煮茗，把酒吟诗，不许胸中生冰炭。"对世事的温柔，是一颗带有温度的心灵。用美与诗情去对待生命中发生的一切，就能够溶解心中的坚冰，获得对美好的感知。

有什么事情比我们热爱生命更重要呢？仅有一次的生命，让我们温柔以待。即便是在黑夜中泪水长流，也要让自己看见明天早起的晨曦。即便是在泥泞中滚爬，也要让自己能看见在荆棘上开出的一朵小花。

风如此温柔，它抚摸过的地方，一片绿意。我面对光阴的心，日渐温柔。

# 界定

街道边的梧桐树，开始落叶，我们正拥有着这个秋天。许多与人息息相关的事情，在一分一秒中或盛大、或悄然地发生着。

我们赞美与怀念过去的秋天，真正在感悟着今日之秋。秋者，以静为美。不是因为其中的事物减少，而是它自身带着一些沉甸甸的东西。

一定有些时刻，是充满喧嚣的。内心如万马奔腾，尘土飞扬。撕裂与激情，人们时刻处于紧张中。在秋天，我们更容易让自己的情绪平稳下来。

这是秋天告诉我们的秘密，秋风细密地穿过发梢，舒适凉爽，这样的时刻，我们该想点什么。眼前的一景一物，固然美好，但是心有江河的宏大与宽阔，才是秋天江面上的主旋律。

不言而喻，潮流带着一股股不可抗拒的飓风席卷着街头。格子裙，平底靴，牛仔裤，男人的领带与夹克衫，女孩子头上的新发夹，我一一浏览着这个属于秋天的元素。

这些外在的事物，具有视觉上的冲击力，让我们瞬间明白，是秋天了。再加上秋风撩人，唤起了爱的情愫。

我喜欢过一部影片，剧中的女主角穿着深咖色的风衣、长发随意挽起、素颜，双臂抱肩，走在晚秋的风中，活脱脱一个我们的自身画像，影片渲染出秋天寂寥与零落、暖色与沉重。

一个镜头拉长，走远又靠近。击中了心底细微的神经，我们都是行走在时间中的旅人，怀抱着属于自己的季节与情节。

在人间寻找着爱的界定，后来我们终于明白，爱是完整的接纳。接纳这个秋天的不完美与美丽，接纳生命中发生的一切。

有许多的痛苦都来源于自己心底的不甘与拧巴，当我们放下这些小情绪，站在时间的河流中，听大江大河的声响，就会豁然开朗。那些与之错过的、失落的，应该是生命中多余的部分。

脑海中一直留存着黄河的回响，那年的秋天，我站在黄河边上，听它说着古今。每一个声响，都带着生命的力量。细微的，激昂的。它对万物的包容与接纳，让人清醒。

我们在秋天，一定经历着什么。刚刚失去工作的她，刚刚与女友分手的他，刚刚获得荣誉证书的她，刚刚成为父亲的他……

一幕幕的生活场景，无声且有声地存在着。沮丧、痛苦、喜悦与幸福，同在大地上组合，形成了生活。

我们无法界定苦乐，也许这一刻所受的苦，成了下一刻收获的喜悦，也许这一刻拥有的幸福，成了下一刻痛苦的根源。

一切的苦乐，皆由自己的内心去界定。在我们感知痛苦时，它是真实的；在我们拥有幸福时，它是满足的。

今秋的晨曦，添了一丝薄凉的温柔。大江大河之上，跳跃着细碎的光芒。我们此刻的感知，才是与生活最完美的和解。

每个人都有痛苦、茫然与纠结。这时，走向自己的内心，让自己安静下来。问问自己，这些负面的情绪，是不是都是因为自己的意难平、不甘心。

释然，是需要自己内心的接纳。对于发生的事情，能解决的就从容去解决，不能解决的就留给时间。

与女友分手的他，发狠地说："要找个比她漂亮十倍的女朋友，要比她有钱，要比她生活得更好。"他表现出的每一个极端，都是在与自己较劲。其实在分手后，谁过得好不好，都只与自己有关。

你只需安静地把自己的日子过好，其他的都是自寻烦恼。去用心经营好当下的生活，前面一定会有一个真爱你的人，在等待你去相逢。

爱是一个生命喜欢另一个生命的美好情感，而不是用来让人痛苦的。纵观世事，时时刻刻都有相逢与离别。每一次告别，都具有深意。

我们无法界定生活，因为它随时发生着变化。而唯一能够做出选择与决定的，是我们自己的内心，要选择一个适合自己的生活方式。

和谐与融合。与自己生命的各种关系和谐相处，与自己生命中各种发生融合。从容而淡定地，走完自己长长的一生。

不急躁、不计较、不纠结，像今秋的风起叶落，自然而然。让生命中的喜乐，也同样顺畅流淌。痛苦时，就让它痛苦；过去的，就让它过去；过不去的就先放在一边，把当下的一分一秒过好。

我对生活的界定，不是好与不好。我对秋天的界定，不是零落或温柔，而是我正拥有着这个秋天，这足够让人心生喜悦。

# 迷津自度

倘若生活是一条漫长的河流，我们就是那艘在水面上飘摇的小船。在摇曳不定的生活中，被各种世事拍打，向着生命的彼岸而去。

我总是会在某一个时刻，进入那种生命迷茫的状态。一个人跌跌撞撞地摸索着，脚下是无法预知的路途，周围有荆棘密布，也有鸟语花香。在路上，形形色色的人，来来往往，可是孤独依旧。

我在无数次这样的体验中，探寻着生命的来路和归途。后来我发现，每个人都有迷茫和孤独，只是有的人寻到了自度的方法，而有的人却困守于迷雾之中。

杨绛先生在《一百岁感言》中写下："在这物欲横流的人世间，人生一世实在是够苦的。"这个伟大的老人，说出了一生最真实的感悟。我们在一段又一段艰苦的历程中历练，临终会发现，人生虽苦，也会乐在其中。

其中的乐，就是吾心自渡。能够在磨难中，体验出生命的力量，冒着风雨，咬紧牙根，度过艰难的时刻，能够在荆棘中发现一朵花开，在无能为力时再坚持一下，这是有光辉的人性。

每个人的生命中，都有最痛苦的那些年，将人生变得美好而辽阔。后来，当我们能够云淡风轻地说出那些沉重的往事时，一切早已随风远逝，留在记忆里的，也只是几句笑谈。

我们终将把自己变得美好而辽阔，是因为有了经历，经历积累成了生命的厚度。我们在一段又一段孤独的路程中，走出迷津，找到了指引我们的微光，循着光而去，发现后来的自己真的与原来不一样。

对生活的力量，需要自身滋生。那些没有被现实击败的人，都活成了英雄。再平凡的生活，我们都要有着英雄的梦想。也许，它便是引领我们走出困境的那束光。

"这世上根本没有感同身受，唯有自度。"这样的话，是历经世事之后的豁达与明知。在痛苦和迷茫时，唯一能够走出来的办法，就是自度。

有一个故事："一天，一个老禅师来到一个渡口边，渡口上连着一条绳索，下面一只孤零零的小船随着水波轻轻地摇晃着。禅师上了船，正准备拉绳索时，身后跑来一个脏兮兮的叫花子，一跃跳上了船。禅师见势赶紧走下船，坐在了岸边的石块上。

"叫花子疑惑地问：'何必这样呢？你不渡我，我来渡你还不行吗？'禅师平静地说：'我不渡你，也不要你渡，我要自渡

（度）。'那叫花子听得懵里懵懂，不屑地看了一眼禅师，哼着小曲，得意扬扬地走了，嘴里还嘟囔着：'有人渡你还不要，还偏要自渡，真傻！'

"叫花子一边走一边不停地回头看坐在原地闭目养神的禅师，他实在忍不住心中的好奇，又拉着船绳回来，说：'你这个老和尚啊，脾气怎么这样古怪呢？偏偏不与我同渡过河，这不是和你自己过不去吗？'老禅师依然心平气和地说：'做什么事情都要依靠自己，不要妄想别人来照顾你，这是没有绝对保障的。自己靠自己，最可靠。因此，我不会渡你，你也不用渡我，我自己渡（度）就可以。'

"听完禅师的话，叫花子恍然大悟。他马上跪在禅师的面前，感激地说：'大师的指点我铭记在心，我一定好好从头开始，不会辜负您，也不会辜负我自己。从今以后我要自渡（度），要靠自己的双手养活自己。'

"几个春秋过去了。一天，一位器宇轩昂的施主来到老禅师跟前，二话没说就跪下了。禅师微启双目，静静地说：'你就是当年的那个叫花子吧？'施主说：'正是。受您点化之后，我经过几年的努力，先是到一个裁缝店里当小伙计，后来自己开了个店，现在已经是镇上有名的裁缝店老板了。我这次来，就是来报答您的，我带了一百两黄金，希望能让您的生活不再这么清苦……'

"禅师依然心平气和地说：'我不要报答。你如果真有诚心，就在渡口处修建一座石桥吧。'不久，河上就架起了一座彩虹似的石拱桥。"

先渡（度）己，而后渡（度）人。

曾经，我有一段艰难的日子，世事如排山倒海般汹涌而来，整个人被打击得支离破碎，煎熬与痛苦，随时都在。在这样的状态下，身体也出现了各种不适，我开始寻找一种突破的方式，运动与阅读，成了最佳的选择。

每天坚持走数公里的山路，坚持在文学经典中汲取力量，坚持写作排遣内心的郁结，然后坚持早睡早起。没过多久，我发现，生活的内容并不全是那些带给自己痛苦和困惑的事情，还有更多有意义和有乐趣的事情。

艰难的日子，要有自度的勇气和自愈的能力。

在穿过风雨、走出困境时，我们已经变成了更好的人。那些炼狱般的日子，铸造了我们内心的坚定，锻炼了我们解决问题的能力，历练出了通透与睿智的光辉。

生活纵然百般苦，吾心自度，在苦中寻找出路和乐趣。废墟上也有野草生长，生命的汪洋中，不仅有风雨雷电，还有太阳星辰。

走出困扰自己的迷雾，前面定是别有洞天。生命的渡口，纵横交错，我们就是那个撑船自渡（度）的人。

# 用力爱过

十二月中旬的古城，有着温暖的阳光。时光是好的，因为我们在其中扎根、绽放、生长、零落、失望与希望。

世界用它的包容，接纳着我们人类的所有喜怒哀乐。活在这个有着阳光与星辰的世界中，我们如此幸运。白天与黑夜交替，人们以不断成长的方式致敬生活。

有不甘，也有所获。在生命的每个角落里，都会有着波折，路途遥远，我们的遭遇会有很大的变数，长途跋涉，谁都有过磨难与荣光。

走过生命的表象，开始向内心深处寻求一种生长的形式。于是，用心过好每一天，用力去爱这个世界。其中的乐趣，将会在生命逐渐丰盈与饱满的过程中呈现。

古城的阳光，照在古老的建筑物上。繁华的街道，充满了十足的烟火气，大地上的人们，用自己的方式在生活中成长。卖烤串的师傅，在炭火前忙碌着，十字路口的警察，指挥着交通，咖啡屋里，有情侣在谈着风月，教室里，传来孩子们的读书声。

并不是所有好的发生就是成长，那些不好的事物，它也会帮助我们成长。落叶的美，在于它腐烂后化作的春泥。所有与生命有关的事物，都在以生长的方式铺垫着我们的生活。

好事，让我们感受到生命的喜悦，坏事，让我们明白生长所必须经历的痛感。生活不是流行歌曲，它是上台的即兴演出。在生命的戏台上，有人坐轿，有人敲鼓，还有人在路边鼓掌。

一切与生命有所关联的发生，都有着它的意义。每个人都在岁月的铺垫中成长着，只是形式不同而已。沮丧与颓废，怀疑与抱怨，欢欣与喜悦。

有一个泥土和荷的故事，说明着生命中存在的每一种形式都有着非凡的意义。"泥问：'我以全部的生命滋养荷，荷高贵美丽，享尽人间一切荣华富贵，而我却饱受讥嘲冷落，我不嫉妒、不为自己抱屈吗？'

"作答：'从来没有做母亲的嫌弃女儿出众，也从来没有做父母的嫉恨儿子的成就超过自己。爱里没有了包容，爱就不完整了。'

"泥又问：'与荷相比，她有美丽的外形、芬芳的气息、亭亭的风姿。古今中外，多少墨客吟诗作词颂赞她，多少画家、艺人描绘她，多少人欣赏她，多少人喜爱她，而我呢？我什么都没有。'

"作答：'你错了，你有荷全部的生长经历。她的萌芽新生，你分享她的期望；她的青涩岁月，你体会她的苦闷；她的含羞待放，你分担她的心事；她的风华绝代，你默享她的荣誉和掌声；她的饱满圆熟，你们一同欢呼丰收的喜悦……直到她枯残死亡，你仍为她担负哺育下一代的责任。你知道吗？他们所有的了解，不过是荷外在的形象，而你却拥有她整个生命！'

"泥再一次问：'我委身在地，无声无息，受人践踏，又无华彩的外衣，我难道不是一无是处吗？'

"作答：'真正的智慧在于隐藏，真正的才华在于沉默。你让花草树木蓬勃生长，供应她们成长的养分，你无穷的生命力还不够显现吗？'"

此时的你，也许正处于低谷，我们怀疑命运的不公，质问生命的意义。殊不知，生命中发生的所有，都是用来为生命做铺垫，伴我们成长。

即便是在阴暗潮湿的地方，也要迎着光不断生长，用力向上。淤泥中能长出美丽的荷花，并不是荷花独自的功劳，还有泥土给予的足够养分。

那些无数次折磨着我们的痛苦与黑暗时刻，它都是在积蓄力量，为生活着色，就像是泥土对荷的成全。

长长的路，慢慢地走，每一步向上攀登的脚步，都不轻松。生命的光，有着任何事物都遮挡不住的力量，它让我们用力生长。脚下的路途，上面铺满了坎坷与困难的石块，也铺满了鲜花与胜利的掌声。

看着日历上所剩的日子，想起这不平凡的一年所历经的苦难与磨砺、所失与所得。我知道，这些都是生命的铺垫，它通向明年的春天。

这个世界，我们用力爱过。

香袭书卷 作品

在我们爱上生活的同时，

也被生活爱着。

# 无别事

"忽有故人心上过，回首山河已是秋。"仔细念几遍，秋就上了心。窗户玻璃上的雨点，把窗外的世界分割成了块状，一场雨，顿时入了秋。今年的凉意升起迅速，少了拖着尾巴的夏热，一日之间，秋景就占据了日常的封面。

悲秋伤春之说，不是没缘由的。从满目葱茏、炽热阳光下走过，莫名就叶落萧索，心境自然就转换了。古人喜欢把四季的变化与人的际遇联系起来，联想起所剩时日不多，前尘往事，山河故人，匆匆而过。

握不住的时光，留不住的尘事，一朝一暮，写满了思绪。都说秋意勾起了百转千回，那不过是把季节揉碎，假借而已。自古"伤春悲秋"就是古代文人的情怀，他们更愿意把情感沦陷在时间的意义中。

一场秋雨一句诗。被雨水淋湿的心上，落红遍地。一簇开得正好的红花，一夜之间落满了地面。我本不是悲秋之人，皆因诗句涌上心头，怀旧之意摇曳而至。山河依旧，故人早已物是人非。

这变幻的季节啊，自身就带着诗意。最早的悲秋在《九辩》中就有："悲哉，秋之为气也！萧瑟兮草木摇落而变衰。"古人悲秋的况味，是实实在在的，少有花里胡哨的词语堆砌。

这时的草木，还没褪尽夏日的葱茏，雨中的树叶，略显旧绿。立秋后的这场雨，让人们迅速地入了秋境。念起与秋有关的句子，也多是苍凉与悲壮。"萧瑟兮草木摇落而变衰，"灵动与苍凉是相互的。

翻出一部旧影片，生活的基调中少不了悲凉与惆怅。一生过长，我们的回忆总是被季节的循环勾起又收回。漫不经心，却又小心翼翼。走过时节的变迁，人与事物都在改变。

青葱与白头，是时间长河中的起点与终点。在无尽的生活中，离别后只想收到你的来信，信中的一句"无别事"，让安心与这季节共情。

谈起音乐、文学、梦想，不再是激情昂扬，而是脚踏实地去接近。时节过境，我们走过一季又一季，心上的事物换了一茬又一茬，会发现，不变的永远是选择的初心。

那年的秋天，你走过浪漫的雨季，牵手的人是否依旧？曾经站在马路边，大声说出的诗句，是否随风而逝？还有藏在心底深处的梦与渴望，它们还在闪闪发光吗？

再后来，我们所求不再太多，学会了与生活握手言和。就像这场秋雨来时，我拿出了搁置在夏天的披肩，顺其自然地接纳，理所当然地度过，心平气和。

不只是凡人多愁事，你看古时范仲淹以宰相的眼光看秋天，还是会写下："塞下秋来风景异，衡阳雁去无留意。"悲壮与伤情，存在于人世间的时间长河，任是谁也不能逃脱。

沾上雨点的心，就有了清凉之意。把时日放在清冷之中，未必不是好事。繁杂与忙碌，隔空而行。想要给自己留一身清净的外袍，包裹着白玉般的身心。

我用文字为光阴包浆，如切如磋，如琢如磨。一针一线地缝制，一笔一画地勾勒。生活在一种平和的状态下，淡看春去秋来，再无悲喜。

喜欢这般安静于一笔心田之上，任凭笔下的风景越过四季的沟壑。山河还是故人，也只是一笔墨彩的轻重而已。萧红在评论自己的小说时说："有多少个读者，就有多少种作品。"也因此她与众不同。

拍案惊奇，一代才女的惊艳之语。我们为何要按照他人的意愿去生活，生命的实质就是做自己。我在这个秋雨绵绵的旧影片中，醒目顿悟，思索怀想，寻找生命中那些苍凉与悲情、欢欣与愉悦。

有多少人，就有多少种生活。我们活在这个秋天，应该平心静气，只要能够呼吸空气，吸收阳光、水分，还能思考，那么就可以说"无别事"。

能有多大的事情胜过活着，再无他事。我们可以在秋天去悲伤、去思念、去叹息，那是白茶清欢之中的诗情，是生命原野上的放歌，是天空下灵魂的自由翱翔。

首先我们需要健康地活在当下，才能去读诗，去写诗，去悲秋伤春。否则，一切无果。也因此我只想在秋天里，听你说一句，"无别事"。仅仅三个字，它组合成了一场盛大的诗宴。

诗是什么，它是秋雨滴落芭蕉叶发出的轻响，是共居一室相守的每一个日子，是旧影片中经典的台词，是路上行人骑行的身影，是天地间的秋风渐起。

一分一秒，都在写诗。因为我们，此间无别事，满目都是诗。"忽有故人心上过，回首山河已是秋。两处相思同淋雪，此生也算共白头。"

我想和四季，还有你，在时间与文字里，一起如切如磋、如琢如磨。无别事，共白头。

# 好好生活

推开新年清晨的第一扇窗，清新的空气顿时把时空铺满。它们像一个个蹦蹦跳跳的孩童，带着无限的活力。把自己置身其中，顿觉心旷神怡。

好的事物，就是这样，让人生出希望和力量。新春里的气象，已经布满了人间。新春，一个代表着无比广袤的词语。

新，有一种释意是"性质上改变得更好"，也就是说我们通过不断地对自己雕琢，会生出更好的气象。

春天来了，万物迎着春风而动。我在新年初一的早晨，看见了阳台上一株植物吐出了小芽，喜悦随之而来。在这万物新生的春天，一定会与许许多多让我们惊喜的事物相逢。

每个人的心中都有一个新年愿望，我们把对美好生活的向往种在心间，孕育出一片新天地。我在新年的第一天告诉自己："好好生活。"

生活，其实是没有好坏的，那只是我们在短暂的几十年光景里的一种生命体验。每一寸光阴，都值得收藏。仅此一次的分分秒秒，我们应该怎么去对待？

好好生活，为了这仅此一次的生命。首先我们要学会放过，放过自己，放过他人，放过曾经，放过过往。

只有在我们放过自己之后，才能够有精力和时间去接纳新的事物。倘若兜兜转转，一直徘徊在阴影中，那么我们的生命就会在不断消耗中度过。

而那些活得洒脱的人，他们早就明白了一个道理，那就是"这一生，我们要好好活过"。不要总是拿别人的错误来惩罚自己，从而失去了快乐。

是不甘心那些失去，所以放不过自己。感情的分裂、工作的失意，以及生活中的背叛，还有许多伤害我们的事情，聪明的人会壮士断臂，然后重新选择一条更适合自己的路走下去。

还有一些人，整日沉溺在伤口流出的脓液中，最后让自己满身溃烂，郁郁而终。为什么不放过自己呢？那些失去的，一定是生命中该舍弃的东西。

当我们长成了一棵参天大树，那么树上的几片落叶飘落，又算得了什么？而我们仍然站在泥土中，汲取着养分，吸收着阳光，继续地生长。

把自己困住的是不甘心。放过自己，好好生活，让失去的换一种方式归来。生意失败了，我们可以再从事别的行业。有人离开了，说不定下一次遇见的人会更好。我们要做的，仅仅是放过自己，放下过去，拥有重新开始的勇气与胆量。

你看，春天来了，它曾经不也是遭遇过寒冬的凌辱，但是它按照自己的节奏，如期而来。只要是熬过了那段痛苦的时光，就会有下一次的春暖花开，而往往有人会在寒冬中枯竭。

看见春天，迎着心中美好的希望，奋勇前行。走过泥泞，就是坦途。只要心有所向，阳光就会如约照在身上。

别让任何事物来伤害你的心，保护好一颗充满美与善的内心，就一定会与美好的明天相遇。不放弃对生活的热爱，无论我们在遭遇着什么。

亲爱的，你值得拥有更好的生活。把过去的不堪与折磨，就在新春的第一天清晨，从我们的内心清理出去，你要知道，我们是为仅此一次的生命而活。

能够做到不受外物的影响，专注于自己内在的修炼，那么我们的生活，就会有柳暗花明又一村的欢喜。

新春新岁，一切都在向着春天出发。我们也该与过去的事物说再见，与即将到来的新生活热情相拥。尽情地去拥抱吧，世上所有美好的事物，都值得你去尝试。勇敢地去爱吧，像新生的婴儿一样，纯洁而透明，深情而无畏。

对着迎接新春的自己说一句："亲爱的自己，你值得拥有更好的生活。"而这份生活，需要自己给予。好好生活，好好去爱。

新年里的第一缕曙光，正从东方冉冉升起，一个新的春天正在打开。

# 流光细影

不知道多少次，我站在晨光里，遥望着东方的天际。流光易碎，是在每一刻流逝的无奈中。我们无法挽留那一直流淌着的光阴，只能用回忆与希望把生命填满。

生活是一道道细碎的光影，落在泥土上，一季长出稻香，一季生出麦苗，还有一些时日用来慰藉自己。一生的光景，也就是如此短暂。

把思绪放逐在无边无际的光影中，任凭它像尘埃一样浮动，邂逅与停留。太阳从地平线爬起来，给自己一个美好的愿景，深信它的美，然后去追逐。

把情感揉碎，放在时空中撕裂，生成新的造型。每个人都在不断地从打碎与重塑中醒来，活在这个世界。

明晃晃的日光，肆无忌惮。度过了晨光的迷蒙与模糊，一些事物逐渐清晰起来。大地吸收着阳光雨露，露出了可爱的面孔。

一片绿油油的麦苗，在茂盛生长。头顶上的天空，有着童话般的色彩。几只斜倚着的枝干，划破了它的寂寞，偶尔与我们相逢。

在不同时间、不同地点，与不同的人相遇。遗憾与庆幸，让生活充满了渴望。生活是一张网，我们在网中挣扎，有它的快乐，也有它的悲怆。

偶尔把日子过得紧凑，或者松散。最后，所有的都是放手，而此刻握在手中的幸福与哀愁，才是真实。

在午后的西餐厅，点了一杯奶茶和汉堡。落地窗明亮地透出此时的阳光，和煦而温暖。

不再绷紧生活的弦，任凭光影把心思捏碎，散落午后。一日的光景，好在会有些生动的事物，与我们交臂。与生活和解，是用内心的温度。

不是虚度，也不是荒废，是停一下匆忙的脚步，让自己的灵魂透气。

草莓在地里结着它的果，风依旧疯狂。什么样的生活，才是好的生活？我掀开覆盖着的叶片，它们露出红色的果实悄悄地说"日日是好日"。

一株植物，吸收与吐纳，那么流畅。人们的生活，也应该松弛有度，而不是紧皱眉头。让那些梳理不清的杂乱与刺痛我们的尖锐，暂且远离。

留一点光阴里的空隙给自己，太多的不快乐，都源于欲望太多。松弛有度的人生，也许会更美丽。

有人在窗帘店前，摇着长长的绳索，微胖的女人，在上面跳来蹦去。手中的绳索，是余下的布头组合而成的，她额头上细微的汗珠，如此美丽。

被生活的绳索捆缚，不能太紧，亦不能过于松懈。正是摇绳子的两人，把握好尺度，绳子才能在空中飞舞。镁光灯下聚焦着明艳与醒目，台下的观者有着自己的欢愉。

各取所乐，虽然途径不同，但目的地是相同的，就是让生命饱和，让自己幸福快乐，简单且不易。我们在失去中痛苦，在得到中恐惧。

在自己的生活里，做自己的主人，任凭光阴怎么打磨，心性是不可缺少的。不是无奈之后的放下，而是原本就明白，生命是一场虚无。

我们只是匆匆的过客，何不把一朝一夕过得好点。"人生如梦，一尊还酹江月。"释怀于光阴的江水奔腾，释怀于生活的纵横交错。

晚霞升起，渐有温柔，不再凛冽，兼容了所有际遇。流年里的人与事，也只是生命主干上的枝丫末节。凸起与凹下，皆是随意。

在生活的泥浆中打滚，并不是一身轻松。但是我们依然可以仰望星空，相信美好。累了就给自己一段虚度的时光，重建心灵的花园。

不知道多少次，我站在汉江边的落霞里，望着江水向远方流去。这一生的流光细影，已经写在了日月里。

好日常在，在自己的手中。

## 心纳万象

我时常庆幸，能醒在晨曦微露的清晨，一想到还好好地活在这个世界上，总是不由自主地微笑。当我醒来的那一刻，我明白自己拥有了这个世界，万事万物皆为我而来，这该是一件多么令人喜悦的事情啊！

我在四季，感知和发现着它的美。当看见春天的第一抹嫩芽在树枝上冒出，我的心便被春的绿意融化，也因此爱上整个春天。

当我在夏天的沙滩上，赤脚踏浪，海风拂过脸颊，贝壳呜呜作响，椰子清新甘甜，我便爱上了夏季的每一寸肌肤。

当我在一轮秋月下，涌起无尽的相思，我便被情感的浪潮包围。尽管相思的滋味，有苦涩有甜蜜，我依然爱着这个有爱的秋天。

当我伸出手，接到冬天的一片雪花，我的心就唱起了赞歌。我赞美着冬天的美丽，在这样的日子，有人捧起你冰冷的双手，生命的温度便在冬天传递。

我在四季的万象中，寻觅着能带给我快乐的种子，它们随处都在，并随着时间的风，一直环绕着我们。只需要张开眼、伸出手、用点心，这一切的美丽，都属于自己。

简单的喜乐，触手可及。可是生活在人世间的许多人，却往往忽略了在万象中生出的美与乐。我们脚步匆忙，向一场又一场的明天赶赴，而唯独忘了爱自己。爱自己最简单的方式，就是给予自己一个好心情。

主宰我们情绪的是心情。一个好的心情，会让生活愉悦、工作顺利。而好心情却来自自己的内心，感恩生命，并发现生命中点滴美好的人，才会时时拥有它。

曾经有个朋友向我诉说，"自己为什么总是不快乐?"其实她拥有着很多令人羡慕的地方，有一副好看的面孔，有爱她的家人，有一份优越的生活。她告诉我的不快乐，都来源于生活中鸡毛蒜皮的小事。

我对这位朋友说："从今天开始，去发掘琐碎日常中美的源泉，接纳生活中的不完美。"这个误区是我们很多人的误区，原本拥有许多值得快乐的种子，我们却偏偏要去纠结它生长的环境。

把快乐种植在自己的心上，心生喜悦，然后再去面对生活。当我们开始接纳身边的不完美，我们会发现，原来这些不完美也是生活中值得去爱的一部分。

不断地在日常生活中去发现美，并用它滋养自己的内心。时日久了，我们会有所变化，那就是在我们与世上万物相遇时，我们都能感知到它的美好，并接纳它的不足。

在我们爱上生活的时候，也同时被生活爱着。蓝天白云为我而来，清风细雨为我而来，鸟语花香为我而来，有爱的人为我而来。

这世上的万象，都为我而来，我还有什么不快乐的呢？接纳是修行爱的开始，接纳生命中的每一种馈赠。苦难与幸福，都是生命的礼物，它是为了让我们历练出最好的自己。

流年里的风霜雪雨，我们都要经历一场。在这场经历中，用什么样的心态去面对，至关重要。有人终日唉声叹气，有人喜气洋洋。区别在于，我们内心对生活的态度。

接纳并热爱它，接纳生命中的成就、失败、痛苦、欢乐，因为这些是生命丰富的源泉。接纳大自然赠予的各种礼物，花香、清泉、竹林、旷野、星空，以及温暖的阳光和大地上的人们。

热爱生命，从心纳万象开始。

心似海宽，眸入万象。时刻清理自己内心的污垢，留出空间来容纳与美和诗意有关的东西。心中的景象，就是自己生活的状态。何不让心，安于美中？

心纳万象，物我归一。我们的日常，这样便有妙趣横生。看万物皆可爱，因为它为我而存在。付出的所有爱，都会加倍回来，因为爱会循环。接纳生活中的不完美，宽恕岁月的不公平。

因为宽恕，所以安详，因为接受，所以宁静。因为心纳万象，所以心生喜悦。

睁开眼，看着一抹晨曦探进来。我醒了，世界就是我的，活在这个斑斓的世界，多么值得！

想想这些，我就不由自主、由衷地笑了。

# 尽如所期

正如所期，玉兰花开在最早的春天。古城的春，正在一点一点归来。先是玉兰花接收到了春风的消息，笑盈盈地开始了自己的爱恋。

这人世间，一定是有爱的。植物爱着它的时节，人们在日常中爱着彼此。植物经过了一个冬天的期待，属于自己的春季，如期而来。

所有的好事，都需要一段等待的过程。等待春归的日子，是在冬天的寒冷中迎着风霜雨雪。春天尽如所期，朝气蓬勃地来到人间。

万物感受到春的沐浴，开始了脱胎换骨的蜕变。枯草在慢慢地从黄变绿，枝条上的第一片叶芽在悄悄地冒出，地面上升腾起了阳气，心底的期望已有归期。

古城墙前，推着自行车的卖糖人，敲着他的麦芽糖。我从种满玉兰花的街道走过，停在卖糖人的身边，安静地听他轻敲糖块的声音。

卖糖人粗糙的手上布满了深褐色的皱纹，可是在他的手下，却发出了最轻柔的声响。汉江边的风，穿过临汉门，与他手中的麦芽糖混合出一股香酥的味道。

他还是保留着传统的卖糖方式，推着自行车走街串巷。自行车的后座上，绑着一块木板，木板上放着一整块的麦芽糖。用小锤和小刀一块一块敲击下来，然后用带着秤砣的杆秤，称出恰好的分量。

"好香呀！"我俯身闻了闻麦芽糖的气味，它们在岁月中散发出古老的幽香。"这是纯手工做的，要经过几道复杂的工艺，才能提炼出这一块糖。"

卖糖人自顾自地絮叨着，手中不停地敲着他的糖。"我给你拍张照片吧，我还是小时候吃过这样的麦芽糖呢！""拍吧，最好发到你的朋友圈。"

卖糖人说出的话，让我笑了。"大叔，你还懂得发朋友圈呀。""别小看我，我还上过报纸呢，被采访了好几回。"他淡定的样子，在古城的春天里，有点白玉兰的感觉。

"让你发朋友圈，是为了让更多的人看见，要是有人愿意学习这门手艺，我教他。"卖糖人指了一下自行车头上挂着的一个纸牌，纸牌看上去有点旧，外面用塑料包着。纸牌上写着他的电话，还有"卖糖"两个字。

"现在愿意学手艺的人少了，真怕它会失传。"乡村里走出来的卖糖人，没有局限于自己的卖糖，而是想要有人传承他的手艺。

他说自己忙时在家种地，闲了就出来卖糖。卖糖人粗糙的手与温润的麦芽糖混搭在一起，有种光阴的美。生活的美感，并不全是好看的事物，还有有灵魂的事物。

古老的街道上，卖糖人不慌不忙，一锤一刀地雕刻着他的卖糖岁月。他想要让自己的麦芽糖，能够一直传承下去。

"手工做出来的麦芽糖，是天然的，不含任何添加剂的。"他有点自豪，又充满期待，期待着能有年轻人接过手中的活计，继续卖糖。

古老的城墙，在早春里倾听着我们的对话，街道上有人走过来买糖。生活的五味杂陈，都在脚下的一块块古砖上，都在这一块块糖里。

迎着春早，植物尽情地开始了属于自己的春天。春天，如期归来，万物欢喜。人世间的喧闹与奔腾，从未停止。

在早春里步行，遇见春风，遇见古街道上的玉兰花开。我们与春天曾经有过别离，但是归来更是我们期待的意义。

从冬日严寒中孕育出的春意，有着坚强不息的精气神。破土而出的植物与小动物们，尽情地享受着春的暖意。行走在古老的街道上，卖糖人的话在心间旋出旋涡。

春天，尽若所期，按时归来。我们的心愿呢，会不会尽如所期，都能实现？这个答案，写在日月里，也许会实现，也许会落空，但是我们在春里认真而努力地期待过。

与卖糖人告别，我们各自走在自己的春风中。在这个世界上，最美好的事情莫过于尽如所期，春天，它如期而至。

# 此中滋味

在我们的潜意识里，花香最浓时节，该是春季。许多事物都是我们按照自己的意识去认定的，我被突然而至的桂花香气迷醉，才想到花香并非春日盛景，在秋天，它更是深入灵魂。

寻常的日子被俗世的杂事填得满满当当，匆忙赶路的脚步像是上紧了发条的钟表，一步不停地向前。我们这漫长的一生，会遭遇许多。

此中滋味，一言难尽。每个人都有着各自不同的生活，酸甜苦辣，渗透其中。辛酸、甘甜、苦涩，生活被这些不同的滋味，调制得独特而丰富。

汪曾祺先生曾写下："一个人的口味要宽一点，杂一点，南甜北咸东辣西酸，都去尝尝。"从字面意思看，仿佛是在写人们对食物的品尝，往深处去思考，何尝不是一种对待生活的态度。

能接受生活的好，也能接受它的不好。没有永远的春风得意，也没有永远的深陷谷底，人生是一条波浪线，有高有低，亦是甘苦共存。

这秋日的花香，它并不逊色于春日。只要是绽放，无论是春季还是秋季，都是欢快而愉悦的。我抬头循着浓郁的幽香看去，满树的桂花开在深秋时节。

至关重要的是我们该如何去面对这一生的境遇。孔子一生提倡的"乐道"，是指导我们对待生命的态度。无论在任何境遇下，都要保持一颗快乐的心，才能感受到生命的快乐。

"乐"的滋味在于它能带给生活阳光和花香，会让人拥有一个好心情，在绝望时看见希望，在痛苦中感知幸福。乐在其中，是让我们把喜乐之心，融入生活的点滴中。

生命呈现出喜乐，那才是我们一生所寻、终生修行的目的。长路漫漫，没到终点之前，谁也别说圆满。而唯一的圆满，是心灵的圆满。用一颗喜乐之心，去感知此中滋味。

"滋味"的解释，一是美味，二是引申苦乐的感受。食物的滋味，只有我们亲自品尝，才能说出它的味道。生命的滋味，是经历过世事之后，方能品出的淡定与从容。

此中滋味，苦乐自知。原本生命就是一趟孤独的旅行，其间的风景与人情，是它的奥秘，我们不断地去探寻，有了自己对世界的理解。能够享受孤独的人，才能真正意义上去接近生命的本质。

桂花并不是都开在人群热闹的地方，山间桂花亦会开放。它用自己独特的香气，赢得了整个秋天。它是孤独的，也是热情的。这种在植物身上体现出的对生命的自然绽放，值得我们去思考关于生命的态度。

一生一世，太多滋味。月是故乡明的乡情，思念的甜蜜与苦涩，以及"无言独上西楼，别有一番滋味在心头"的无奈与惆怅。如此这般，何不效仿此间桂花，开出自己的滋味。

关于"滋味"，《菜根谭》上说"从冷视热，然后知热处之奔驰无益。从冗入闲，然后觉闲中滋味最长""争先的径路窄，退后一步自宽平一步。浓艳的滋味短，清淡一分自悠长一分"。

桂香入秋，并无名利之心，此间滋味便填了一分悠长。人情冷暖，我们自是明了，活着的滋味便长了一分悠闲。

每一个物种，都有着自己的气息。此间滋味，不是外人所道，而需自己收养。植物的滋味，在于它活在自己的季节。人生的滋味，在于我们对待生命的态度和对生活的品鉴。

闲有闲的情趣，忙有忙的乐趣，甜有甜的魅力，苦有苦的成长。这一趟旅程，我们所遇所闻、所思所想，都滋生着生命的味道意味。

秋日花香，有着深入灵魂的清冷与浓烈。人之常情，在于日月中对待人与事物的温度。永远保持热情，尽品人间滋味。

我们在日常的事物和情感中，生出感知美好的能力，和面对各种境遇都拥有诗心的态度，才是灵魂的味道。

就像这被花香笼罩的秋天，依然有人视而不见，也仍然有许多人在其间享受着它的滋味。

一个人的口味要宽广一些，一个人心灵的境地更应该宽广。我们能够拥有广袤的天地、明亮的阳光，和身边正爱着的人，这原本就是生活最深长的滋味。

风景优美的阿尔卑斯山，山脚下的道路旁有一块标语牌，上面写着："慢慢走，欣赏啊!"这漫长的一生，也让我们一边走，一边认真品尝此中的滋味吧。

此时，花香满城，已是深秋。

# 日常很美

相较于波澜壮阔，我是那种更倾心于日常的人。日常，一个贴肤的词语。它是生活中最平淡的一面，却又是最具有互动感的。

于生活，任是谁也不能拿捏得恰到好处，一生太长，变故无数。我们能够真正把握的是当下光阴里的分秒，那些生活好的人，是懂得与日常相交的。

生活，是一个百变的万花筒，每个人摇出的图案都不同。这一生的光阴，我们都在做一道题，那就是生命的拼图。我们在一小块、一小块的时光里，在生活的底布上，拼出自己的一片天地。

日常是与我们最亲密的相伴。

一粥一饭、一花一木；喜怒哀乐、悲欢离合，这些都是日常。这几日，到了岁末，家家户户都在打扫卫生，置办年货。生活中升腾起浓浓的烟火气，日子里充满了一种期待。

闲下来的时间里，我把心思放在生活的点滴之间。偶尔会坐在餐桌旁，修剪几枝欲开的花束，把枯黄的叶片，一片一片地摘下来，轻轻地，不惊动那些花儿。

时光缓缓，心底温良。过去以为治愈这个词语，用于生病，成年后我才明白，在日常中我们有太多暗伤，需要治愈。

日常之美，是凡俗中最好的治愈方式。

曾经读过一段话："这个世界并不需要更多成功的人，但是迫切需要各式各样能够带来和平的人、能够疗愈的人、能够修复的人、会说故事的人，还有懂爱的人。"

能够疗愈、能够修复，以及懂爱，这不正是我们所需要的吗？在奋力奔跑的过程中，时有伤痕累累，我们更多的时候，是在日常中去疗愈、去修复、去爱。

日子是靠自己过的，有人过得无趣，有人过得热腾。用爱去经营的日常，就有了别具一格的美感。

自古以来，中国人都会把日子过成一种美学。古人的雅趣中，大多是与日常息息相关的。他们会在闲暇之余，沉檀焚香，栖霞品茗，落花听雨，踏雪赏梅，衔花候月，清月酌酒，蒙雨莳花，逐水寻幽，闲风抚琴。

这些日常中的生活之乐，让人的心境不再烦躁，能够沉静下来去融入当下的境遇。任何一个时刻，都可以有美存在。

日常之美，美在它的内涵。村庄的炊烟升起，是日常。一日三餐的食物中，也藏着许多美的因子。天地里赶着耕牛的汉子，城市里每一户窗口里传出的声响，都是一种美。

我们更应该把多的时间，放在日常生活中。与家人小聚，临窗独坐，侍弄花草，行走四方，把自己放逐在大自然中。

日常的乐趣，是多种多样的。

当我们懂得怎么去爱上日常，我们就学会了怎么去好好生活。所有在奔跑与用力过程中受到的创伤，都可以通过日常之美来治愈。

没事时，会在大街小巷行走，巷弄里的生活气息，从脚底传到心底，让人心生暖意。这边是一家卖饼子的小夫妻，那边是一家人忙碌着的小餐馆。

卖饼子的小夫妻，都是外地人。结婚没多久，出来创业。先是去学习了烤饼子的技术，然后来到这里租了一间小小的门脸，做着小生意。

两个年轻人，忙得热火朝天。女孩在炉膛里不断地翻动着，热情地招呼着每一个光顾小店的客人。真是小呀，他们的那间小店，就是一个楼梯间改成的，可是他们脸上的笑容，把狭窄的空间照得明亮。

女孩说："生意好的时候，一天能烤出将近一千个饼子。"她的手在寒冬的风中，已经有了几处冻伤的斑痕。她的温厚，让人感受到了生活的踏实。两个人已经开店三年了，女孩很开心地说："每年都能攒一笔钱。"

小伙子言语不多，功夫都在手上，做出来的饼子，馅多厚实，味道也好。停下来的工夫，指着小店上挂着的一幅字画，笑着说："这是我自己写的。"他们把自己融入生活的日常中，那么接地气地活着，小日子过得红火。

雅俗共赏，日常之美。我们可以手提琐碎的柴米油盐，也可以俯身执手琴棋书画。只要内心能够向美而生，在日常生活中，处处都有美意。

巷弄里传出不同的声响，室内的三餐四季，都在手中握着，那么稳妥。普通人家的日常，也就是一边热气腾腾地生活着，一边富有诗意地创造着生活。在忙碌的工作之余，我们可以在日常中放松自己。

我在闲暇中，清理着房间，修剪着餐桌上的花束，顺便煲一锅大骨汤。阳台上的植物，在阳光下撒着欢地玩耍。

日常，它是内心里对生活的爱意。是我们在每一个普通的日子里，给自己的一份礼物。它治愈着人们在尘世的孤寂，它让日月有了温度。

相对于惊天动地，我更倾向于把每一个日常过好。

# 为爱奔赴

是谁在窗外吟诵着诗歌与童谣？是鸟鸣声声，是花儿朵朵，是绿意簇簇，是人间岁月。一年中最美的时节，日月有声地流淌着。

竹影摇曳，泉水叮咚，读书人依窗而立。世界在四月是热闹的，一处一景的美色，让人们的心沸腾着。

多年前的四月，在我第一眼看见这个世界时，它的美丽就已经刻在了初生的双眸。从此，人间就是美好。这一程又一程地奔赴，心中早已被爱与美填满。

鸟儿们在四月竞相卖弄着自己的歌喉，花朵在四月尽情展示着自己的风骚，白云悠闲地俯瞰着大地，大地上春意盎然。

"春天来了，一定会有点好事发生。"何谓好事？活得有爱而热情。无论长路多么漫长与坎坷，我们能看见有好事在发生，这就足够幸运。

一茬又一茬的山花烂漫，一簇簇绿意的新出。春风催动着忙碌的脚步，我在一日又一日的忙碌中，与季节同行，为爱奔赴。

四月，用它的温柔抚平了生命中的皱褶。生活是一本没有结局的小说，每个人都是自己书中的主角。有漫卷烟火气息的庸常，也有志在高远的理想。雅与俗，原本就是相对的。庸俗的生活，仰望天空，也会看见漫天的星光。

唯有爱，是生活的解药。真正深沉的爱，是沾满烟火气息的。春天的人们，欢快地忙碌着。我时常静静地站在路边，观察着来来往往的人群。他们的心中一定藏着一片汪洋大海，海中的每一朵浪花，都写满了对人世间的爱。

四月中旬的一天，夜晚十点的光景，春天的路上，有许多和我一样赶路的人。月光与灯光交织着，灯火璀璨，人行道上，等红绿灯的人相互亲密地站在一起。

"这是要跑到几点?""十二点吧。"与我并立的是一个穿着黄色马甲的外卖小哥。常年写作，我总是喜欢把自己置放在人间最热闹的烟火气中，去观察与探寻。

"很辛苦吧。""还行，反正我还年轻。做外卖是兼职，下班了不想在家里玩手机，浪费生命，就找了一份兼职。"年轻的外卖小哥浑身充满激情。

"做兼职一天能挣多少钱?""二三十块钱吧。"说到这里他笑了。"很多人不愿意晚上跑外卖，看不上这点钱，可是我还这么年轻，多挣点钱家里就多点收入。"

这时人行道的绿灯亮起，我声音沉稳而深情地说："劳动最光荣。"小伙子边启动脚下的摩托车，边看着我，露出一脸灿烂的笑容。"谢谢姐姐的鼓励。"他的声音随着身影一起，在城市的夜空下荡起，经久不息。

生活是无解的，每个人都有着自己不同的生活轨迹。我们在夜空下相遇，在人世间擦肩。对这个世界深沉的爱，让我们活得充满活力。

四月的夜晚，深夜十点并不寒冷，让人有舒适与快意。我们各自奔赴在自己的轨道上，为了一个共同的目标，那就是爱，对这个世界的爱。

我在春天的夜晚，仰望着天空，看见了星光点点。我在春天的清晨，推开门窗，传来了鸟鸣声声，它们在歌颂春天。星光下，我们一起为心中所爱热情奔赴。

只要用心在生活，再大的困难都会解决。时间是一条宽宽的绸带，用它的柔软与爱，把俗世的人们包围。四月的眼前，浮现出外卖小伙身上的黄色马甲，是明亮的暖意。我们都在尘世间忙碌着，步履不停，尽带春风。

春天的好事，在人间发生。为爱奔赴的人们，都在春天里。小鸟唱着童话的歌谣，我在春天最美的四月中，出生、成长、为爱一路奔赴。

# 自有快乐

不知道从什么时候开始，我们对快乐的感知，越来越少。在物质拥有非常丰富的时代，对内心和精神的需求将会越来越高。

年前偶遇一个朋友，聊了几句。朋友说出自己的困惑，"年底老公单位发了三万块钱的奖金，接过那厚厚的一沓钱时，当时是挺开心的，然后兴冲冲地去商场买了那件早就心仪的羊绒大衣。可是这种快乐，没有持续一天，在第二天就消失了。"

这也正是我们许多人的困惑，在拥有丰富的物质时，快乐并没有增加。因为我们的精神和心灵，渴望提升，是内在修炼的过程。

决定一个人快乐与否，不是看它的外在条件有多好，而是看他的内心。古有颜回，深居陋巷，却日日快乐。《论语·庸也》中写道"子曰：'贤哉，回也！一箪食，一瓢饮，在陋巷，人不堪其忧，回也不改其乐。贤哉，回也'！"

也就是说，外界环境不能改变一个人自有的快乐。颜回是孔子最得意的门生，他在学习中找到了自己的快乐，从而自觉好学。

能使我们持久快乐的，是自身内在的提升，在不断精进的过程中，那种快乐源源不断。外在的物质，只能给予我们一时的快乐，生命的向上攀登，才是持久并无止境的。

我们再次坐在一起，聊起自己的事情。还是那个朋友，她在工作之余，报了一个舞蹈班，也就是街头那种并不正规的舞蹈队，每个月交三十块钱，就可以跟着学习各种舞蹈。和她一起报名的，开始有许多人，但能够坚持下来的，并不多。

经过一年多的学习，她被吸纳成为表演队的成员，现在经常参加各种表演，生活充满了活力。她说："任何一种努力，都会被发现。"领队告诉她，为什么一起来学习的那么多人，而唯独她被选中了，因为她的付出与坚持。

在参加舞蹈学习中，她总是抢着提音响，积极帮助学员去做一些杂事。朋友说："我做那些事情时，并没有什么想法，只是觉得闲着也是闲着，还不如为大家服务。"

正是这种内在的奉献精神，让她脱颖而出。还有就是她坚持按时去学习，很多新的舞蹈，在不断坚持的过程中，都学会了。我们付出的每一滴汗水，后来都铺成向上的路基。

再说起快乐与否，朋友说："我觉得学习并提高自己，是一件快乐的事情。"每当她学会一个新的舞蹈，就会开心好久，然后又想着去继续学习。就这样，形成的良性循环，让她每天都有了快乐的源泉。

把精力投资在自身的提高上，放下执念，快乐生活。大多时候，我们的不快乐是因为没有找到能使自己快乐的根源。去发现自己的内心所需，然后践行，让自己拥有一种自有快乐的能力。

太多时候，我们的痛苦都来自于对其他外在事物的执念。破除执念，把心放在自己的身上，把精力用在自我提高上。通过不断学习，不久我们就会发现，快乐是发自内心的因素。

当然了，并不是说让我们对外界熟视无睹，漠然待之。恰恰相反，而是在自己寻找到快乐的同时，也将这些快乐传递给了社会。

一个通过不断学习，充实而快乐的人，他的精神面貌一定是赏心悦目的。与这种人共事，我们也会不自觉地被感染，然后充满热情地工作。

一个总是抱怨生活不如意的人，会传递负面情绪，让我们的工作和生活多了许多阻碍，这需要用更多的精力去化解，结果就是影响着我们的进步。

走不出感情的伤害，走不出生活的阴影，忽略了自身的价值。我们的生命仅此一次，为什么要让它不快乐呢？

找出能够带给我们快乐的事物，然后去亲近它、接触它，拥有自有快乐的能力，是一切快乐的法宝。

也因此，有了孔子那句，"芷兰生于深林，不以无人而不芳。"一个人具备自有快乐的能力，外在的环境对他又有何影响呢？孔子如此，颜回如此，我们也当如此。

有太多充实自我的方式，不断学习新的东西，阅读、运动、舞蹈、音乐、艺术，以及旅行、手工、结交新的朋友、认识新的事物。

在自我修身的路上，坚持不懈，去寻找生命中快乐的秘诀。

# 美丽的事物在发生

一夜秋雨之后，地面成了一张画。细碎的桂花铺出浅黄的浪漫，厚厚的落叶堆积出童话世界里的城堡，女孩子穿着风衣的样子，英姿飒爽。

俯身与落英缤纷香气亲密，它在诉说着无数个秘密。一些隐秘的爱，被它用香氛掩盖。雨打花落的壮美，是它用自己最后的身姿，舞出的谢幕。落地，也是一种美丽。

喜欢这些能看得见的美丽事物。日出、晚霞、星辰、大海，以及花开花落。这些美丽的事物，在我们的日常中，寻常可见。可是，试问自己，真正能够认真地赏日落江面的情景又有几次？漫天的星辰，透出清凉的光辉，我们去用心解读它了吗？

很多次我们与美好的事物擦肩而过，我们抱怨自己拥有的还不够多，是因为我们忘了去拥抱自己所拥有的美好与欢乐。

一直用文字打捞着四季缝隙里细微的变化，它们让我如此沉醉。在春天的第一抹绿意中，看见了蓬勃的朝气冉冉升起；在夏日的一朵浪花中，拾起久违的回忆；在秋阳的草地上，思考着生命的盛衰与零落；在冬天的炉火旁，想象着老去时的自己。

我在大自然的怀抱中，与草木鱼虫嬉戏。原野的风吹过，惊起了白鹭，掀开了对光阴的留念。溪水潺潺流动的声音，像钢琴家指尖下流淌的音符，触动着柔软的内心。青藏高原上的歌声嘹亮明朗，草原上牛羊成群。

这些目之所及的美丽事物，它们一直都在那里，只要我们稍微留意，就能与之迎面相拥。就怕被世俗捆绑的心灵，忘了留下一点空隙，来盛装它们。

喜欢那些听得见的美丽事物。有句话说："音乐是人类灵魂的避难所。"音乐它传递着太多的情感，是洗涤内心荒芜的一剂良药。寂寞时听它，仿佛有人在与自己对话。欢乐时唱歌，好比世界上所有人都在与自己同乐。

能听得见的美好事物，风声、雨声、读书声，声声入耳。与这些美丽的音符相遇，生命的充盈从第一个律动开始。我们唱歌，我们跳舞，我们激情表达着对这个世界的热爱。

秋天的钱塘江，是一大盛景。你听那潮水涌来时，拍击出的声音，不正是生命里跌宕起伏的韵律。起落终有时，来去皆自然。生命的状态，若能与此境相通，心境定是宽阔了许多。

黄河之水，奔腾不息。时而怒吼，时而舒缓。壮观之处，有着盎然挺进之势。舒缓之处，是一首浪漫的萨克斯。我站在黄河岸边，听着它对生命的美丽畅想。

"雨是窗外事，书为心头好。"有雨敲窗的日子，读一段美丽的诗句，窗外的雨，也成了诗中的句子。原来，我们一直活在诗中，只是忘记了自己就是诗句中那些最美丽的字眼。渐入心，小轩窗的雨打芭蕉，把一个秋愁写尽。再读书，竟忘了尘世的浮躁。

还会喜欢那些无形的美丽事物。有人在秋天说："天凉了，记得穿厚点。"活得深情的人，就不会凉薄。每一个有声无声的爱意，都落实在生活的泥土里。它会发芽，扎根，生长，繁茂。

是的，爱是繁茂的。它滋养着万物以美的姿态留在这个世界。美是事物被深爱着的表达。被爱着人都是美丽的，被爱着事物都是美好的。并不是事物本身有多美，而是我们用爱把它浸润出了年岁中的光泽。

尼采说："一切美好的事物都是曲折地接近自己的目标……所有真理都是弯曲的，时间本身就是一个圆圈。"

我们对美好事物的追求与向往、热爱与相拥，都不是直观的，而是带着思考的。我喜欢懂得思考的生命。一个人没有了思想上的火花，那么生命将是毫无意义的存在。

我们对生活的态度，来源于我们对这个世界的认知。你要相信，爱与美的事物一直在发生，那么我们就会爱上此时的自己和身处的生活。

也只有身处于美丽的、有爱的事物中，我们才不会生出厌恶。人的一生匆匆而过，皆因创造美而荣耀。

假如让我把美丽的事物列一个清单，那么它该是长长的，没有结局的书写。源于本性，我天生就喜欢人世间美丽的事物。

悠长的古巷、穿着旗袍的姑娘、手工制作的酸奶，还有柜台后那张年轻的笑脸。老人略带伛偻的背影，孩童们玩耍的模样。城市的街道上，车灯如星光闪烁。你站在风中，等待着。

海洋，湖泊，沙漠，旷野。人们在郊外燃起的篝火，跳舞的小伙，羞红了脸的姑娘。在陌生的城市，投入邮筒的一封信。久别重逢，或是虚惊一场。

探望父母，与朋友小聚。在露天的酒吧里，歌手唱着熟悉的歌谣。爱与拥抱，热烈的、绵长的，以及来不及说出口的话语，还有那些心底最隐秘部位渗透出的红色汁液。回忆的痛，爱的不舍。

这些美丽的事物，如此迷人。桂花在秋雨中飘落，一辆黑色的车顶上，画出了美丽的图案。我在有雨的日子，朗诵着诗人的句子。音乐缓缓响起，世界因为美丽而明亮可爱。

爱着一切美丽的事物，眼前的，遥远的。世上万物，因为我们的喜欢而美丽地存在着，我们也因它的存在而爱上了这个世界。

香袅书卷　作品

好的生活。

亲爱的，你值得拥有更

# 心怀仁意

转眼，已是晚秋。当秋季的风声敲响了下一季节的门环，秋天就要过去了。在秋天最后的几天，我落笔写一些温暖的文字，写那些曾经打动过内心的情感和一些带着暖意的事物。

一到寒冷天气，人们就喜欢与暖和的事物相处。深秋的暖阳，冬日的炉火，相处舒服的人，一些深藏心底的感动，是这些带着温度的人和事物，让寒冷变得稀薄，暖意丛生。

秋冬交替，到了该冷的时候。在南方的暖阳里，四季并不分明。可是北方的冰雪，却让寒流来得流畅。中原地区的襄阳古城，更是四季分明。到了晚秋，季节的凋零与萧瑟，让人并不想着放弃，而是愈加热爱。

生活中有意外的发生，也会有暖心的事情。人心的温度，支撑着生命的厚度。我们在生活中，处处感知着，冰冷、暖流、沮丧，也有爱把它治愈。

有人写下："北京连着下了两天两夜的大雪，白雪覆域，千里冰封。这是我来北京这么多年，第一次见到这么大的雪。中午，我在手机上买了些菜，结果送菜的外卖小哥不小心把鸡蛋打碎了。我一到小区门口，他就非常抱歉地跟我说'不小心把您的鸡蛋打碎了，我赔给您吧，求求您别给差评'。我看了一眼，确实满袋子都是黄澄澄的鸡蛋液。

"我当时赶时间，接过袋子，说：'没事，没关系，我自己处理就行，不用您赔。'接着便转身进了小区，走到一半时，一回头，发现他还站在原地，非常抱歉地看着我，我又补了一句：'没事，去送下一单吧。'听到这句话，他低下头鞠了一躬，说：'实在不好意思。'我鼻子一酸，转身回了家。上楼后，打开袋子一看，果然，鸡蛋全碎了，无一幸免。我收拾了一下，给外卖小哥发了条短信：'没事，只碎了一个，雪天路滑，注意安全。'为什么发这条短信呢？我想，鸡蛋能碎成这样，那他一定也摔得不轻，更何况外面的雪下得这么大。"

凡尘中的生活，并没有太多的轰轰烈烈，更多的是这些日常中的小事在发生。那些看上去微不足道的小事，却蕴含着生命中巨大的情感。给外卖小哥发信息的人，心中一定有个小太阳，它不仅照亮着自己，也温暖着他人。

《大学》开头说："大学之道，在明明德，在亲民，在止于至善。"善良的举动，都来自于心底的仁爱。心怀仁意，止于至善。一个内心有温度的人，他的行为就会向善而行。

对于爱的理解，有很多种，我是那种在生活的缝隙中，触摸它的人。时常被这样的小事打动，也愿意在其中积累内心的温度。人与人之间，就是因为小事的堆积，才有了后来的深情。

我们之所以对生活报以热爱，是因为我们触摸到了温情与暖意。亲人之间、情人之间、友人之间，以及与陌生人之间。在那些艰难的时刻，总有人默默托起你心中的绝望，重新燃烧希望。

那天，一个女孩在路边的垃圾桶捡矿泉水瓶子，然后放入汽车后备厢。旁边的人说："林总，你为什么每天都要捡瓶子？"女孩没有回答，直到车子开到了一个小区门口，门口坐着捡瓶子的小男孩。

"快看，姐姐今天给你捡了好多瓶子。"男孩的脸上露出了天真的笑容。直到有一天，这个女孩发现小男孩好久没来小区门口捡瓶子了。半年之后的一天，一位手捧着蛋糕的中年妇女跟在她身后，她转身问："有事吗？"

中年妇女说："今天是我儿子的生日，他把心脏捐给了一位对他很好的姐姐。那个姐姐应该就是你吧。"女孩这才想起来，半年前自己动手术置换的心脏，原来是小男孩捐献的。

女孩接过蛋糕顿时泪流满面，那个中年妇女说："儿子走时，只有一个心愿，那就是把心脏捐给那个帮他捡瓶子的姐姐。"写到此，我的内心被柔软和感动铺满。

仁爱是一条流动的河流，它从遥远的孔子思想中传承下来。经过几千年的中国传统文化的滋养，让我们在宏大的生命中，举起人性的光芒。是仁义，让女孩伸出了援助之手，是爱意让小男孩回馈了生命中最宝贵的东西，是善意让那个北京人给外卖小哥发了信息。

坐在晚秋里，随着这些记忆涌起，内心再次触摸到了人间最珍贵的品性。孔子在论语中说："人而不仁，如礼何？人而不仁，如乐何？"

一个有着仁爱之心的人，是明白礼节的。一个心有仁爱的人，是快乐的。他们能够在日常的点滴中，把善意传递，然后收到生命回赠的礼物，这些生命的回赠是不经意间我们种下的仁爱之果。

晚秋的风，渐起寒意。冬天来临之前，我想要把秋天的姿色写尽，后来，我发现纵有万种姿态，也不及心怀仁意。于此，我停笔思考。郊外，晚秋的山茶花开得漫山遍野，木棉在南方的枝头含笑。

# 寄浮生

忽然醒来，浮生已是过半。回想这一路的山水和人情，山水还是那些山水，未曾改变，人情却不似原来的完整，有着支离破碎，有着聚散别离。

脚步匆匆，日日所遇皆是新的事物。可是，人就是那么奇怪，更愿意沉浸在对旧事物的念念不忘中。人本有情，所以多了念与想。一些与自己有过关联的影像，会在某个夜色中，如小时候看过的黑白影片，播放出一些无法与人诉说的情愫。

能够有梦，已经很是知足。日有所思，夜才会有梦。就怕自己活着活着，竟然成了寡淡无味，对生活失去探讨的兴趣。

一生最怕无趣。清晨时，再读高尔基的《海燕》，人过半世，方读得明白。年少时对这篇文章背得滚瓜烂熟，却不能理解其深意。而今历经世事，才感同身受。"在苍茫的大海上，狂风卷集着乌云。在乌云和大海之间，海燕像黑色的闪电，在高傲地飞翔。"

"高傲地飞翔"，就这么五个字，把生命的境界突出了。这让我想起了曾经看过的一句话，"纵然万箭穿心，也要活得光芒万丈"。浮生如梦，我们的内心世界要有所依托。一个勇敢的内心，可以战胜世上的万般无奈。

文学的力量，是强大而茂盛的。我时常在颓废和绝望中，去寻找文学的灯塔。它滋养着我的内心，无形中给予我力量。面对世事，用一种勇敢而坚强的态度，去迎接生命的挑战。

是挑战，一生就是一个挑战自我的过程。时间在人到中年后，格外宝贵了起来。青春的狂妄，早就被时间收藏，留下一地鸡毛的生活，让中年人活得沉重而不堪。多是如此，年少的无知，让快乐更容易生出。在生活的历练中走过一趟，不是不想狂妄，而是不敢狂妄。

知道得失起落，明白世事无常，经历聚散离别，开始惜时，开始珍惜身边的人，开始接纳和包容。曾经的年少轻狂，再也回不到最初的模样。沉稳，是历经无常之后的明了。

人生如寄，何事辛苦怨斜辉。默默承受，不再抱怨，怨了日暮又何用，唯有珍惜眼前的人和事，过起日子来才会多些乐趣。庄子说："人生在世空虚无定，故称人生为浮生。"通透的他在许多年前，就弄明白了人生的变数。

午后，友人们闲聊。有人讲了一段见闻，是在路上遇见的一个交通事故。三轮车和汽车发生碰擦，骑三轮车的老汉倒地重伤。讲完细节，友人说："给你们讲这个故事，是想说明一个问题，就是生命的无常和危险，随处都在。"

手中的茶味，由浓转淡。看着曾经浮起的茶叶，落在杯底，沉浮也只是个过程。好似那句耳熟能详的话浮在水面，它在说："人生哪能多如意，万事但求半称心。"

一晃，黄昏的夕阳就挂在了天边。出门散步之际，看着天际的夕阳，感叹着它即将逝去的美丽，心有不忍，却不得不接受。万事万物皆是如此，没有亘古不变的。毕竟是美丽过，也了无遗憾。

在夜晚来临时，我又坐在了一本书前。文学寄深情，安抚凡人心。把书架上的书籍整理归类，不知不觉就读过了许多来自世界的文学。我在大师们的笔下，看过无数人物的命运，也在他们的笔端，体味四时不同，还在他们的世界，同悲同喜。

"这是勇敢的海燕，在怒吼的大海上，在闪电中间，高傲地飞翔；这是胜利的预言家在叫喊：让暴风雨来得更猛烈些吧！"浮生纵然如梦，心有热爱，便是生命。

在我再次入得梦境，一天的光阴也就过去了。一生正如一天，有变故、有情感、有温度、有壮美、有悲伤，无论何种形态，海燕高傲飞翔的姿态，已经成为我们学习的榜样。一只鸟尚且如此，生而为人，我们何惧生命之波澜壮阔。

我开始在梦中醒来，思考和怀念都让我着迷。我怀念起过去的懵懂与幼稚，我思考着明天的去向与归处。当一切的过程，历经登山越岭的坎坷，我知道在山的那边，有等待。那是爱，那是这个世界说不尽的话题。

质问自己："幽然千万绪，何处寄浮生？"于是，我开始不断寻找和探寻。在生命的历程中，突破执念，放下一切，让心归空，然后植入生命之所爱，燃烧并热烈着。

闲书为伴，寄此浮生。小院亭台，观落花流水，看闲云掠过，亦是安逸。在路上，一生跋涉，也是妥帖。在日月中，过简朴寻常生活，享天伦之乐，也是正道。

凡是我所爱，尽是我所寄。且以深情寄浮生，皆是欢喜。唯愿，万物少一些悲欢，我们多一份真情。一场梦醒，一生几欢，趁笑颜能展，多历练。老子在古老的时光中说着："浮生的基本意思是空虚不实的人生，浮生如梦，为欢几何？"

这一生，无他。只用一字寄浮生，那就是"爱"。所爱皆所寄，所寄皆所爱。浮生已是过半，余生不负山水和人情。

# 把寻常日子过好

当秋天走进最后的两个节气，一年所剩的时日也就不多了。我在一个寻常的午后，回想着这大半年的光景。在打马而过的时光里，并不全是好事，也并不全是坏事。日子在变化中，向前滑行。

心情如这季节的变换，时阴时晴。我在年岁渐长的光阴里，欣慰的是学会了与时间相处。城市在萧瑟的秋风中，少了几分姿色。枯冷无缝不钻，桂花落了一地。

秋天是矛盾的，阳光好时，整个天空明亮，所到之处都是暖意洋洋。一旦冷风来袭，变天如变脸一样快。兴许昨日还是暖阳一片，今日就是冷雨凄风。

在我们开始叹息光阴一去不复返时，其实我们已经开始在老去。年轻时觉得日子好长，看不到尽头。当我们再也没有时间可以用来走弯路时，我们学会了走直径。什么都是直白的，连每一个日子都过得心中有数。

能够在日常中寻找到美感的人，才能把日子过得热乎。不管是什么状态，我们都有责任过好每一天。我倒是更喜欢那些会生活的人。

午后去郊外新开的一家温泉，从服务到布置，每一个细节都透露出经营者的缜密心思。寒露时节，泡泡温泉，祛除寒意，是一件很美好的事情了。大厅里人声鼎沸，生活条件好了，市民们对生活有了更高质量的追求，人们会寻一个休闲的时刻，来放松自己。

我在温泉酒店的大厅写字，端着甜品的小孩从身边路过。对于写作，我是那种从心的人，纯粹和一种坚持不懈的态度。

人性化的温泉大厅，布艺沙发上坐着聊天的人们。就着一杯茶，铺开电脑，放上一首轻音乐，整个心间都被柔软的午后打动。室外的寒冷，被遗忘在风中。地面的热度，通过脚板心传递全身。身体是热的，心也是热的，文字也就是热乎的。

喜欢在咖啡厅、图书馆、温泉休息室里写字。

秋天的枯寂，正是应了物衰之美。落光了叶片的树木，显出筋骨，有了清瘦的干净。瘦下来的心思，喜欢上了简静的生活。把日子切割成几片，一段用来忙于生计，一段用来诗情画意，还留下一段用来宠爱自己。好的生活，就是对自己最好的宠爱。

在力所能及的范围内，尽量让自己过得好点。春日赏花、夏日踏浪，秋天泡温泉，冬天滑雪，日子里有趣的事物，我们都可以去尝试。

简静是在丰盈之中择其安静之处。喧嚣的大厅，人来人往。服务人员不停地打扫卫生，原本已经很干净的地面，更是纤尘不染。打开随身携带的电脑，借着这一屋子的暖意，开始漫无目的地敲击键盘。写作于我，也是宠爱自己的方式之一，心底的情感化作涓涓流出的文字，落在屏幕上。

观察着周围的人，芸芸众生，都是寻常。能把寻常的日子过得有滋有味，就是能力的体现。道理都懂，落实到每一个日月，就是一道难题。

有人窝在布艺沙发上看书，有人躺在石板上汗蒸，大厅的水吧里，有新做出的提拉米苏蛋糕。讲着乡音的女人们热情奔放，声音在大厅里回荡，与手机上的轻音乐相互融合，竟然没有一点违和感。

晚餐是自助餐，丰盛得让人应接不暇。老人、孩子、年轻人，各自挑选着适合自己的口味。把时间浪费在美好事物上，在当下的光阴里去发现美与好。

榴莲酥、桂花糕，小巧精致的食物，替代了大盘的菜品。人们各取所需，选择自己喜欢的食品。烤牛排的师傅，戴着白色的厨师帽，笑着说话的样子，和蔼可亲。穿着租来的特色衣服，年轻的女孩子们摆着不同的造型拍照，洋溢着青春的笑容，空气里有股樱花的香气。

我们只需要用一点心思，就能够在生活中发现极大的快乐。美食，美服，和一颗欢喜的心，日子的活色生香，就是常态。

把日子过得诗意，其实仅仅需要一点时间、一个空间和一份好心情。

尽管生活对我们百般挑剔，但是当我们把诗意的心融入其中，那么生活也就和颜悦色。我看着眼前走过的人影，他们都有着自己的生活。

文字随境而出，温度保持在恒温状态下的大厅，舒适而温情。我开始专注于生活本身的书写，因为我们都如此寻常。

有人问画家："你的人生哲理是什么?"画家回道："寻常。"把寻常日子过好，是我们一生修行的课题。那些内心饱满的人，都是在寻常中捡拾光阴的碎片，加工成诗意。

夜幕降临，城市的霓虹灯点亮了夜空，汽车的尾灯排起了长龙。时间在日复一日地流淌，我们拦不住岁月的远去，但是我们能在此时的光阴里，记住和感受这些美好与情感。

秋天的寒露节气来时，一年的光景也就不多了。所幸，我们的内心是充实而丰满的。任凭时光逝去，此时的每一寸光阴，我们都要把它过好。

尽管我们平凡，日子寻常，但是我们依然能够有温度地活着，依然能够看见美好，并把时间"浪费"在美好的事物之上，这就足够好。

# 与生活讲和

清晨醒来，一阵凉风穿窗而过。我知道真正的秋天，它来了。秋的气流从各个缝隙中，穿透了整个生活。微凉的清晨，用心情做一顿早餐。

琐碎的日常，竟然这般美好。厨房里的柴米油盐，带着秋天的句子在跳跃。一叶知秋，郊外的树叶开始变黄。生活在秋天里，浅浅行走。

这样的时节，我想说："假如你不快乐，就去菜市场和厨房。"当我们把心放在寻常生活上，仔细品味它时，我们会忘掉许多烦恼。要是不信，你可以试试，试着为家人或者仅仅是为自己，做一顿可口的饭菜。

菜市场和厨房，这两个最具烟火气息的地方，会告诉我们，与生活讲和，简单而快乐地活着。

一般我都是在清晨和黄昏，去逛菜市场。"这鱼好新鲜，带一条吧！""这是当地的小白菜，你看还有虫眼呢！""刚出塘的莲藕，口感好极了！"耳膜会被各种声音塞满，这边卖鱼肉的、那边卖蔬菜的不断传来的对话声，会让我们突然从自我的困扰中，抽身而出，融入这阵势庞大的生活大本营中。

询问价格，挑挑选选，不会在意打扮是否精致，也不会在意有人会背后算计，就那么真实地与生活一起，说着生活。

我是喜欢这样烟火气息的地方，每次去菜市场，总是不停地与他们聊天。我从这些与生活紧密联系的人们口中，打探着蔬菜的信息，感知着季节的变换，触摸着生活的温度。

我会常说："我是一个生活在真实生活中的人。"是的，就是活得这么实在。买菜、煮饭、上班，生活的重点，就是生活。和孩子通话，总是重复一句话："记得好好吃饭！"仿佛吃饭这件事，是天下最大的事情。

的确如此，在父母心中，好好吃饭就是照顾好自己，每个父母的心愿都是孩子健康快乐。其余的，关于成就和收获，那些都建立在健康快乐的基础上。

菜市场是一个大杂烩，在里面形形色色的人都有。人们开始挑选自己中意的菜品，我也享受着挑选的乐趣。有时触摸一下萝卜根部的泥土，有时抱怨蔬菜上洒了水，有时会在一堆辣椒中翻来翻去。

真是惬意啊，没有人会对你的挑拣行为抱怨，好像菜市场就是这样一个供人选购的地方，不如意时，还会换一个摊位继续挑选。买菜的，卖菜的，仿佛一家人似的，和谐在一处市场中。

沿路的巷弄里，再遇上卖瓜子的、蒸馒头的、水果店、缝纫铺，一应俱全的生活所需，都在去菜市场的路上和菜市场中。这时，你会感觉很轻松，因为我们专注于为一餐饭做准备。家里这个爱吃鱼，那个爱吃肉，都装在了心里。心是满的，是充满爱的。

心以爱为食，就会滋生爱。能够爱自己的人，才能更好地爱他人。在所有与爱有关的字眼里，都离不开一日三餐。倘若有人总是关心你有没有好好吃饭，别嫌烦，那是在爱你。

逢年过节，父母会把所有的爱都倾注在餐桌上。尤其是中国人的过年，让人难忘。老人们会提前半个月就开始准备年货，然后等待着孩子们从四面八方回家，一起好好吃一顿团圆饭。

再说说厨房，在一方小小的天地里，盛装着整个家庭的欢乐。有一次去朋友家做客，朋友用心做出的饭菜，色香味俱全，那一刻真的感觉，生活的美好就在大快朵颐中。

朋友告诉我们，自己经常在外吃饭，遇到好吃的菜品，就会跑去问厨师怎么做，然后回家了照着做给家人品尝。时间一长，手艺精进，做饭便成了享受。

真正精致的生活，从来不远离人间烟火。我们一直在追求一种精致的生活，精致的生活其实就是把寻常的日子过出诗意。它并不是空中月、水中花，而是在平实的生活中，流出的爱意和诗意。

在那些平凡的日子里，我们从菜场到厨房，满身的烟火气息。正是这样的气息，才是性感迷人。会生活的人，才有资格谈论风雅，所有的风雅，都来源于生活中的点滴。

有人说十指不沾阳春水是文艺。我不这样认为，我心中的文艺范儿是与生活息息相关且有温度的东西，是岁月中温和的相处，是充满生活气息的情怀。

我们总是渴望诗与远方，殊不知我们过好的日常，也正是别人向往的诗与远方。诗，在柴米油盐里吟诵，只要我们用心聆听，就能够听见。

星空下的浪漫，在一朝一夕的相处中。生活的诗意，在一日三餐的平实中。风雅与情趣，与外在无关，是内心的诗意生出的气质。

稳妥地生活就好，我们活着不是为给谁看的，而是在生活中感知生活的本质。"春风如酒，夏风如茗，秋风如烟，冬风如姜芥。"在一个诗意的人眼中，万物都具有诗意。四季是诗，山水是诗，寻常生活亦是诗。

但愿我们每个人，都能从平凡的生活中发现它的美好，能在琐碎的日常中发掘出幸福，能够在寻常的日月中，感知到深情与诗情。

秋的气息，穿过厨房的窗口，进入室内。厨房的砂锅中，正熬着大骨莲藕汤。此时的秋，有着烟火中淡淡的微凉和浓浓的深意。放下执念，不问过往，专注于眼前的细微生活。

城市的人行道上，人来人往，汽车川流不息。我们都是生活在真实生活中的人，与生活讲和，与它共处同乐。

# 与此时，在一起

香雪兰开在一个清晨，它把鹅黄色的花瓣置放在春日，室内循环着一股香氛。凝目，对视，我沉醉在当下的光阴里。

时光缓缓流动，一种美带动着另一种美的产生。喜悦、平和、明亮，这些向上的能量在心底奔腾。我一直用写作的方式，来告诉自己，多与当下的事物待在一起。

只是，在一起。专注于眼前的发生，内心的情绪会趋于平静。与自己的当下，在一起。无论它是什么样的，学会在其中顺畅地流动。

香雪兰的花香，有溪水流动的清爽，一朵朵，一大束的鹅黄色花朵，从黑夜到白天，它在日月中汲取的精华自然而欢喜地释放。

一位智者对于如何管理自己的情绪，这样说过："好的坏的，甜的苦的，无论什么感觉来了，就和什么感觉在一起，只是，在一起……就像，陪着微风，伴着细雨……在一起，然后，流动过去……"

与自己当下的境遇和解，和它在一起，慢慢度过。情绪与心境，都是时间的产物。我们在时间中的发生，影响着情绪，而我们在面对这种发生所产生的态度，就是心境。

"无论什么感觉来了，就和什么感觉在一起。"愤怒、忧伤、哀叹，这些负面的情绪来源，是因为我们不能放过自己，对过去发生的一切有着不甘心。

能够真正接受并感知当下发生的事物，这时的内心是平静的。当我们知道，生命只是一场体验的过程，我们活着，就是为了感知它的存在。

喜怒哀乐，悲欢离合。伤害与成全，幸福与不幸，五味杂陈的生活，滋味才会愈加香甜，我们只需要与自己生命中的每一秒在一起。

没有人能够安排自己的一生，但是却有选择当下的权利。选择与当下的生活在一起，对过去释然，对未来无惧。在当下的光阴里，去品味生命的真味。

时间永不停止地流动，我们所有的遭遇，都会成为过去。也许在当时让我们痛彻心扉的事情，后来成了生命中坚韧的力量。当我们不再与他人攀比时，不再为他人带来的一切而痛苦时，那么我们就会活得清净。

一个内心清净的人，才能够在此时的光阴里，从容地走过。风雨来时，迎着风雨艰难前行，花儿开时，闻着芬芳踏歌而行。

痛苦来时，就把痛苦消化，悲伤来时，就为悲伤缝制一袭温暖的衣衫。

室内的香雪兰，静静地释放着花香。我与它在一起的时间，内心是美丽与温柔。活在当下的简单中，不为任何事物所困。把手中的工作做好，把眼前的生活过好，把内心的情绪管理好，那就是与当下的一切，纵情地相拥。

"只是，在一起……"当我们放下欲望，只能够单纯地感知当下时，我们的内心就会趋于安宁。一颗安宁的内心，少了怨恨，少了抱怨，少了纠结。

与时间一起，自然流动。无论发生着什么，去接纳，去感知，因为生命的财富，就是一点一点积累起来的感悟。

春日的香雪兰，在室内的花瓶里，开着自己的花朵。与它相处的时光，有着浓郁的香氛在流动。我让这份浓香，从花间流向心间。

多年后，我们面对自己的一生说："我爱过，痛过，得到过，失去过。"这就足够了。于我还想加上一句："写作过。"

与此时，在一起，让生命在当下的光阴自然地流动。陪着微风，伴着细雨，闻着花香，写下一些文字。只是，在一起，无它求。

# 自适

漫长的雨季，在季节里无休止地延续着。我是那种习惯把自己放入日常的人，在一场雨中迷失，在一首老歌里徘徊，在一顿美味前大快朵颐。

很久以来，我不但没有想着要去改变，反而喜欢上了生活自适的状态。自适，意思是悠然闲适而自得其乐。自适，是一种生活态度，也是内心的状态，是由内而外发散出的一种适应自己的生活方式和内心存储。

它是在我们接受并适应当下的环境和面临的一切，而由内心生出的自洽自足，从而形成自适。

《菜根谭》中："幽人清事，总在自适，故酒以不劝为欢，棋以不争为胜，笛以无腔为适，琴以无弦为高，会以不期约为率真，客以不迎送为坦夷。若一牵文泥迹，便落尘世苦海矣！"

内心清净的人，一切只求适应自己的本性。因此喝酒时谁也不劝谁多喝，以各尽酒量为乐；下棋只是为了消遣，以不为一棋之争伤和气为胜；吹笛只是为了陶冶性情，不一定要讲求旋律节奏；弹琴只是为了消遣休闲，以不求旋律为高雅；和朋友约会是为了联谊，以不受时间限制为真挚；客人来访要宾主尽欢，以不送往迎来为最自然。反之假如有丝毫受到世俗人情礼节的约束，就会落入烦嚣尘世苦海而毫无乐趣了。

看似简单的道理，做起来却有着难度。在欲望的沟壑里，我们的内心备受煎熬。为什么现代人容易焦虑，正是少了这种一切只求适应自己本性的生活态度。

"无求而自足，无愧而自适。"无求并不是说让我们无所追求，而是在追求的过程中，不计较结果与得失。求而能得，为我之喜；求而不得，我亦无忧。做人还是做事，光明磊落，问心无愧，我们的内心就会安妥适然，而不再惶惶不可终日。

从文亦是如此。满篇的华丽辞藻，抵不过一句朴实入心的句子。为了迎合而写出的文章，也只能是在界定的范围内得到认可。纵观千年流传的名篇，都是直抒胸臆，而非刻意逢迎。

在众多词人当中，面对各种逆境，能够顺处自适的苏轼可为代表。他不但能够逆来顺受，还能找出解脱的方法，在不堪的人间他开辟出一条超越之道，然后又归返人间、欣赏人生，他是最豁达的。

最喜欢他的那句"回首向来萧瑟处，归去，也无风雨也无晴"。文由心出，笔下天然景，胸中自适情。好的文章来自于自然本性的流露，好的生活状态是自适随缘。把自己放置在当下的境遇中，把握住当下的光阴，寻找出当下超然物外的喜乐。

一位姑娘在朋友圈写下："荡舟采菱，观鱼塞下，山行野吟，自适其适。"配图是山间绿荫，水流潺潺，鱼虫花草，还有一张自己的素颜照片，甚是喜欢这种能够自己寻找到适当乐趣的人。

无论是山间，还是城市，都能够找到自适的状态。无论是忙碌还是闲适，我们都能寻到自适的胸怀。不以物喜，不以己悲。在每一寸光阴里安放好自己，与时间相处，看见壮观与豪情，看见闲适与舒缓。

漫长的雨季，还在继续，天空中浮起的雾气，让气温舒适，有人在雨中感叹忧伤，有人在雨中活着欢喜。自适，就是不勉强别人与自己一样，也反对别人把他的意愿强加给自己。

适应自己的本性，就是最好的状态。

# 风有约

在一个不经意的傍晚，古城街道上的花树就开成了一道风景线。我常走的那条街道，法国梧桐已生多年，它硕大的枝干，覆盖出一条绿荫道。

在两棵梧桐树之间，不知道是从哪一年开始栽种的，每隔一段距离就有一株樱桃树。刚立春不久，今年的花开比往年早许多。就在二月春日傍晚，我步行去那家熟悉的烧烤店，途经了一场花海。

沿路都是繁花盛开，一树一树的温柔，挂在枝头。樱桃花是粉嫩的，带着一股娇气，就像是一个娇弱的女孩子，总怕伤着她。

就连看花，我也是远观。和暖的春风拂面，目光所及尽是花的消息。这样的傍晚，让人惬意，慢慢行走，与春风相拥，与花朵相约。

一定是受了春风的邀约，樱桃花才开得如此欢愉。一开就把春天递给了人们，风有约，花不误，正是人间好时节。

这样才算是好，真要是像陆游笔下的"城南小陌又逢春，只见梅花不见人"，那才是终生的遗憾。幸好，花开及时，开在春风有信的日子里。

细数脚下的方砖，这条古老的街道，走过无数个春天。为什么原来竟没发现它的美呢？我们对过于熟悉的事物，很容易熟视无睹。

有人对我讲起了自己的故事，他曾经的朋友圈只对一个人所见，就是住在他心上的女子。他在春天里写下的心情，就有那段"城南朽木又逢春，只见梅花不见人"，以及"人有生老三千疾，唯有相思不可医"。

该有多么隐忍的爱，才把一个男人弄得满心风月。成年人的生活中，连爱情都是奢侈。明明可以发个信息就能解决的事情，却偏要通过这样含蓄方式表达。

我想他是真实地爱着，不打扰才是爱一个人最好的方式。尤其是不能表白的爱情，放在心上即可。那个女子，明知道风有约，却偏偏误花期，一场无疾而终的感情，在春天发生，在春天结束。

听见这样的故事，难免会长叹一声。再把俗世中的情，放在诗人身上，愈加是有了"人间万事消磨尽，只有清香似旧时"。

街道上的樱桃花，开过一年又一年，春天的风，从古老吹到今日。年年有约，年年花开，这样的情景，成了世间美丽的风景。

然而，也会有有情人难成眷属的悲伤。陆游一生的遗憾，与唐婉有关。一对有情人最终是劳燕分飞，用情至深的两个人，留下了千古名篇。一段与爱情有关的故事，一到春风起，就会传来"春如旧，人空瘦"的相思与怀念。曾经的誓言还在，相爱的人却已经不能再相见。

陆游在老年时，又到沈园怀念唐婉，看着那逢春绽放的梅花，却再也等不到那个相爱的人。当年写在墙壁上的《钗头凤》，墨痕上已经落满了尘土。

旧人的心，依旧停留在曾经的深情上。唯有遗憾，伤人心。在古城的街道上，樱桃花开成了行，仿佛整个城市都弥漫在花海中。

春上枝头，风有约，花不误，是情投意合。世事多有遗憾，难成方圆。也正是有所缺憾，生命中才有这些不朽的诗篇。倘若没有陆母的反对与干涉，陆游与表妹唐婉的爱情，也不至于流传千年。

透过花树，有风吹来。春风，用它无尽的温柔，抚摸过每一片花瓣，于是，樱桃花开得幸福而甜美。

我在樱桃树下，寻得那家熟悉的烧烤店，铺开手中的书稿，开始修改。此时窗外的樱桃花，连成了片。我的指尖下，亦是花开万里的景象。

有些时光里，是自带花香的。我是那个听别人讲故事的人，也是那个花树下写故事的人。

浪漫情怀总是诗，古城的街道，每一块方砖上都布满了诗情。时常有涌动的情感，从指尖下倾泻，想要把这些花开的光阴，都刻进文字里。

慢慢走，静静赏。生命正是一场花开，别急着凋零。把所有的情绪调成静音的模式，只需活在自己的生活中，与美食、美景、美人相遇。

我没有陆游的深情，却能读懂深情的人。光阴，是一杆秤，最能称出我们的真心。得到或者得不到，只要是在春风里走过，看过了枝头的花开，我们就拥有了这个春天，又何必在意所得，或者所失呢？

凡尘俗世，人们习惯了权衡利弊，就连情感也不再那么纯粹和执着，再看枝头的樱桃花开，它有着一股清澈明净之气息。

我把自己置身在春天里，踏花缓行。古城街道又逢春，春风有约，花开有信。多情的人，也不会怨了春风，怨了花心。心思透明，一如古城的春天，和煦温暖。内心温柔，一如街道两旁的一树花开。

错过与拥有，已经不重要，毕竟风来过、花开过、我们深情过。粗壮的梧桐树，守候着岁月里的看花人。

# 相逢有深意

　　每一场相逢，总有天意。那些与我们相逢的人和事物，是生命中绕不开的缘分。无论好坏，它都会来。只是在相逢的过程中，我们获得了什么。

　　山高水长，我们一路前行，在路途上会与不同的事物相逢，过去的、现在的，以及未来的。面对繁杂而庞大的一生，没有人能逃过命运的安排。

　　我们不断地相逢，与景物，与人性，与天地，与时间，还有自己。有生之年，欣喜相逢。

　　我是那个在海边拾珠的人，每一个蚌壳里都有着不同的经历。那些后来成为闪光的珍珠，都经历了最初的相逢和后来的磨砺。随着时间的流逝，经过不同的淬炼，有着不同的风貌。

　　生命是丰富的，有时我们会从故乡走到远方，也会与过去的人和事告别。不间断地相逢与告别，组合成了漫长的一生。

　　真不知道这一生，我们要经历些什么。春暖花开，天寒露重，痛苦与喜悦，坎坷与坦途。不能停止的脚步，前方的风景在变换，所遇之人在更新，以及我们的情感在汹涌。

奔赴一程又一程，我们与山水相逢。海子说"从明天起，做一个幸福的人……给每一条河、每一座山取一个温暖的名字"。山水之情，在于自然。它们把自己最真实的一面，袒露给路过的人。

人生如旅，我们都是旅人。徜徉在山水之间，云遮雾绕是一种美，山川河流是壮丽，小桥流水是温婉，古镇、沙漠、草原，以及大海，所到之处，皆是风景。

一个眼中、心中装着风景的人，会觉得日日是好日、处处是好景。即便是崇山峻岭、荆棘密布，亦是一次最美的相逢。

与山水中，我们相逢的是自然风光，但是最终它成就了我们看待事物的眼界与心胸。孔子说："知者乐水，仁者乐山。"寄情于山水，效行于山水，比德于山水。

一个以山水的胸怀来要求自己的人，他的人生是快乐的。即便是途遇艰辛，也会用坦然面对。不再计较得失，而是真正享受生命给予的体验。

拥抱每一次的相逢，与对的人携手前行，就是最好的结局。与错的人，挥手告别，重新开始新的旅程。相逢与别离，无关悲欣。

与不同的人相逢，然后修行成最好的自己。最初的父母，童年的伙伴，还有后来的老友以及陪伴自己的亲人，这些命中注定的相逢。我们从出生到终点，要明白的一个道理，那就是爱与被爱。

　　我们被爱着，同时我们也爱着生命中这些重要的人。拥抱彼此，趁着还有爱的能力。既然命中注定与之相逢，一定具有深刻的意义。

　　还有太多与我们擦肩而过的人们，善待并祝福他们。正如海子在诗中写道"陌生人，我也为你祝福/愿你有一个灿烂的前程/愿你有情人终成眷属/愿你在尘世获得幸福"。

　　正确对待那些伤害与失落的相逢。面对一些遭遇，我们会受到一定程度的伤害和失落。有时尽力了，但是结果却不如所愿，那就用释然和放下的心态去对待。

　　这些带着痕迹的相逢，它是生命的树干上留下的疤痕。有一种沉香，是沉香木受到外界伤害的伤口处凝结成的瘤疤，它们治愈了沉香木，同时把一股沉香留在了岁月里。

　　最终，我们会与自己相逢。在一路的磨炼中，我们成了一个有内涵的人。是光阴里的相逢，充实了生命的主体。

　　后来的自己，都是建立在与各种不用事物的相逢之中。成功与失败，喜悦与痛苦，结伴而至。我们在其中被无情地打磨，终有一天，回首来时，那个清白的少年依旧，那个深情的自己还在，那个豁达与通透的自己已经形成。

背井离乡的无奈，深夜痛哭的时刻，辗转折磨着我们与事物，在生命的主干上，结出一个又一个瘤疤。它们沉淀出一种特别的沉香，生动而醒目，沉重而厚意。

每一刻都在相逢中度过，一本书，一个人，一段情，一件想去做的事情。背叛、伤痛、开怀，时有发生。

不停地相逢，不断地成长。好事的相逢，是为了成就我们的幸福。坏事的相逢，是为了让我们明白一些道理，从而愈加饱满。

你我的相逢，是必然的，因为我们都走在一条用文字铺满的路途。四季的风情、人性的真善美、人间真情，以及我们对生活的热爱，尽在其中。

与相逢的事物相交好，与不合的事物道别离。前面的相逢，也许是难以忘怀的记忆，但是后来的相逢，它会更有生机并充满活力。

# 光阴缓缓

爱上这缓缓流淌的光阴，是因为光阴里那些静止的或流动的事物。原以为是因为光阴里的好事才值得去爱上它，后来发现光阴正是有了残缺与遗憾，更让人着迷。

在某个时刻突然明白，这一去不复返的光阴，如此短暂，我开始倍加珍惜时间里的每一个点滴。生怕这光阴从此而去，空留下遗恨。

于是，我爱上了属于自己独有的时光。就连空气中的芬芳与尘埃，都爱。不再把事物分成绝对的好与坏，只要是光阴里的一分子，都喜欢。

再也不会有与当下一样的光阴，此时我们所做的事将成为永远的过去。即便是不堪与痛苦、艰辛与坎坷，它也是难得的。

光阴它正在流淌，如溪水般清澈。是的，光阴是清澈的，是我们的内心把它调制成了各种颜色。简单与繁杂，都来自于我们内心对生活的感受。

喜欢光阴的多种形态，忙碌与闲散，各有情趣，痛苦与艰辛，各有深意。喜悦与幸福，各有层次，喜忧参半，日月星辰，花果虫鱼，爱与被爱，光阴里的万物与多情都是生命的馈赠。

漫步光阴，不再急急忙忙，而是学会了慢慢品尝。把甘甜与痛苦，仔细品鉴。把生活的根基，立足于大地之上。呼吸着清新的空气，躺在暖阳下，坐在秋千上，喝一口弥香的茶，做自己爱做的事情，把工作当成乐趣，把生活写成赞歌。

活着，已经是一个人最幸福的事情了。能与飞鸟共鸣，能与花朵同舞，能与志趣相同的人共进，能与独特的自己相伴，这难道不是幸福的事吗？

漫天的星光，照亮着赶路的人。温柔的阳光，醉了尘世。路上的行人，川流不息。一只蜻蜓落在水面上，突然看见秋天里的一塘荷开，与老友久未见面仍然亲密无间。去一座古老的小镇，在繁华都市的街头，辽阔的田野，一望无际的海水。

光阴里的每一件事物，都带着它的美，没有理由拒绝去爱。博爱、大爱、恋爱、友爱……所有与爱有关的情感，时时都在发生。

不再急匆匆地赶路，而是会在奔跑的途中，欣赏沿途的风光，也会在暴风雨中，感受生命的狂热。不再逃避艰辛与挑战，而是迎难而上，无畏无惧。

因为，我是如此热爱此时的光阴。亲吻它的每一寸肌肤，倾听它的每一次心跳，抚摸它的每一根脉络。生怕一不留神，它就离我远去，再难拾起。

尝试着与光阴里的事物和解与相拥，幸与不幸，欢愉与苦痛，它们都是生命的礼物。一切所遭遇的经历，都值得感谢，感谢这些让生命饱满的事物。

我在缓缓流淌的光阴里，品尝着它的原汁原味。源于内心对生命的热爱，笑容自然涌出。世界如此可爱，因为它的丰富与多彩。生命如此美好，因为它的五味杂陈与捉摸不定。

我会在窗前回想起童年的歌谣，也会在日记本中寻觅青春的懵懂，还会在繁杂的生活中，去感受它的盛年，以及在老去的光阴里，回忆这一路走过的时光。

命运是盛大的，它用博大的胸怀，盛着我们每个人的遭遇。生命是壮美的，它有着与生俱来的雄壮与美丽、勇敢与智慧。

不再浪费光阴，是不想浪费生命，让短暂的一生，多经历一些，然后意志坚定地走下去，竭尽全力，书写生命的篇章。当我们有了拥抱生命的决心，光阴里就会流淌出丰盈的生命，那是创造与奋斗。同时，在这个过程中，我们享受着它。

光阴里的烟火与梦想、阳光与植物、爱与被爱、得到与失去、付出与收获，是它缓缓流淌的主题。我们是那个拿着乐器弹奏的人，或悲怆，或舒缓，或激流，或平坦。

到最后，归于平静。光阴缓缓，我们与它同步走过，无论以什么样的形式，不空留遗憾。被现实撞得头破血流，是一种悲壮；花前月下的私语，是一种浪漫；搏击生命浪花的身影，是一种伟岸；勇敢、执着与坚定的步伐，是一种精神。

光阴，是一幅正在刺绣的锦缎，上面有大好河山，有百花争艳，有诗情画意，有奋斗与努力的身影，有生活的烟火，有日月的普照，有郊外的野草，有对生命的思考……

它正在缓缓而去，我们该如何与之拥抱？唯有爱并珍惜，才是永恒的答案。

# 君莫负

当跨年夜的活动被提上日程，已然到了这一年的最后一个月。十二月的天空？古城被一片明媚的阳光照耀，人们挥去了寒冷的阴沉，显得活跃。

时间是一个魔幻的老人，它把很多东西改变。在它的指尖下，四季轮回，在它的怀抱里，我们从年轻到老去。一路踏行，经历着许多预想不到的事情。

有人提议："跨年夜去江边看一场烟火。"有人说："那一个值得怀想的夜晚，适合在红酒中追忆过往。"还有人说："想去有音乐与摇滚的地方，释放内心的梦与渴望。"

我在各种声音中，猜想着我们到底想要纪念什么。是流年，是光阴。那些走过的路，有痛楚、有喜悦、有犹豫、有彷徨，还有过绝望与希望。

后来的我们，选择了不动声色。并不是外在的改变让我们不再喧嚣，而是内心对这个世界的认知，在发生着变化。经历越多，越发现自己的无知与渺小。

我们活得如此盛大，在各种情感中体验，在不同的情绪中挣扎。不断地蜕变，不断地成长，日新月异的变化，让我们有了丰厚的底蕴。

于是，我们开始怀念那些逝去的时光。年少时的轻狂，青春期的躁动，中年时的无奈，老去时的宽容，一生就是这么短暂。在时间面前，我们必须时时用某种形式，来记录时光它曾经来过。

十二月的暖阳，把摇椅晒得热乎。静坐一刻，光阴像走马灯一样晃动着。眼前的这一年，我们收获了些什么。世事如空气中的浮尘，在飘动，我想要在回忆中抓取点什么。

"时光悠远含香，年少几度轻狂。"当我们日趋沉默，年少的轻狂愈加弥足珍贵。再回忆起那些年，足球场上的呐喊声，纸条上的悄悄话，以及夏日里喜欢穿的白衬衫，还有那个曾经用心对待过的少年。

光阴是美的，美在它的沉静。无论外界多么繁杂，光阴总是一步一步向前，从不为任何事物改变自己的节奏。我们在光阴里，做着自己。

苏格拉底说了一句最伟大的话："认识你自己。"我们在光阴里，不断地认识自己。伴随着成长生出的痛感与喜感，认识自己是一件终生需要探索的事情。

大多时候，我们并不了解和认识自己。在取得一点成绩后，盲目地自傲，在遇到一点挫折时，无尽地颓废，我们把自己遗忘在时间之中。

有一天，我们茫然不知所措，回头寻找来时的自己，才发现那个清白的少年，心中的梦想与渴望，才是时光的初心，才是光阴的源头。

朋友在父亲去世后，把头磕得血流，悔恨不已。这个每天忙碌的男人，忽略了一些属于生命最本真的情感。以为将来会有许多时间来陪伴家人，殊不知世事难料，一个突然的发生，父亲就离开了自己。

我们不负时光、不负爱，才是生命最圆满的状态。生命中的事情很多，但是重要的也就是那么几件。我们一生中值得记住的日子很多，但是有意义的日子也就那么几个。我们一生中的朋友很多，但是最贴心的也就那么几个。

选择对的事情，选择对的人。一生很短，在有限的光阴里，做一些不留遗憾的事情。认识自己，不活在别人的期待中。这一生，为自己活过，就是最好的结局。

为自己所爱尽心，为所热爱的事业尽力，为那些美的事物浪费时间。光阴里，一草一木，一沙一石，都是美的。时光里，我们相遇的那一刻，就有了缘分。从选择去爱的那一天开始，我们就注定不平凡。

君莫负，莫负真情。爱与被爱，都是一种成全。成全别人，也就是成就自己。把情注入到日月中，陪伴家人，与朋友小聚，对陌生人报以微笑。释怀那些伤害，心怀爱意。放过自己，也放过别人，让爱在日月里扎根。

君莫负，莫负光阴。用心全力去追寻梦想，"努力到无能为力，拼搏到感动自己。"试问自己，能否做到。生命的意义，就是一个努力奋斗的过程。无问西东，知行合一。赞美成长，全力以赴。

君莫负，莫负一切美的事物。生活中的美景、美文、美食、美人，都不辜负。与这些美好的事物多相处，然后让自己的内心生出美来。有一颗美好的心灵，那么生命就会散发出清香。蝴蝶停留的地方，是有芳香。不怕无人赏识，先修炼好自己。

这个月过完，我们就要跨年了。这一年的自己，到底做了些什么有意义的事情。那就等到在江边的烟火中畅谈，在一杯红酒中感怀，在一段震耳欲聋的音乐中去咀嚼。

阳光不冷，时光含香。阳台上的绿植，在十二月里，蟹爪兰开出了耀眼的红色花朵。一大盆，向着岁月示好，向阳而开。马路上，行人匆匆。

君莫负，这一路的光阴。

# 恋恋红尘

我之所以如此贪念红尘，与那些有温度的事物是分不开的。每天活在巨大的希望和细微的爱中，我对生命有了多种形态的感知。

浩瀚的宇宙，我们渺小得如一粒尘埃，在苍茫的空间中漂浮。路过世间，看四季变化，感人情冷暖。正是这些能够触摸到的温度，让人们心生留恋。

红尘修行，是修一颗温柔与慈悲的内心。随着岁月变迁的过程，我对尘世的爱恋在加深。在成长的过程中，逐渐能够感知到时间的无情，以及在无情的时间中有情的人和事物。

漫漫红尘，我们与许多人和事相遇。好事是来成就我们的，坏事是来帮助我们成长的。在我开始对所有的发生充满期待，我知道自己正在走向成熟。

不再抗拒，而是欢喜接纳。曾经我们渴望被生活善待，后来我们懂得了善待生活。在这个变化中，有过泪流满面，有过抑制不住的悲哀，有过沮丧和失意。

脆弱的内心，经过世事的磨砺，变得浩瀚而强大。越是经历多的人，他们的内心越是丰富。

每个人都是沧海中的一粒尘埃。在日出和日落里，与尘世间的事物发生着关联。生命在循环往复的季节中，向前推进。

年轮在生命的树干上，刻画出一道道深刻的印痕。人们勇敢向前，努力奔跑。我们义无反顾，认真付出。热情在生命中燃烧，每一天都拥有希望。

也有颓废与沮丧，当我们遭遇到挫折和伤害时，会怀疑努力和付出的意义。这些负面的情绪，被阳光炙烤，被温情融化，人们在巨大的希望与爱中，跌倒又爬起。

更多的时候，我们会与陌生的人和事物相逢。在不断探索的生命长河中，有过无数的过客，也会成为他人的过客。只是这擦肩而过的瞬间，我们留下的是冷漠，还是热情？

我对红尘的眷恋，多是因为其中的人和事物。草木鱼虫，星辰大海，以及迎面相逢的人，还有发生着的事情。

这是早春里一个寻常的日子，我把车停在高铁站的停车场，因为当天返回，以便自己取用。新修的高铁站，硕大的停车场，在我置身其中时，就像是进入了一片"车海"。

从异地办完事返回，取车时出现了一幕尴尬。高铁站有三个停车场，一时不记得停在第几个停车场。行人匆匆，我感觉茫然无措。

逢人就拿出早晨拍下的停车照片询问，因为没有具体的位置，这让取车成了一件难事。正在我低头准备花费时间去寻找时，一个人的出现改变了这一切。

"要坐车吗?"是一个留着胡须的中年人，趁着候客的当口，看出了我的不知所措。"师傅，你帮我看看，这辆车停在哪个停车场?"

他认真看了照片，然后对我说，我教你一个智能便捷取车的方法。陌生的男人，看上去并不温柔，甚至长得让人心生防备。

我知道这世界上，好心人是最多的。跟在他的身后，来到了地下停车场的楼梯间，在通往地面的楼梯处，有两个小屏幕，按照上面的提示操作，会很快查找到自己车辆的位置。

外表粗糙的男人，却有一颗温和的心灵。他不仅教会我一个新的生活常识，还帮我以最快的速度找到了停车位置——第二个停车场的 C 区。

在我匆匆向着停车位走去时，他不忘大声在身后说："你看红色的柱子这块是 A 区，黄色的是 B 区，蓝色的是 C 区，你的车停在蓝色区域。"

安静的停车场，他的声音有着穿透光阴的力量。正是这些好心人的善意与帮助，让我们度过了一个又一个迷茫的时刻。

这些发生在生活中的小事，时时都在。我被这个世界的善意包围着，在遇到困难时，总有人及时伸出一双温暖的手。

红尘中，有着太多这样的好心人，会在我们所需时，及时出手相助。刚好看见一则消息，一个小孩在逛商场时，被一粒糖果卡住了气管，很是危险。路过的一位从事护士工作的女孩，急忙把孩子托起，用她的专业知识，帮孩子咳出了气管中的糖果。

惊险的一幕，在好心人的帮助下，化险为夷。红尘中，我们虽是渺小得如一粒尘埃，但是在我们相互交融时，就组合成了绚丽多彩的世界。

我对红尘的依恋，来自于对有温度的人和事物的感知。我们无数次遇见过险境，也无数次化险为夷，是因为在这个世界上，爱和希望，它一直包围着我们。

漫漫红尘，每天都有新的事情发生，它们带着温度与热情。我总是把自己安放在这些细微的感动中，因此对红尘有了更深的爱恋。

香袭书卷　作品

当我们懂得了怎么去爱上日常，
我们就学会了怎样去好好生活。

# 甚是念你

日子，是文艺且美的。樱花随风飞落，发出细碎的响声，树叶生长，炸裂般弄出一首曲儿。真丝的小纱巾，围在方寸之间，女子的颈脖，若隐若现。穿着一身棉布衣裙的人，对着一树的樱花，凝视相思。

其实，每个人的内心都有着文艺情怀。看见或者经过那些文艺且美的事物时，留一点时间去接近它们。只要仔细观察，就会发现身边一切事物都有着美的因子。小草的吐绿，小鸟的欢腾，向日葵迎着阳光开放，母亲的方格围裙……

在日常的艰辛与疲惫中，文艺的情怀是构建诗意生活的根基。众人皆平凡，如何在平凡的日子里，过得文艺且诗意，就在于每个人对美的感知度。有人能在茶米油盐中烹饪出可口的美食，有人却在琴棋书画间迷失双眼。不是环境所在，而是内心的感知不同。

倘若觉得生活苦了，那就吃点甜食。在浪漫的糕点铺，点一份带着芒果的蛋糕，上面有着芒果色的故事，那一刻所有的心事都融化在了入口的香甜中。桌上插着一枝雏菊，旁边放着一杯温热的咖啡。文艺且美的事物，治愈着我们不断涌出的烦恼。

古人在久远的时代，就明白文艺生活是修身养性的最佳方式。古有八大雅趣："焚香，品茗，听雨，侯月，酌酒，莳花，寻幽，抚琴。"任何一种，拿出来就足够我们在庸常中，去抵御麻木和抱怨。古人对美的感知，融入在生活的点滴中。唯有真正以美学的态度去生活，才得以传承至今。

文艺且美的事物，从来就在我们身边。读书是一件文艺的事情，爱读书的人身上会散发出儒雅、淡然的气质。原来文艺是入骨的香氛，它能改变一个人内在的素质，从而让灵魂浸满幽香，举手投足间是明白事理的通透与豁达。

时常读诗，因为在诗歌中发现文艺的力量，它足够溶解心中的怨气。那些美丽的诗句，落在眼底，顺着血液流进内心，顿时心底的花开在了四季，永不凋谢。北岛说诗歌是"成为穿越黑暗趋向光明的驱动力"。

一个文艺的人，不惧怕内心的寥落、时运的波折。他能够从每一件小事中，看见有诗歌在生长、有美在盛开，有光明在前方。向着美好而去，注定会与美好相遇。一个人的心灵，是诗意的，那么他的精神就是文艺的。

生活的诗意，有江南的小桥流水，还有边塞的大漠孤烟、长河落日。最原始、最自然的美，都呈现在我们眼前，而我们能否看见，就在于我们对待美的态度。文艺是人与这个世界最美的相处方式，你看景时，能脱口而出"江南好，风景旧曾谙"，这就是文艺。把一段固定的景色，融入了自己的情感，就是诗意。

文艺的力量，甚至会改变一个人的命运。女友在一生最痛苦的时候，用文艺治愈了自己。那时，她遭遇了婚姻的变故，被忧伤与低迷的情绪日日环绕，几乎到了抑郁的程度。她明白如果走不出这段阴影，一生都将下沉。

女友开始看话剧与电影、去听音乐会、参加了读书会、长假就去旅行、每天坚持运动。在她的朋友圈分享最多的是这些文艺且美的事情，有时会是一张品茶的图片，有时会是一顿有情调的晚餐，有时是在江边跑步的身影。

最后不到一年时间，调整好了状态，重新开始了自己的生活。换了工作，应聘去了一家专业对口的公司，并做得风生水起。据说，不久前还升职成了部门主管。后来一起喝茶，问起这段往事时，她说："如果没有那点坚持文艺与美的心，是很难尽快修复的。也许时间可以治愈一切，但终归还是那颗文艺心，及时尽快地带着自己走出了阴影。"

曾经，做过一件很文艺的事情。记得那年春日，光着脚丫去踩过泥土的松软。我在泥土的本真中，发现了文艺与世界之间美的关系。最原始的文艺，就是能从松软的泥土中，光着脚丫感受浪漫的情怀。至今忆起，我依然清晰地记得那种贴近大自然的诗意。

某日兴起，聊起一些关于文艺的事情。有人说："我做过最文艺的事情是每个周六站在楼顶上，等着心爱的女孩路过。因为她从外地回家，必须经过我家楼下。"那时，应该是属于青春气息的文艺，停留在他一生的记忆里。

"我在前年独自背包去了一个偏远的地区，那里人们的生活很简单。我炖了一锅萝卜，请当地人一起用餐。""我在景德镇的土窑里，烧制了一个写着自己名字的瓷器。""我在东街的咖啡馆里，独自看着窗外的人来人往。"

还有人说："我能想到最文艺的事情，就是娶了同桌的你。"问起我做过的文艺事，我说："这一生做过最文艺的事情，就是从初中开始，爱上了用日记本写日记。后来，每到一个城市，都会带回来一本漂亮封面的笔记本。"

笑语间，春日的樱花纷纷飘落。那些回忆勾起的美丽情感，那些与文艺有着链接的人和事物，那些带给我们美好心情的文艺情怀，都不曾走远，并持续向前。文艺，就是用美学的方式善待自己。

或许我们的生活，平淡且琐碎，但是它并不十分糟糕。用一颗文艺心，把诗意与美驻扎在心底，便会看见满眼的春意，能听见美妙的琴音，能感受到有人爱着你。

日光里，音乐在店铺流淌，茶温适中。阳光晒着桌面，键盘上落下四个字："甚是念你"。

# 与万物交好

一丛丛野菊花开在冬日的山坡上，我们沿路所见的山色，披上了冬的衣裳。有鸟鸣声，但并不密集，有花香，却并不招摇。这大概就是冬的本意，与万物交好，不声张。

采一把野菊花插入陶罐，书桌上有了山野的清新。美，其实很简单。无需声势浩大地宣扬，它在生活的每一个角落里，只要我们去发现。

我们所见的世界，组成了我们的生活，寻常中生活心境决定了它的样子。冬日山脉，孕育着无数的春意。辛弃疾说："我见青山多妩媚，料青山见我应如是。"

红叶正浓，柿饼诱人，山坡上的红薯从泥土里爬出来。大白菜在立冬后，愈加好吃。做猪油饼的大嫂，在火红的炉膛前忙碌。行走在山间、小镇，每一件事物都透出原始的气息。

在城市里错综复杂的街道旁，竖起了一个个路标牌。常走的路，原来并不是我们常说的那个名字。突然，对着天空就笑了，感觉生活很有意思。

时常会有一种胸纳万象的气概，总觉得世上万物都归我所有。想起了多年前一位鉴赏古董的友人说："凡是所见，即是拥有。"原来如此，我们能占有的东西有限，但是我们能拥有的内在是无边的。

一个能够看见万物的人，内心是丰富的。所见即是拥有，我们把那些看见的美丽，装入心中，那么就有了曾国藩说的境界——养活一团春意。

在光阴里提炼出美好，使得每个日子都过得有趣。世上万物，都有着它的趣味，我们只需要去靠近与发现。与人处，多见别人的长处，与物处，多看此物的特点。

万物，自有灵性。徜徉在山色中，山石嶙峋，有着奇特之美。行走在四季里，四季变换，有着动态的美感。与形形色色的人打交道，有着对生活的解读。

事事可生趣味。一丛野菊花开在路边，我们视而不见，还以为冬天只有枯萎与凋零。生活中有许多美好的事物，我们不去发现，总以为生活就是枯燥与烦琐。

在万物中寻找快乐，每一种生活都值得我们去爱。与久未谋面的同事相遇，她给我看了自己近期生活的照片。照片上的她，正在云南一个偏远的山村，与村民们一起煮饭。

生活的快乐，不止是一种方式。四十多岁未婚的她，与生活相处有着自己特立独行的方式。不活成别人期待的样子，体验每一种不同的生活。相夫教子是一种幸福，流浪远方未必不是幸福。

同事给我看了她边走边拍摄的视频，与万物交好。在她的镜头下，有时是一筐蔬菜，有时是苍山峻岭，有牛羊在草地上悠闲地吃草，有孩子在玩耍，还有坐在太阳下做针线活的老人。

在我们能够从万物中发现美好，我们便不会感觉孤单寂寞。"一个人独自行走，会不会不安全?""这么多年，我遇见的全是好人。"人性本善，看我们如何去对待这个世界。

石缝里长出一堆小草，院落的树下，几只鸡爬上树枝打鸣。春夏秋冬，各有美好。日月星辰、大海小溪，各有特质。遇见的人，真诚以待。轻轻抚摸小动物，充满爱的内心，人间万物皆值得。

生活不只是这些细微与琐碎，还有音乐、诗歌、文字与梦想。我们把梦想种植在每一个寻常，用心浇灌，有一天会发现它真的开出了美丽的花朵。

我把音符洒在最平常的日子里，日子就有了歌声。我把文字写在字里行间，内心就生出芳香。我把日月的光辉拥入怀中，我的世界便有了光芒万丈。

溪水河流，在日月里唱着动人的歌谣。花草树木，在光阴里谈情说爱。一只白色的野鸟立在湖面上，我对它说起："有位佳人，在水一方。"桌上的野菊花，对我微笑。

日子，缓慢地流淌。

# 袅袅清风

芦苇荡越来越妖娆时，秋风渐起。摇曳着美丽的头颅，晃动着灵动的腰肢，跟随着阵阵秋风，把秋天舞得让人心驰神往。

月凉如水，日光暖兮。晨起暮落的钟声，从很远的地方传来，贪念这醒着的时刻，不愿倦怠。生怕一个转身，被时间抛下，它自顾流逝。

内心倍加觉得珍惜，好似光阴里全是好事。怎么不是呢？能够醒在每一个清晨，能够安睡于每一个夜晚，日日是好日。

一些矫情的情绪，大多都是闲出来的。即便所遇不顺，在我们用力向前的时刻表上，忧郁与愁绪，会让人觉得是在耽误自己。哪里有工夫顾影自怜，趁着正好的日月，继续向前。

一轮圆月，挂在处暑后的天际，把地面照出月白色。月光似镜子，我时常会站在月色中，去与之对视。在明月纯净而无私的目光中，褪去心底的浮躁与欲望。

只与清风明月为伴，让生活简单再简单。渐喜深居一隅，享清欢。一盏灯火守着安宁，一本诗书从古到今，一杯茶汤煮出万般滋味，一段清音环绕耳际，顿觉神清。

这一切外在的事物，都建构在一颗内心的清明中。一个浮躁的人，是不能够独处与面对自己的。总是在热闹中去寻找存在感，是内心匮乏的表现。

择人处，择事做。《南史·谢惠传》中："入吾室者，但有清风；对吾饮者，惟当明月。"与心性干净的人相处，仿佛被清风拂过。与通透豁达之人对饮，如与明月相交。

爱好写字的人，赠予一张硬笔书写帖子，只是一眼，便是明月当空。白色的纸张上，黑色的字迹，刚劲中带着平和。摊开纸张，上面的每一粒小字，似珍珠般落在心上。

三国时期诸葛先生的《诫子书》中写道："夫君子之行，静以修身，俭以养德。非淡泊无以明志，非宁静无以致远。夫学须静也，才须学也，非学无以广才，非志无以成学。淫慢则不能励精，险躁则不能治性。年与时驰，意与去日，遂成枯落，多不接世，悲守穷庐，将复何及！"

我曾无数次读过诸葛先生的文章，每读一遍，便觉心清一次。浑浑噩噩时，这些古训像是一记醒钟，让人清醒，一遍一遍，洗涤内心的污垢，让自己心有明月清风，活得自然清透。

处暑后的月光，那般温柔。我在它月白色的光影里，与自己的内心坦诚相对。一些堵塞着的枯枝杂叶，把它们深埋于泥土中，转化成养分。在生活的泥潭中滚爬，心怀明月，头枕清风。

内心的清明，让我们更加贴近生活的本质。脱下矫揉造作的面具，真实地好好生活。于人、于事、于物，心有敬畏；于生命，虔诚而认真。

徘徊在秋风里，芦苇晃动着它美丽的芦花。落叶还未成堆，少许飘零。在浅秋的意识里，万物都还在缓慢地进入。

眼睁睁看着一天一天秋意加深，落英缤纷的地面上，曾经多么招眼的花朵，也成了一地的落红。生命的本色，便是盛开与凋零。

感叹时间流逝得过快，秋风肆意弄人，生命的走向趋向明朗。志向随着日月的增加，愈加坚定。明天的路，是泥泞沼泽，还是坦途荣光，一并接受。

不再为任何不必要的得失蹉跎岁月，心思清明与月对，心情入定与风饮。当一个人专注于提高自己时，生命的华彩就会慢慢显现。

荀子说："古之学者为己，今之学者为人。"每个人都能在有限的时间内，不断地提高和修正自己，那么这个社会也就和谐与安稳了。倘若每个人都奔着名利去读书，而不修身，那么读再多的书也是废柴。

袅袅清风起，内心一片祥和与安宁。一个人的清风气正，朗朗乾坤里生命就有了意义。我们都有过混沌与迷茫，这时的明月与清风，才是让自己走出来的最佳伴侣。

离开那些伤害过你的人和事物，去做一些积极的事情，与阳光的人同行。清理掉内心的负面情绪，种下乐观的种子，秋冬之后，春天就会发芽。

站在大片的芦苇前，看风景如画。恰好一只白色鸟儿飞过，与我打着招呼。秋风里传来了远方的消息，这只飞鸟一定路过了你的窗前，然后落在了我的视线。

美丽的不是秋天，是我们走在秋天的心境。静下来，回归朴实的生活。我们会发现，每个人都有着自己的可爱之处，万物都有着它的乐趣。

处暑后的月亮，又大又圆，地面上，月色一片。袅袅清风里，我们各自安宁于世，静以修身，俭以养德，做最好的自己。

# 时间中

有许多变化在时间中悄悄地发生着，再见一些旧时人，已不再是从前。那些年少时留在光阴里的身影，随着命运的改变，大多不是当年的模样。

犹记多年前的夏天，我们沿着铺满星光的小路，谈论着风花雪月，幻想着未来。那时的眼眸里，装的是梦境般的山河。历经一场又一场生活的淬炼，我们知道了岁月的山河是由平坦与坎坷共同构成的。

迈过沟壑，越过暗流，我们坐下来，谈论着最日常的生活。我们在这个夏天，说得最多的大概就是一些与生活最接近的话题。

在时间中缓缓消失的自己，又被时间重新塑造。不断加工与雕琢，现在的我们各具气象。不同的人生路线，用时间刻画出我们现在的内在与外形。

我们以为的永恒，逐渐在时间中消亡。曾经的梦，被生活的艰辛碰撞，碎了一地。但是时间仍然用它的宽厚，让我们拾起满地的心碎与心伤，重新黏合出一个新的自己。

在时间的无垠中，我们不断地被打碎、被塑造。而我唯愿在时间中成为一个单纯的人。用一颗单纯的心去爱着，爱着这般变幻莫测的生活。

单纯是对美好的延伸与解读，在孩童的眼睛里，世界是单纯的，他们的夏天里只有无尽的欢乐。多年后的我们，会一直随着蝴蝶与蜻蜓奔跑，去寻找曾经清澈如水的自己。

不再算计得失，不再权衡利弊，只是单纯地去热爱生命。我只想在时间中做一个单纯的人，眼中有风景万千，心中有爱意无限，坚持与梦想同行，并坚信能够到达自己想要去的地方。

明知道，生命中会有旺盛与残败，会有缺憾与伤感，我依然想要单纯去爱，爱那繁花似锦的光阴，爱那冷风枯干上的凄凉。因为这一切，都能够拥有，该有多幸运。

有很长一段时间，我质疑过、迷茫过。从单纯到复杂，然后从复杂到单纯。心路历程，用时间来见证它的成长。年少时，以为生活只有美好的东西。成长中经历了跌倒、磕碰、感知痛苦、感知幸福，才明白生活的复杂性。

后来，当我从一路的跋涉中走过，已经懂得了包容与接纳，我开始回归单纯，那就是用年少的心，去面对眼前复杂的境遇，一切问题，在时间中迎刃而解。

那些不被接受的，被排斥的，才是痛苦的根源。当一个人能够用简单的方式来面对复杂的生活，那么生活就简单多了。把自己安放在眼前的光阴中，去触摸它的美。你会发现，自己依然能够站在夕阳下，谈论文艺，说着与梦想有关的话题。

我尽量在时间中，剔除一些无需拥有的东西。把复杂的问题简单化，不再去抱怨和苛求，而是尽量去发现美、去体验美。

外在是内在所呈现的像。时间中的我们，皆是由自己的内心所造。重拾年少的清澈与单纯，我们会过得更快乐。

像孩子一样去发现大自然中的乐趣，从地下爬出的蝉蛹，看着它慢慢蜕变成知了。追着蝴蝶去寻觅花香，看水中鱼儿游来游去。

在时间中，唯愿成为一个单纯的人。赤脚走在夏日，看着天空飞鸟的痕迹，与对面的人话家常，让时间平缓而愉悦度过。

竭尽全力地奔跑，也心平气和生活，这样的我们才能真正意义上体会生命的欢乐。生命是首歌，尽管其中有五味难言，亦有风生水起和汹涌而来的壮阔。

何必去为难自己，短暂的生命，我们是为了寻找它的快乐。在时间的点滴中，寻觅它的乐趣，用最简单的心思去迎接与发现。

转眼间，马上就是夏天。从不远处传来一首诗词"茅檐低小，溪上青青草。醉里吴音相媚好，白发谁家翁媪？大儿锄豆溪东，中儿正织鸟笼。最喜小儿无赖，溪头卧剥莲蓬"。

你看，在时间的长河中，从来不缺乏诗意与情怀，不缺少快乐与美好。只需要我们睁开眼睛去看，侧耳聆听，用心感受。时间的声音里，有着大提琴的优雅，也有着村居的乐趣。

时间在走，有许多事物也在悄悄发生着变化。从青葱到白头，我们一路经历、一路叹息、一路讴歌。后来的我们，终于明白，简单就是快乐，单纯成就热爱。

在时间中，唯愿活成一个单纯的人。简单爱，认真活。我又看见了，我们正走在铺满星光的路上，谈着情怀，说着梦想，聊着家常。

# 世事皆在窗外

春光乍泄，一地绿意。大地上冒出的新芽，惊醒了眼眸。被新绿打湿的睫毛，轻轻一闭，嘴角的微笑荡漾开来。是心儿闻到了泥土的气息，是心儿吸收着植物的芳香。

喜欢在春日去郊外走走。春分后的油菜花，燃烧出一片片金黄色的火焰。大地披上了绿色的地毯，油菜花在上面跳着舞蹈。旷野的风吹来，它们点头欢笑。

树木沉稳地吐绿，一片新叶一片情。一群小鸟，时飞时停，好不欢喜。小鸟知道，属于它们的春天来了，我的心也随着欢跃。季节用它神奇的手，一拨弄，大地就换上了新颜。

梨花用它的洁白，吸引着路人。桃花在家户人家院墙内，探出头来看外面的世界。一条看家护院的狗，在路边发呆。树林里，草籽开出了紫色的碎花，把深情揉碎，散落在路人心上。

春美，景和。此时，人应心安。安于自己的光阴，安于内心的田园，安于这一树的绿意，安于此时拥有的一切。

抚摸着嫩绿的小芽，就拥有了整个春天。田间，麦苗长出了气势，乡民们春耕播种。每一块泥土，都沾上了乡民的希望。每一粒种子上都写着："春种一粒粟，秋收万颗子。"

还有一些看不见的小虫子，在春天的角落里画出自己。七星瓢虫，落在了树叶上；小蜜蜂，嗡嗡闹；城市的天桥上，人来人往。窗外的春天，世事皆在。

岁月不只是这般外泄的美，还有它内在的美在流动。我在春天的窗内读书、种花、绣字、熬粥，只是把窗户开了个缝隙，春风就灌满了室内。

月季、蔷薇，呈上了几朵娇美的花儿。仙人掌开始新一轮的疯狂生长，其他的植物毫不示弱，窗内案几上，一派春天的明亮。

日子，如此明亮。春天把万般美好，一挥衣袖，散落人间。乡民们在田间地头，深耕细作，我在书桌前，细读诗书。

读书，该是春天最美好的事情。每当视线与文字相遇时，就生出了万象。我像是草原上的一匹骏马，奔腾在辽阔的天地间。又仿佛是大海中的一名舵手，驾驶着自己的轮船，渡向彼岸。有时又会像一个孩子，跳着橡皮筋。有时会像一个老者，思考着捉摸不定的人生。

窗外是世事，窗内是自己。时常会行走在窗外的世界，也习惯把自己安放在一窗之内。在属于自己的心田，耕耘播种。以读书写字的方式，以烹茶种花的形式。

"忠厚传家久，诗书继世长。"春日读书，读的是天地万物，读的是世事万千。一本书，就是一个世界。翻开书本的那一刻，我们就走进了一个浩瀚的海洋。

那里有绿树如茵、有苍茫大地、有海阔天空、有草木鱼虫，还有人间万象。我在窗外，历经世事的磨砺。我在窗内，与自己认真相处。

窗外的世界，是我们内心的投射。所见所闻、所思所想，都来源于自己的内心对这个世界的感知。

你看见了春天的绿芽辈出，有人却视而不见。你听到了鸟语闻到了花香，有人却充耳不闻。你看见的美好，正是自己内心对这个世界的感知。我们所有的行为，都源于自己内心的真实想法。

一举一动，皆来源于心的指挥。拥有一颗美好的心灵，才能看见春天的花开。心是我们面对这个世界的窗户，打开心窗，我们看见了美丽的春天。

那些与春天有关的故事，是人们用心在谱写。我们醒在春天的暖意，却有人在春天觉得寒冷。是心的温度不够，才不能被春天温暖。

内心的温度，才是我们触摸世界的温度。养一颗美丽的心灵，让自己日日行走在花间，处处能闻得到花香。尽管窗外世事烦琐，我们依然能够在忙碌之余，发现路边的花开，发现春天的新芽正在扑面而来。

亲爱的自己，你要用更多的时间，来耕耘窗内的心田，然后去与窗外的世事相遇。春日赏花是乐，读书种花，是趣。有了情与趣，就能感知到无尽的生命之乐。

春光美，美在我们用心去耕耘。

# 与生活温柔相处

有一段时间，特别想去湖边租一个房间，让自己抽离现实，完全独处。只是写作，阅读，然后看水面上升起的晨雾，与夕阳相望。

这样的想法不止一次从我的脑海中滑过，远离熟悉的环境，让自己用陌生的思维，重新审视自己。终究，我还是坐在了自己熟悉的地方，修改文稿，继续写作。

我把自己放置在相对安静的一段时间里，阳光在秋天格外眷恋这个世界，阳台上的植物爬出许多藤蔓，风已经不燥，脚边的双色茉莉，开出了一朵浅紫色的花，从今天早晨开始的。

安静下来的内心，不再渴望什么，也不再期待别人给予的美好，在一个人的时间里，全部的存在都只与自己有关。

当秋天来时，鸟鸣声、蝉鸣声都收敛了起来。开着的空调，发出了细微的声响。我对自己的内在本质，静静地探索。所有与意义有关的话题，都已经远离，仅仅是呼吸，就有了生的意义。

有些事情，必须专注于自己的内心。写作，阅读，思考。飘窗上的棉垫是柔软的，从高楼向路面看去，行人与车辆都显得很小。就连平日里看上去高大的树木，在高楼之下也是一株小小的植物。

终究我没有去湖边，只是让自己安静了下来。用最简单的方式，应对着日常，顿觉清明。自始至终拉扯着自己的，是自己的内心。把自己放逐在一个安静的时间里，静静地去面对日常与琐事，自然汇成了平静的湖面。

时而，读一段随手翻阅的文字，书架上许多书籍，有的认真读过，有的只是翻动过。这样的时光，仿佛时间是停止的，白天和夜晚的变换，不太明显。

没有了强烈的欲望，专注于眼前的事物。房间里的每一件物品，都闪烁出光阴的柔光，行在其中，时间绵软，心是温和的。

手中握着的白开水，在纯色玻璃杯中，干净清透。祛除杂念的内心，与万物相处都是平和稳定的。我们一生的修行，就是要学会控制自己的情绪，让自己处于一个稳定的状态，与世上的万事万物，和平相处。

那些让我们流过泪的事物，早就忘记了它的痛苦，偶尔滑过心间，也只是相当于秋天随风飘落的树叶，自然地存在于生命中。再想想当初的痛彻心扉，只留下莞尔一笑。轻轻地，拂拭掉上面的落痕。

曾经让我们骄傲和辉煌的，也只是光阴里的一块里程碑，它并不能说明我们长长的一生是成功或是失败。每一个生命的底色，都具有无比厚实的承载力，是我们对生命永不褪色的坚守与期望。

电视屏幕上打出几个字"无论如何错过，世界都会让我们相遇"。电视是静音的，画面感极强的色彩，晃动出一幕幕别人的生活。但是有些错过，真的就会错过。

早早地换上了棉布拖鞋，那种有些粗糙的老帆布，让人踏实安心。多年前的光阴里，是对绸缎华丽的迷恋，而后多年，才明白贴肤的绵柔才是合适，应该是无论如何变化，我们都会与自己的好与坏相遇。

我在一个安静的时间里，遗忘，拾起。文件夹里的稿件已经累积了许多，选择是个难题，修改是重新再用心走一遍。一字一句，带着体温的文字，再次用心捧起、拂拭、摩挲，想让它们褪去一些，留下一些。

我放下了去湖边租一个房间的想法，安静下来的内心，就是一片平静的湖面，与自己的相处，正是它的航标，在繁杂的生活汪洋中，引领着自己巡航。

花草吐蕊，绿植满架。飘窗外的马路与天空，构建出一幅美丽的景象。人们与我的距离或远或近，种植的植物名字总是想不起来，与数字有关的电话号码也记不住。遗忘与清空，让远去的事物逐渐模糊，让眼前的事物愈加清晰。

在安静的时间里，我清晰地知道要去的方向，并坚持不懈地走着。沿路的风光，有热泪盈眶，有暗自神伤，也有璀璨与荣光。

坚守自己内心的清明，我们就已经把自己活成了一片平静的湖水，它成了一道永久的静地，让我们从中寻找到安静的力量。

我继续写作，继续生活。日常并没远去，安静待在四周的事物中，静静地流动。空调依旧有着细微的声响，车来人往的路面上，泛出了日月里幽远的光，在延伸。

在这个安静的时间里，与自己的内心做着长远的旅行。这时，正路过一个湖泊，我敲窗入驻一个房间，留给自己一个满月之下的平静与谦和。写作，阅读，与自己相处。

# 那抹绿

春天来时，我在店铺外的橱窗下，栽种了几株蔷薇。那是一方小小的花坛，窄窄的，与橱窗的宽度同长。中原地带的四季分明，夏天格外热，冬天很是冷。咨询了花圃的养花人，他说："那就种几株蔷薇吧。"

带着欢心的期许，几株蔷薇用新泥种下，仿佛看见了不久后，墙面上爬满的蔷薇开出了一朵朵美丽的花。

阳春二三月，有一种颜色叫"春天"，那是春的专属色"绿色"。春天来时，绿色牵着春的衣角，跟着来到了人间。它悄悄地打量着人间的烟火，然后把自己的那抹绿，移植其中。

墙角处不知道什么时候，冒出了一排绿草。是风吹来的种子，落地生根，便有了一些静悄悄的绿意，在春风中生出。

我是喜欢这种绿意盎然，它让人时时感受到，自己在春天中。自古以来，许多文人留下墨宝，关于绿的诗句有许多。"碧玉妆成一树高，万条垂下绿丝绦。""春风又绿江南岸，明月何时照我还。""绿树村边合，青山郭外斜。""绿杨烟外晓寒轻，红杏枝头春意闹。"

七彩的世界，有一种治愈人的颜色，那就是春天的绿色。只要看见它，心底就是一片澄净，眼中升起希望。最早知春到的，也是它了。

我在春天的橱窗下栽种着春天，有爬墙的蔷薇，有肥厚的仙人掌。店铺临街，来来往往的人，都会看上一眼。城市的春天，就在这些花草间，为高楼大厦和柏油马路增添了另一种美丽。

栽下的是花草，种下的是喜悦。与那抹绿色日日相处，心情就明亮许多。工作之余，站在绿意盎然的花草前，顿时心生宁静。忙碌的工作，成了它的背景，仿佛它才是春天的主角，是来告诉我们"快乐工作"的。

郊外大面积的绿色覆盖着原野，春天的美，尽在铺天盖地的绿意中。徐志摩说："那河畔的金柳，是夕阳中的新娘。"多么美的春色，树木探出的绿，醉了夕阳。

我在城市的角落里，栽种着与春天有关的事物。那抹绿，它生在了我的橱窗前，与我们日日相伴。培土、浇水、扦枝，小心翼翼，却满含深情。

店铺里的花，在春天多了起来。吊篮疯狂地生长，月季开出各色的花朵，绿萝悄然行进，绣球藏在土缸里。我的视线时常会投注在这些带着绿意的植物身上，它舒缓了身心。

那一日，阳光帅气的小伙子，骑着摩托车来到店里购物。看见我正站在橱窗外的蔷薇前，上来主动打着招呼："我又来了。""欢迎您的再次光临。"一问一答之间，买卖就多了情分。

还有许多陌生的顾客，他们在春天里，光顾着店铺，也看见了那些蔷薇与花儿。我想，那抹绿它不只是为某一个人而绽放，而是为着这个城市里来来往往的人群存在。

"夕阳下的新娘"，春天是温柔的、新生的。那抹绿是新娘心头上的爱与对生活的解读，那抹绿是未来生活的方向。我把希望与喜悦、温情与热爱种植在春天里。

突然有一天，当我再次看它时，它们有了伤口。一株蔷薇，被人拦腰剪断，只剩下一点光秃秃的枝条，突兀地站在天空下。"别采摘，花会疼的。"看着蔷薇的伤口，我的心隐隐作痛。植物也是有生命的，为什么要随意伤害呢？

前些年读过一本书，《我们的树》。上面有段话刻印在我的脑海中。"拥有一棵树，不必要封闭性地占有或剥夺性地取用，而可以是建立起与树的友善关系，就像是对待一位朋友。友善是和平与环保的基础。"

我在被剪断的蔷薇前，深思。蔷薇不值多少钱，去花铺买几根栽种很便宜的。我可以再次补种几棵蔷薇花，但是那些被伤害过的心，真的就那么容易修复吗？

"不以善小而不为，不以恶小而为之。"我为那个剪断蔷薇的人感觉到悲哀，什么时候橱窗外的花花草草不再被采摘，那才是我们追寻的美好生活。

发自内心的善良与修养，是春天的绿色，是赠予大地的话语。绿色，它在春天里，治愈着无数的人，但愿我们都是那个种花人，而不是那个剪断它们的人。

蔷薇依旧在春天用力生长，那几根带着伤口的枝条，夹杂在一群热闹中，暗自神伤。我多想轻轻地抚摸它们，去抚平我心中隐隐的痛感。

橱窗外，人来人往，路过的人，都会看上一眼春天的那抹绿。

# 日暮苍夏

木槿还在开，整整一个夏天，盛开的、结果的、满怀好意的，都在时节的行进中。季节一个转身，就换了容颜。夏在退隐，在时序的边缘，我们坚持前行。

昨夜一朵木槿凋零，第二天另一朵木槿开放。这样的夏天，有些遗憾在告白时就已存在。街头的便利店日夜营业，人流时急时缓。城市的街灯处，坐着落寞的人。

人生百态，从天空下走过，徘徊其中，会与不同的灵魂相遇。与我们的相遇，正是与他人的别离。这就是一步一步要走过的路，所遇总是在不间断地更新着。

关起夏天的门，我们来说说这个夏天。沉默的人其实故事很多，看过浮云苍狗，便不觉有多少事物值得拿来炫耀。内在越是丰盈，心灵的深度越是难以接触。倒是那些叽叽喳喳的鸟雀，让人一目了然。

竟然一时语塞，感觉这个夏天还没度过，怎么就要立秋了。还有几天，时序近秋。在不间断的行进中，那些能够忆起的事物，还在沉沉浮浮，待到落地生根，才有话说。

与夏天的告别，就在眼前。有些场面，只适合独自默默消化。一起走过夏天的人和事物，到最后都成了影像，能够触摸到的温度，只有与自己的内心独处。

生命中有无数次告别，是无声无息的。就像这个夏天，不经意间就在归隐中。事罢归隐，算是最好的选择，也是无奈。到了时节，其他季节就要隆重上场，愿意与不愿意都得归去。

与夏天的告别，我把时间归隐于书丛中。且隐且读，是一个人在时序中的独行。这种内心的归隐，也是自身修行的一种方式。在这样的隐读时光中，真正地去与自己相处，让心灵在书籍中漫步。

词典中解释："漫步，无目的地，悠闲地走动。"与书间，是一段最放松的状态。从头阅读，或者随手翻阅，目之所及，文字落在眼底，就是一粒粒珍珠，躺在一条静静流淌的河流之中。

近些年，愈发喜静。我时常把自己半隐在一丛书中，读他人，与自己对话。读书不知夏深，窗外的一帘夏色，被遗忘。酷暑的燥热，在阅读的过程中消退，仿佛已在秋中。

诗人杜甫曾写下："漫卷诗书喜欲狂。"是诗人在收到喜讯后，随手拿起诗书，全家人欣喜若狂。后来我无数次念起这个句子，自认为是诗人想要把那种无处安放的喜悦，寻找一处地方，于是随手拿起了诗书。

由此可见，书是安放情绪情感的最佳去处。总是会寻一段时光，让自己处于归隐的状态，于书中安放自己且隐、且读。隐，并非一定要隐居山林、离群索居，而是在任何时候、任何地方，让自己安静下来，静静地与自己的当下相融，隐的是自己的情绪与欲望。

一丛书，一杯茶，一炷香，何时何地都可以让自己安静下来，是心灵的安静与丰富，是能够与自己相处的方式与能力。古人有许多雅趣，读书品茗，莳花弄月，在这种雅趣中，人是放松的，是安静的，是能够拥有与自己独处的空间与时间的。

夏的归隐，正是秋的绽放。我们寻求心灵的归隐，是为了更完美地展示激情。热烈之后，会与一些事物告别，需要有一段修整自己的时光。

心田也是一块地，必须留一些东西来平整它，比如且隐且读，比如写作。日暮苍夏，我们在其中是旅人也是归客，就像是与夏天的告别，是为了与金秋的相逢。

远去与归来，都有它真实的意义。离开与相聚，是有定数的。每一次离开都是为了下一个相逢，每一次告别都是为了下一个拥抱。时节近秋，已有凉意在起。夏天的落幕，是为了与你的过去告别。夏天的归隐，是用来丰富自己，好与明年相见。

有多少告别，是无言语的，能说出来的，多是释怀。那些不能言说的故事，就让它埋在夏天的树根下，化作泥土。木槿花，一朵一朵地来，整整一个夏天，都不曾离开。

去留随意，且隐且读。与夏天的告别，我再无惊喜与遗憾可言，而是默默地把生活继续下去。不同的是，心中的景色已经换上了秋色的金黄，那里有谷粒饱满、有无尽的远方与无数的人们。

在生命的时节中，用漫步的方式与夏天告别，且隐且读，不惊不喜，不悲不忧，与自己内心热爱的事物一起走过。

归隐与离去，都是一生的底色。只需要做到，"居处恭，执事敬，与人忠。"我们便会心安于夏去秋来的变化之中。

日暮苍夏，有话可说，亦无话可说。只见，木槿一朵一朵地开着。

# 温柔生活

我是那种特别容易被打动的人，一张美丽的图片，一块香糯的甜点，一句轻柔的话语，一阵风拂过发际，一朵开在路边的野花，一曲悠扬的葫芦丝。

冬日的天空，是阴沉的，店铺的空调释放出暖气，把整个人包围其中。电脑里歌手正在唱着缠绵悱恻的歌曲，有人在发信息："想要把整个夏天的阳光收集，在冬天时寄给你。"

一张图片落在眼底，阳光穿透玻璃窗，斜射在一块三角形的蛋糕上，蛋糕是浅黄色的，上面放着一颗新鲜的草莓，白色的磁盘镶嵌着浅蓝色的花边。那一刻，冬日里的所有阴郁，都被这样的图案治愈。

突然，就内心温柔。我开始回忆起那些艰难的时刻，正是被这些无数个细小而温暖的事物牵引，走出心中的低潮。那些在日常中打动我们的瞬间，才是这个世界上最温柔的力量。

温柔是什么？我得到过一个很经典的答案，"温柔从来不是什么轻声细语，也不是软弱不堪。温柔是对这个世界的善意，是对生活的热爱，是敢于接纳自己的勇气，是坦然面对过往的决心，是基于理解和包容的品质，是一切温暖的力量。"

温柔，是一个人内在的修养。它是在历经世事磨砺后的成长，是开在荆棘上的花朵。内心温柔的人，对待世界上的万事万物都是包容与理解。

"一保姆给老板擦拭古玩上的灰尘，不小心打碎了一个古花瓶，吓得立即跪地求饶。老板用双手很礼貌地扶起她，说'不怪你，是我的摔不碎，不是我的留不住'。"一个人最好的修养，大概就是善待这个世界上的人与事。

我在冬日的暖气中，想起这样让人温暖的故事。内心的柔软，像潮水一样把我包围。生活多么美好，我们能与许多美丽的人和事物相遇。

生活的复杂性，让很多人失去了耐心，他们忙碌且焦虑，彷徨不安，彻夜难眠。这让我羡慕起古人的四时生活，古人过着最简单的生活，会在黄昏的篱笆墙边，看着欢腾的小狗，会在炊烟里安静地等待着家人归来。

我们需要的是内心安宁，温柔生活。无论什么样的境遇，都保持着一颗包容万物的胸襟，保持着含蓄自持的力量，保持着一颗热爱生活的心灵。

穿着校服的孩子从窗前走过，探过来一颗可爱的小脑袋。呆萌而天真的笑容，顿时治愈了冬日里的寒冷。被风吹得通红的脸蛋上，一双明亮的眼睛看着这个美好的世界。

在我们感觉生活无比艰辛的时候，总有一双善意的手在生活的底部托住了即将崩溃的你。在我们面对纯真与美好时，我们相信了生活的温柔。

"那年，是我生活最窘迫的时日。刚离异，紧接着母亲生病住院。每天送年幼的孩子上学，然后去医院照顾母亲，再加上工作上的劳累。有一次在打车回家的路上，几乎崩溃的我，哭得一塌糊涂。

"前面的司机，是一个三十多岁的小伙子，他转身递过来一沓纸巾，说：'没事的，再难的日子都会过去。'我擦干眼泪。他继续开车。车子到了，这位小伙子默默地取消了付款的设置。那一刻，我对这个世界的看法重新有了温柔的定位。"

她在讲这个故事时，眼眶依旧饱含着泪水。诗人艾青说："为什么我的眼中常含泪水，因为我对这片土地爱得深沉。"我们对生活的爱，也是如此深沉，尽管有着太多的不如意，但是这个世界依然有着许多的善意和温情。

"我想成为一个温柔的人，因为曾经被温柔的人那样对待过，深深了解了那种被温柔相待的感觉。"我想成为一个温柔的人，一个内心带着情感的人，一个时常被打动的人。

冬天的天空，从早到晚都是阴冷的。室内的空调把气温调制在适合的温度，我继续在日月中触摸着生活。

温柔生活，善待自己和他人。感觉累时，就去寻一处环境优雅的餐厅，为自己点一餐色香味俱全的可口饭菜，或者在某一个午后，在暖气十足的咖啡馆里，喝一杯地道的苦咖啡。

也可以在郊外的旷野里透透气，给自己一个放松的心情，去面对生活的鸡零狗碎，谁都逃不过生活的考验，我们在天长日久中，形成了独特的自己。

心存温柔，释怀过往。眼前的生活，就有着诗与远方。我们不满足于自己的现状，是遗忘了此时的温柔。此时我们活得如此健康，此时我们拥有着爱的能力，此时我们被熟悉的、陌生的人爱着。

如何才能被生活温柔相待，首先是要有一个审美的态度和一颗富有爱的心灵。生活的美，就在指缝和目光中，生活的爱，就在日月的点滴中。

经过时光的磨砺，我们不再会与烂事纠缠，而是学会了在美的事物中汲取力量。在风雨中成长起来的人，有了知书达理的周全，然后温柔地善待每一个瞬间。

正因为我们领教了生活赠予的磨难，同时也得到过生活给予的温柔。于是，我们眼中含笑，内心有了无法磨灭的坚韧与柔软。

阳光下的蛋糕，在图片上散发出浅黄色的光芒，它让我突然很想温柔地拥抱生活。温柔的生活有着那么多的美好，值得我们去遇见。我收到了来自夏天的阳光，那是你寄来的明信片。

　　带着温柔，继续生活。

# 终有一别

在走向终点的路上，我们与许多人相遇，与许多人别离。有些分别不是我们想要的结局，但是终有一别的时候，我们还是应该感谢曾经同行的时光。

后台有个女孩发过来信息："姐姐，我怎么去挽留一个离开我的人？"我回复："如果真的要离开，就微笑着挥手告别，扶他上马，再送一程。然后，去做最好的自己，过更好的生活。"

我不知道这个年轻的女孩经历了多少内心的煎熬，过了一年的时间，她又发过来信息："姐姐，我遇到了一个对我非常好的人，现在很幸福，准备结婚了，特意和姐姐说说。"

由衷地替她高兴，时间总是把最好的留在最后。我回复："感谢他的离开，成就了你现在的幸福！"

感谢曾经的放弃，让我们懂得了幸福的意义。我们不断相遇，不断别离。我们要学会适应一些人的远去，用更多的时间充实自己，不惧怕失去地活着。

感谢你在，我觉得这个世界很可爱。感谢你离开，让我们活得更加明白。一起走，是缘分；一朝别离，是缘尽。缘来时，我们珍惜了，无怨；缘尽时，我们彼此祝福，无悔。

生活有太多的不如意，它不可能随着自己的想象去给予我们想要的一切。唯一能做到的是，在有限的生命里，给自己增加生活的底气，不攀附任何人。然后，活得有滋有味。

还有的离开，是致命的伤害，会有伤筋动骨的疼痛，这些对我们造成伤害的离开，请一定及时学会忘怀。不要延续痛苦，要学着感激对方陪伴的岁月。

有读者后台留言："每次都默默地看，好想看到一篇关于放下的解析。"看到这段留言的时候是深夜。看完留言的第一时间，脑海中冒出了一句话："感谢你在，也感谢离开。"

对于放下，说起来容易，做起来真的很难。特别是投入地经历过，那些过程已经深深地刻在了记忆里，想要随手抹去，对于每个人都是很难的。不知道留言的年轻人是不是因为情感的困惑，抑或是生活的困扰，我相信在一行短短的字迹后面，一定有一段长长的故事，故事中的人难以自拔。

放下是从心而发的，在心里我们过不去的是自己的坎，在一段感情中我们不能放下，很多因素是不甘心。有时候心里已经明白，念念不忘的东西并不是想象中的那么美好，更多的是对这段感情的习惯。

先离开的那个人，也许已经爱上了别人，留给自己的往往是伤害和痛苦。换个角度想想，这样不是更好吗？在你的真心还没有被耗费完，留一点爱给自己吧；在你的精力还旺盛时，重新开始。

应该感谢他的离开，这样，你才有可能遇见另一种风景。蹚过这条河，前面就是宽阔的大路；翻过那座山，前面就会有平坦的草原。说不定，下一个遇见的人会是生命中最好的那一个，新创建的事业正好是适合自己的。

一个年轻人来到老和尚的座前说："师父呀，求求您帮助我！"老和尚缓缓地睁开眼睛说："怎么了？"年轻人说："我受不了了，最近我的压力很大，想死的心都有了。我的合作伙伴把我骗了，使我的生意破产。老婆看我这么没落也离我而去。现在我什么都没有了！我该怎么办？"老和尚把嘴努一努说："看你身后的墙角处，把那两个水桶提起来与肩同高。"

年轻人起身走过去，发现两个桶里面各有十分之一的水，把水桶提起来感觉也不重。然后转身面向老和尚，发现他已经闭目打坐了。于是把水桶提到与肩同高，像挑水的样子。十分钟过去了，年轻人没感觉累，心想这是什么方法？半小时过去了，年轻人还能坚持，心想师父是不是在考验我的体力。一小时过去了，年轻人实在坚持不了了，大声喊道："师父，什么时候放下？我受不了了！"老和尚缓缓地睁开眼睛说："你本来就可以在任何时候放下！"年轻人一下就顿悟了，谢过师父，自信满满地走出寺庙。

我们其实是可以随时放下的，只是我们自己不愿放下，心里牵挂着，就多了很多的烦恼和忧愁。人之所以不快乐，就在于不知如何放下。常常会因为一些事而烦恼，比如金钱、名利、地位、情感等。

事实上，该来的总会来，不该来的就算来了也不属于自己。"命里有时终须有，命里无时莫强求。"既然如此，又何必让这些困扰着自己呢？感谢他的离开，让你能够全心地投入到另一种生活与工作中。

好好做自己，烦恼了让自己忙碌起来，到大自然中走走，到运动场上挥汗，到图书馆去读书，和朋友们一起聚聚，回家陪陪父母，你会发现，生活中不止是只有那些伤心伤感的事情，还有更多的好事，等待着我们去相遇。

命运给予的一切，照单全收。如果是伤痛，就让那些痛来得更猛烈一些，痛过之后我们便更加懂得珍惜生活中甜的滋味。如果是失去，那就让不属于自己的东西离开，留下一些位置用来盛放未来所得。

把糟糕的事情一键清空，我们能够活得更好的方法就是感谢曾经的相伴，也感谢离开。然后与明天言欢，与下一段生活拥抱。

有些成长，会不期而遇。

# 在日常中播种希望

水仙花开时，也是年末。漫长的一生，在不寻常中走过。未来的日子，也许还会面临诸多的事情，行在路上的人们用力活着。

日子里有太多的艰难与坎坷，但依然不缺乏诗意与希望。是严冬了，水仙花开在这万物枯寂的日月，彰显出一张娇艳而清纯的脸庞。水仙开了，冬天就笑了。

季节是一个包容的老人，在它的怀抱中，有风霜雨雪，也有四季花开。若是少了一个季节，就会少了花开，就像是没有一个日子能少了白天和黑夜。

季节如此，生命亦是如此。我们活在巨大的希望里，从晨起到暮落。莎士比亚说："黑夜无论怎么样悠长，白昼总会到来。"生命中的希望，是让我们好好活着的种子。

那年在海边时，听过一个故事：在海边生活着一对年轻的渔民夫妇，男人经常出海捕鱼，女人则在家里料理家务。日子过得平淡而又充实。通常天还未亮，男人就起床准备出海。在男人跨出家门前，女人总是要关切地问："什么时候回来？"

"黄昏的时候。"男人把话丢在屋内，人已经消失在朦胧的曙光中。男人的话向来是准确无误的，每次出海，他都要赶在黄昏的时候归来。不管船驶出去多远，时间过去多久，他都会选择在黄昏时靠岸。这是他多年以来形成的习惯，从未改变。

女人早已谙熟男人的这个习惯，每个黄昏她都会一个人独自去海边徘徊，等待男人的归来。不管男人出海持续多少天，她都会耐心地等待。

一天，男人出海后，海面上刮起狂风，下起了暴雨。这场暴雨过后，男人的船就再也没有在黄昏时出现在海边。女人依旧在黄昏的时候独自一人到海边徘徊，用焦灼的目光打量着一艘艘返航的渔船，期盼男人的出现。

年复一年日复一日，男人始终未回来，女人始终在等待。无论刮风还是下雨，她都会在黄昏时准时来到海边，在海边徘徊。曾经有人十分不解地问女人："明知道他不会回来，你为什么还要去等？"

"因为每个黄昏对我来说都是一个希望，希望是一盏灯，它引导我的生活在绝望的黑夜里前行。"女人充满激情地说。

在日常中播种希望，让生活有盼头，让日子有期待。生活哪里全是一帆风顺，遇见不幸的事情发生，就在不幸中给自己一个希望，让这个希望支撑着生命继续前行。

希望是一粒种子，在我们播种下的一刻起，开始生根。把美好的希望种在日月里，让生活的点滴铺上光芒。生活都是不易的，那些心怀美好希望的人，他们的生活一定与众不同。他们会在忙碌的空隙，为自己留一个美好空间，那里装着对亲人的爱、对生活的理解和对美好事物的向往与相处。

水仙在冬日开放，它是希望与冬天一起快乐。毛姆说："我们必须经常保持旧的回忆和新的希望。"你看，冬天是寒冷的，却依然有水仙在为我们歌唱。

活在日常的希望中，希望能有一个快乐的心情，希望遇见一个如水仙般清澈的人，希望拥有一段美好的时光，希望自己在工作中卓越，希望自己能够面对日常，心怀喜悦。

把希望种植在心间，让寻常日月充满力量与温情。在我们希望自己变得更好时，就会向着更好的方向去努力。在我们希望遇见一个美好的人之前，就会先让自己变得更优秀。在我们想要拥有一个好的心情时，就会对着周围的人露出微笑。

希望，它是升腾在心中的太阳，会照亮前行的路途，会晒干日月的忧伤，会把我们紧紧拥抱。希望，又是一盏生活的明灯，它让我们在无尽而漫长的日常中，活得足够有趣，活得有力量。

水仙花开在冬天，冬天就多一分温暖。当希望之花开在心上，日月就添了一份光芒。我们想要的，都会在路上。所有的美好，都会与你相遇，只要我们心怀希望，迎着它而去。

谁都有垂头丧气的时刻，谁都有深夜痛哭的经历，谁都有被爱着的幸福时光，谁都会遇到不幸的事情发生，一生这么漫长，时刻都在遭遇着不同的境遇。

在这漫长而琐碎的日月中，是一个个希望让我们打破岁月的蛋壳，孵出一个个毛茸茸的美好。在这不能预测的一生中，是巨大的希望，让我们挺过了一道道沟壑，翻越了一座座山峰。

希望，它并不只是高大而遥远的，它与我们的日常生活息息相关。当我们希望身边的环境变得干净，我们就会自觉爱护环境。当我们希望别人对自己好时，我们就会主动去善待他人。当我们希望"执子之手，与子偕老"，我们就会珍惜每一个牵手走过的光阴。

把希望播种在日常中，让每一天都过得有意义。当一个又一个细小的希望叠加，日月积累起了厚度，就会装满美好。

每天给自己一个小小的希望，就像是那个海边的女人，在绝望的边缘仍然能够充满希望地活着。是失去和得不到让我们生出失望，请相信下一秒我们得到的，将是对上一秒失去的补偿。

每天，写下一些细微的希望，怀着希望的光前行，每一天都是一个新的开始。朋友啊，请不要垂头丧气，即使失去一切，至少还有一个希望等待着你。

那就让我们在与旧时光的告别中，种下新的希望。水仙花开在新旧年的交接中，诉说着对春的希望。

香袭书卷 作品

唯独不会让我们失望的，是内心对生活的热爱与勇敢。

# 积攒美丽

一些与美丽有关的事物，镶刻在时光的记忆中，时沉时浮。我在现实与记忆里穿行，心灵趋于饱满。忙碌与闲适，交错其中。

有许多美的事物，它并不是刻意经营的结果，而是自然地散发出时光之美。我时常用这些沉淀在内心的美丽，来修护岁月里的失落与沮丧。

我像一个孩童，一点一滴积攒着生命中的美丽。把一些有用或无用的美丽事物，装在心中的玻璃瓶里，一晃动，星光璀璨，一轻触，春暖花开。

时间之美，在于它的不断流逝，以及我们在其中的变化。时间之中，有的东西有价值，有的东西无价值。比如风花雪月，比如阳春白雪，比如杨柳依依。

我用双目在春天探寻着美丽，有时是一个新芽，有时是一阵清风。高尔基说："应该学会在无价值的事物中寻找美好的东西。"

季节中，大地上的事物在不断地发生变化。花开，月明，鸟语，人们。我总是欣喜于生命的存在，它有着那么多的美丽。

生命的美无所不在，手边、眼前、远方，以及明天。尽管我时常会感受到伤痛，我依然热爱着生命的本身之美。

清风拂过脸庞，落花留在心上，人与人的擦肩，好事与坏事一并来袭。我在时间的广袤中，取一些美丽的事物，为我所用。赏花、品茶、踏雪、寻梅，美是万物传递出来的信息，它是用来滋养心灵的。

同一件事，不同的内心看法，就会产生出不同的结果。一个老太太，生了两个女儿，大女儿嫁给了卖雨伞的，二女儿嫁给了卖草帽的。一到晴天，老太太就唉声叹气地说："这么大的太阳，雨伞不好卖，大女儿的日子肯定不好过了。"

一到雨天，她又想起了二女儿，"这么大的雨，我二丫头的草帽咋卖得出去呀。"所以无论晴天还是阴天，老太太总是愁眉苦脸。

有好心人路过，对她说："老人家你应该高兴才是，你想，雨天你家大女儿的伞就好卖了，晴天你二女儿的草帽生意就好得很。"老太太一想，是啊，从此就不再伤心。

这说明，一个人的内心决定着对事物的看法。拥有一颗美好的心灵，在日常生活中就会看到万物美丽，看到人间有情。内心向好，生活就会快乐。

想想仍然留在身边的美丽事物，开心起来吧。美丽的事物会带给我们好的心情，美丽的事物可以治愈我们内心的创伤，美丽的事物需要用一生来积攒。

契诃夫说："人的一切都应该是美丽的：面貌、衣裳、心灵、思想。"让自己美丽，是我们终生的修行。日常中多去发现美丽的事物，并与之相处。时光里，沮丧时，多想想那些曾经与现在拥有过的美丽情感。

我在时日里，把各种各色的花瓣，用心拼凑出一份礼物，把它送给未来的自己。我在光阴中，把点滴的情感收集，用它来滋养内心的枯竭。

一个内心丰盈而美丽的人，他注定是快乐的。人这一生所有的痛苦，是过于在乎失去的，而忘了我们还拥有那么多。

某年，在一个城市的街头，偶遇一家夫妻餐馆，老板是一个断臂的男子。他的店铺不大，生意很好，经营的也就是普通人的一日三餐。食客大多是附近的人们，有开顺风车的司机，有戴着安全帽的工人，还有如我一样路过的人。

坐下来，老板一脸笑意迎上来，看着他空荡的衣袖，我的心被莫名刺痛了一下。这世上有着许多的幸与不幸，我们各自为生活竭尽全力。

他说："在工地上的一次事故中，失去了一条手臂，然后就留在这个城市开了一间餐馆。因为明白生活的不易，所以想着为生活在底层的人们，做点好吃的，这样也可以养活一家人。"

"我手不方便，但是我可以用嘴来招揽生意，我还可以用另一只手来做事。"我看了一下他的菜单，上面都是家常菜，价格也很便宜。

吃完饭，老板让妻子送上来一碗甜汤，说是赠送。我注意观察了一下，他们对待每一位食客，都那么亲切。店铺里的墙壁上，有着一些美丽的图片。

那一刻，断臂男子是美的，他的妻子也是美的。卢梭说："我一向认为，只有把善付诸行动才称得上是美的。"眼前的夫妻，他们用一颗善意的心灵，经营着一家普通的餐馆。

他们用一碗甜汤、用一份热情，把美无声地传递。我在后来的日子里，再遇到困难，就会想起那个断臂男子的乐观，还有他美丽的妻子。人世间的情感，让这个世界充满温情。

我是在时间中积攒美丽的人，郊外、城市处处流淌着一种无声的美丽。落花、流水、光阴、人们，我把这些所遇的美丽事物和人，积攒在心间，沉淀出岁月淳厚的浓香。

# 相信一切都会好起来

就像小草相信春天会来临，我相信明天会越来越好。也许此时的我们正在经历着生命中的至暗时刻，也许此时我们正面临着感情的失落、病痛的折磨，也许此时我们面临着许多需要解决的问题，但是请你相信，一切都会好起来的。

相信会好的，就如同相信明天的太阳会照常升起。我们所有此时面临的问题，都会被时间解锁。好的，坚持下去，不好的，就让它被时间慢慢冲淡。

相信，是内心最深厚的力量。它能使我们在艰苦的岁月里熬过所有的苦难，它能使我们在逆境中奋发向上，它能使我们在任何境遇中有着前行的动力。

相信美好，美好就会随之而来。一束美丽的鲜花，一顿美味的食物，一件漂亮的衣服，一些落在眼底的文字，一段关于爱的甜蜜，一个使自己变好的人，这些美好的事物其实很简单，也很容易遇到。

所谓的美好，也就是我们对这个世界上万物的看法与感知。

就像是遇见的一个人，你喜欢，就觉得他好。用喜爱的心情，去面对世上的万事万物，那么我们就日日生活在美好中。

草地上放着风筝的孩子，坐在墙角晒太阳的老人，为生活忙碌的中年人，洋溢着青春气息的少年，恋爱中的情侣，相濡以沫的老夫妻。人间的美好，就在这些与人有关的事物中。

跟随船只的海鸥，日落时的一抹温柔，郊外的一丛野花，沙漠上的驼铃声，江南屋檐下的雨滴，草原上奔驰的骏马，雪山脚下静谧的湖泊，美丽的风景就在我们的视线中。

湛蓝的天空中飘动着白云，有人每天发来问候。立交桥上行驶的车辆，在城市里喧闹。困难时伸过来的一双手，哭泣时让人可以依靠的怀抱，生活的点滴都值得用好心情来相处。

相信爱，一直会在。"一艘货轮在烟波浩渺的海洋上行驶。一个在船尾搞勤杂的小孩不慎掉进了波涛滚滚的海洋。孩子大喊救命，无奈风大浪急，船上的人谁也没有听见，他眼睁睁地看着货轮拖着浪花越走越远……

"求生的本能使孩子在冰冷的海水里拼命地游，他用尽全身的力气挥动着瘦小的双臂，努力使头伸出水面，睁大眼睛盯着轮船远去的方向。船越走越远，船身越来越小，到后来，什么都看不见了，只剩下一望无际的汪洋。

"孩子的力气也快用完了，实在游不动了，他觉得自己要沉下去了。'放弃吧。'他对自己说。这时候，他想起老船长那张慈祥的脸和友善的眼神。

"不，船长知道我掉进海里后，一定会来救我的！想到这里，孩子鼓足勇气用生命的最后力量又朝前游去。

"船长终于发现那个孩子失踪了，当他断定孩子是掉进海里后，下令返航，回去找。这时，有人规劝：'这么长时间了，就是没有被淹死，也让鲨鱼吃了……'船长犹豫了一下，还是决定回去找。终于，在那孩子就要沉下去的最后一刻，船长赶到了，救起了孩子。当孩子苏醒起来之后，跪在地上感谢船长的救命之恩时，船长扶起孩子问：'孩子，你是怎么坚持这么长时间的?'

"孩子回答：'我知道您会来救我的，一定会的！'船长说：'你怎么知道我一定会来救你?'孩子坚定地说：'因为我知道您是那样的人！'听到这里，白发苍苍的船长扑通一声跪在孩子面前，泪流满面地说：'孩子，不是我救了你，而是你救了我啊！我为我在那一刻的犹豫而感到耻辱……'"

相信这个世界上一定会有人爱着你，相信爱它就在身边。我们被命运的双手拍打着，时而沉入谷底，时而浮出水面，但是无论身在何境，都会被一种力量支撑着，那就是我们对这个世界的爱。

内心真诚而热烈地热爱生命，生活就不会抛弃每个人。小孩内心对爱的相信，让他获得了救援。当我们感觉快要沉溺时，心中充满相信的力量，就会走出困境。

在失败中的自救，来自于相信。相信自己会好起来，相信糟糕的事情都会被慢慢化解，相信生活中的温情与希望。

每个人都会经历一段至暗时刻，经受着来自各方面的压力，有的人最终逆势上扬，有的人却沉落下去，这就是每个人的自愈能力不同。那些拥有相信能力的人，会在低谷时韬光养晦，再慢慢爬起。那些沉落下去的人，是内心没有一股相信的力量，他们不相信自己，不相信一切。

相信自己会好起来，无论此时我们正在经历着什么。内心要坚定一种信念，那就是一切都会过去的、一切都会好起来的。相信自己，相信命运是公平的，相信阳光给予每个人都是相同分量的，相信风雨是为了让我们茁壮成长，相信有人在身边或者远处正在爱着你。

这一年，终究是走到了最后。好的、坏的事情，都在同时发生着，我们感知着生活的各种体验，有过悲痛，有过欢欣，有过相逢与别离。痛苦过，欢笑过，这一年就这样过去了。

不管在过去的时光里，都发生着什么。我们要相信，明天一定会越来越好。那些伤痛都会被时间治愈，那些挫折都会化为成长的动力，那些成绩会为后来的日子铺垫，那些爱你的人，都还在，那些你爱的人，也都在，这就是好日月。

每一个太阳升起的日子，请相信它的光芒同样会落在每个人的身上。年复一年的告别中，请相信我们还会再相逢。在未来的日子里，请相信一切都会好起来。

# 自在欢愉

我在春日种花，在春天写字，在春中读诗。春气带着向上与阳光的能量，直射人间，万物开始沸腾。我的心，在这片春意盎然中，充满了欢愉。

春天是一个影子，它用自己的特质，让我们如影随形。在春天经历的一切，在冬天和夏天也不一定结束。在春天种下的花，会开在经年后的花季。在春天写下的字，会飘向很远很远的地方。

我沿着古老的路径，回溯着古人在春天的脚步。他们用《诗经》的形式，记载着一种情思、一种生活方式、一种经久不息的生命之美。

他们在古时的春天，有着自己的欢愉，看桃花开，就留下"桃之夭夭"。两个"夭"字，把桃花舒缓的状态描写得如此通透。花开在春天，就有了它的自在与欢喜。

《论语》中说："子之燕居，申申如也，夭夭如也。"译文是："孔子在家闲居，安详舒适，脸色和悦。"由此可见，"夭夭"之态是发自内心的祥和与愉悦。

一个人能够在闲居时，感受到生命的舒缓与喜悦，方是大自在。内心因能够感知欢喜而自在，君子正是如桃夭之欢愉，不为他人作态，而自生明媚与喜乐。

君子之态，是"申申如也，夭夭如也"。所谓的"申申"是整齐、端正、庄重，一个人能够在独处时，做到庄重与端正，是很难的，这也是孔子提出的"慎独"。

也唯有在庄重自己、端正思想之后，我们才能有"夭夭"的舒缓与祥和。一个人的自在欢愉，是因为内心的无忧无惧，与外在的给予，并未关联。

在中国优秀的传统文化中，很多地方都留下了"以生命为乐"的主题。生命本身是欢乐与愉悦的，但后来我们被外在的物质所束缚，生出了许多的情绪与痛苦。

活得简单自在，便心生欢愉。与人处、与事处、与自己处，以善相待，保持一颗自在欢愉的心，生活自然就有了情趣。

又是一年桑叶出，再说《诗经》中的欢愉，古人把劳作当成了一种乐趣，便有了自在。《魏风·十亩之间》中："十亩之间兮，桑者闲闲兮，行与子还兮。十亩之外兮，桑者泄泄兮，行与子逝兮。"

这里是写一群采摘桑叶的女子，在劳动的过程中，所表现出的一种舒缓放松的心情。劳动是辛苦的，但是心情可以是愉悦的。这正是古老的《诗经》中所传递出的一种乐观向上的生活态度。

夕阳西下，一群采桑女忙碌了一天，准备回家。余晖中，传来采桑女呼唤女伴的声音，还有她们边走边说笑的声音，在桑树间穿行。桑园里留下了一路的笑声和歌声，把一整天的辛劳抛在脑后，留在心间的是对劳动成果的满意与愉快。

这样的田园生活，怎不让人向往呢？要说劳作一天肯定是辛苦的，但是我们能够有一颗欢愉的心灵，便不再感觉劳累，而是有了另一种精神层面的自在与轻松。

我在春天种花，我在春日写字，我在春里读诗。读的是古人"雅淡似陶"的心境，写的是自己的自在欢愉。花在室外开着它的美丽，我在室内写着自己的字。

各自欢愉，各自自在。谁的生活都有不易与艰辛，但是我们可以在生活的行板上，寻得自己的欢愉，留下自己内在的自在与舒缓。

世上万物各有各的悲欢，世上之人各有各的欢愉。我喜欢在春天里穿行大街小巷，去看烟火中的一处自在。卖酒小馆的酒缸里，飘出了小酒馆主人的愉悦。

窄小的修鞋摊上，戴着眼镜的修鞋人，那么认真而专注。卖炒货的店铺，夫妻两个配合默契，在用来缝补的缝纫机前，那个挽着发髻的女人，手脚不停。

中华先民把勤劳与乐观的美德传承，古老的田园里传来了春天采桑女的歌声与笑声，孔子正在光阴里弹琴讲学。我在多年后的春天，寻找那份自在欢愉的心境。

春是绿的，心是热的，文字是清透的。

# 真诚且充满善意

年末最后的阳光，落在大地上，每一秒的流逝，都会离新的一年更近。近了，越来越近。许多人的心情，都和我一样不会平静。过去的光阴，泪水与汗水同在，笑容与哭泣并存。

沉默地看着窗外的树木，在冬日里秃兀。前几日的一点风雪，也没有把跨年的阳光遮挡，窗外的世界一片明亮。马路上的人们，都在尽力把生活过得更好。

面对着无法预测的一生，我真诚地祈愿每一个生命都满怀美好。这难得的一生，无论遭遇什么，都应该心怀感激。罗曼·罗兰说："世上只有一个真理，便是忠实于人生，并且爱它。"

真诚地面对自己的生活，尽管它们会有残缺与遗憾，会有伤痛与悲欢。在生活的大染缸里，有着各种涂料，它在绘制着我们的生命长图。灰暗的色调，明媚的善意，它们在生命里呈现出自有的光泽。

透过阳光的丝线，我扯动着内心的情感。年份的替换，只是一个表象，真正让我们思绪难平的是在流逝的光阴中自己该如何度过。

面对自己的内心，做一个彻底的整理，放下一些过去的伤害与痛楚，让明天的阳光能够入驻，让快乐的因子滋生。从偏执与狭隘中解脱，留一颗纯净的心灵，盛放日月中美丽的苍穹。

罗曼·罗兰说："快乐就是幸福，一个人能从日常平凡的生活中发现快乐，就比别人幸福。"日常平凡的生活，我们被琐碎捆缚，被欲望控制，很容易忽略它的美好与生动。

没有谁的生活如绸缎般光滑，生活就是一匹棉麻，上面有着图案与褶皱，还有着粗细不等的线条。生活的外表像棉布一样粗糙，但是它的内核是爱与温暖。那是父母用爱织出的乡情，是我们用心温暖的每一个日子。

不嫌弃生活的不如意，真诚地爱上它。在日月中多与美好的事物相处，我们会发现生活它并不全是想象中的艰难与痛苦，它更多的是美丽的山河与爱的壮阔。

我用笔墨真诚地写作，写下日月中最平凡的喜怒哀乐。这种真诚地写作，它是我与自己相处的方式，它是我与这个世界相处的方式。

这种真诚而有温度的写作，也是我与你相遇的一种形式，我从内心流淌出的文字里面蘸满了日子的温情与美丽。四季中，我与你一起在文字中倾听它的声音。生活中，我与你一起分享着喜怒哀乐。生命中，我与你一起走过每一个太阳升起落下的日子。

在我爱上这种真诚地写作时，我的内心如此安宁。正是它的真诚，打开了另一个世界，那是精神的领域。于是，小溪会歌唱，星星会说话，日子都有光，人与人之间充满着善意与美好。

当我开始真诚地面对自己的生活和写作时，我学会了在荆棘上开花，明白了世事无常，触摸到了生命的本质。生命是一处繁花盛开的景象，也是一处废墟与荒芜并存的荒原，还是一部由自己拍摄与制作的影片。

真诚并充满善意地去原谅，原谅那些带给你痛苦与伤害的人，原谅岁月中的变化无常，原谅光阴里的人与事，原谅自己的内心。只有把自己从那些不堪中拔起，赶赴下一场春暖花开，我们的心中才会时常为之悦动。

不惧怕命运的安排，不为渺小的不幸所困，让心灵丰盈起来，去看更辽阔的世界。站在山巅你会看见无边的风景，在大海中遨游，才知道生命的宽度。

倘若一个人，能够在寻常的日月中，让自己快乐地活着，那么他的灵魂一定是有趣的。学会在寻常的日子里，找到那些美好的事物，真诚地去爱它。

人与人之间，亦是如此。不放下对彼此的伤害，痛苦就会加深。成全他人，自己也会快乐。被人辜负并不是致命的，辜负自己才是生命的绝境。

时间正迎着光，踏步走来，我们准备好了迎接它的方式，那就是真诚且充满善意。

# 心印自然

林间的树叶背面，趴着一个知了壳，夏天的大自然，被绿意笼罩。菜园的辣椒、茄子、西红柿、黄瓜，挂出了一片夏天。

如果说非要把记忆分个高低，我想漫长的夏天，应该装得回忆要多一些。在我们快乐的童年里，夏天里乐趣最多。抓知了、捡虾子、打弹珠、跳皮筋，每一幕动态的景象，都深刻着成长的欢乐。

年少的快乐，被成长取代，后来的我们更多的是在生活中挣扎。童年时大自然中的许多事物，让我们快乐地度过一寸寸的光阴。孩子们会编织着柳条，戴在头上。小伙伴们在一棵老树下，整整一个下午都在玩耍中度过。

年少的快乐，很简单，除了吃饭睡觉，我们几乎都在大自然的怀抱中玩乐。一只蜻蜓飞过，就能够惊动我们的呼吸。一片荷叶盖头，就是我们的天地。

"小时候只要是蒸饭的时候，母亲就会让我去屋后的荷塘里摘两片荷叶，用来煮饭。"友人一席话，让我们愈加沉默。早已成年，那抹荷香还会伴随着每年夏天的到来，飘然而至。

心中的爱有多深，我们经历过的夏天就有多少。暑假是孩子们最美妙的时光，每个人都从那时的光影里穿过，记忆里盛着萤火虫的闪烁、林间扑蝶、赤脚踏浪。

我在室内的古琴声中，听一曲流水山音。一粒粒音符连起一串串光阴，脚步的方寸之间，我已是走过千山万水的人。

诗人的心，与大自然紧贴，他知道自己所爱的人，原本就是大自然的一部分。有时她在来时的路上，有时她躲在树后。想起她时，抬头看云，云是她的模样，水是她的腰肢，山是她的筋骨，泥土是她的魂魄。

我们无数次祈求着一生安康，所安之处，是回归自然的纯真与安宁，是心的宁静，是内在自然气息的流动。心印自然，内观皆是归途。

我在夏天的声音中寻找，鸟儿虫儿百般争鸣。我在夏天的颜色中寻找，绿荫林幽。我在夏天的山水中寻找，内心的柔软被山水唤醒。

这一世，目之所及皆是亲密的关系。梭罗独居山林，不觉孤独。仓央嘉措边走边写，把诗情放逐四野。我们是大自然的孩子，受伤和治愈都在它的怀抱。

夏天，老了枝头的绿。时间，苍老了年华。唯一陪伴我们到最后的，是自己，是我们所拥有的自然万物。与沿路同行的人，聚散离别是常态。

夏天生活，悠游山间，林中乘凉，观山览雨，泛舟赏荷，策马奔腾，我们在大自然里，有许多种生活方式，可用来丰富生活，可安放彷徨的内心。

沉醉乡野，读诗书古词。一派田园风光，身心放松。徜徉山水，开阔的是眼界，涤荡的是心灵。听风聆雨，每一个符号都是句子。

十里莲花，撑起一叶小舟，禅心渐起。尝一口清茶，清香溢满，茶树上的露珠在嬉戏。青草泛出的浪漫，是情人间的亲密话语。江面上一群野鸭飞起，荡起了心底的涟漪，想起了久违的你。

在一望无际的草原上，奔驰的身影，英姿飒爽。夏天的新诗里，写满了大自然的密语。翡翠色的青苔在低语，清澈的溪水流过心间，脚下的青石板，有了古老的流光。

心印自然，自在祥和。再体察世事的艰辛与疾苦，便不觉辛苦，再看透人性的虚伪，也有了原谅之心，再与人交往，更多的是以心换心。

与鸟虫一起放歌，与花朵一起休眠，以雄鹰的身姿翱翔，以小鹿般的忐忑，让自己保持心动。在大自然的亲吻下，我们自愈，我们有了和美与安详。

痛苦被抛弃，选择与幸福同行。大自然的赋能，是为了让我们生活得更好，绿意的疗效，是为了让我们生出快乐。一群喜鹊叽叽喳喳，是督促人们，别忘记了世上还有许多喜事。

心思清明，看万物可爱，对一切充满期许。童年从未远去，那年，知了叫了一整个夏天。林间的树叶背后，趴着一个知了壳，它憨态可掬，也让我的心走上归途。

心上印照出日月的光芒，微风细雨，还有一望无边的森林、荆棘上开着的鲜花、沙漠上的绿洲、草原上空的云朵，触手可及。

我在天地间，像个孩子一样，安然睡去、醒来。厨房的桌面上，黄瓜、番茄、辣椒、茄子，装满了一整筐。

# 架木为轩

春日是花开的盛世，争奇斗艳，花色不绝于目。近年来城市的居住环境随着绿化面积的增大，就算是居于高楼，醒来也是满目花海。

街道两旁的花，一阵一阵地变化，先是枝头的玉兰闹春，接着就是地面上的花事众多。行走在春天的街道，仿佛是入了花海，去年开始，长虹路上的护栏换成了两边带点侧挂的白色，侧挂的小盒中种满了花草。

等绿灯的空隙，摇下车窗，呼吸透着花香。黄的、红的、紫的，织成了一条花带。不再像往日那般急于赶路，让等绿灯的心情，少了许多烦躁。

我在春日的花意中，写一些带着香气的小字。每一笔画，就像是一个花架，上面浸染着花香。

就在今年的春天，我在自家阳台上，为蔷薇花搭起了一个花架。春天的花多，独爱蔷薇。世上多有爱花之人，菊花、莲花、桂花、牡丹、梅花，文人墨客把自己对花的喜爱，留在了古老的诗句中。

"不是花中偏爱菊，此花开尽更无花。"真是无花吗？不是，是诗人的眼中只有他钟爱的菊花。"出淤泥而不染""零落成泥碾作尘，唯有香如故。""云想衣裳花想容，春风拂槛露华浓。"脱口而出就是与花有关的句子。

我在这个春天，种下满架蔷薇。店铺、家里，春四月的花醉了心，迷了眼。那日黄昏，日光渐晚，城市的高楼有了温柔。我站在橱窗的蔷薇前，凝视着一朵朵花开，顿时，忘了时辰，忘了不远处的车来车往，忘了尘世的人声鼎沸。

仿佛入了定，只留眼前的一众花开。"这花开得真好看，每天下班路过我就有想拍照的冲动。"一个声音传来，我抬头微笑。是一个身穿套裙的女子，整洁的套服勾勒出干练，黑色的高跟鞋更是让她有了姿态。

下班路过的陌生女子，日日路过窗前，依窗而立的蔷薇，温柔了她的眼眸，给她忙碌的一天添上了一丝温情。这就足够了，遇见就是缘，喜欢便有了意义。

人最不能自拔的一是喜欢，二还是喜欢。喜欢一个人，是无条件的，是发自内心的喜爱与欢喜，与她在一起，做什么事情都是欢乐的。一举一动，皆是可爱。可爱，在心中可以去爱的那种感觉。

我仔细品味着古人写花的诗句，每一句都带着深深的情感。

人与自然之间的关系，是和谐共通的，能够在一朵花中，照见自己，照见天地。

这个春天，无言由地喜欢上了蔷薇，喜欢看它那种朴实但又有些娇憨的模样，一开就是一片的气势，有着与春天共舞的心境。家里的阳台上，我也搬种了几株，先是把它们栽在花盆里，不知不觉蔷薇花开，藤藤蔓蔓，无处攀爬，我知道，它们需要一个花架来架起一个春天的盛景。

捡来被人砍下不用的青竹，一根根劈开，然后把它们拼成方格，用钢丝扎住，与落地玻璃窗平高。透过青竹的方格，外面的世界布满了诗意。

蔷薇顺着竹架攀爬，摆出了不同的姿势。有的仿佛在侧耳聆听，有的又好像在交头接耳，有的像是在守望光阴，还有的像是在倾诉。

在时间中生长，植物与人们一样用力。不久，花开满窗，红得妖娆，有着讨喜，也有着骄傲。它们自然地生长，然后不管身居何处，尽力绽放。

我会在清晨或傍晚，把一些黄叶一片片收拾好。蔷薇用它的茂盛，来回报我对它的喜爱。一株株，喜人。一朵朵，喜乐。蔷薇与晨曦、与夕阳、与我，共度日月。

花架前的木椅，是用来读书的，翻开一本书，低头读几行文字，抬头看几眼花开，目光中、呼吸间、笔墨下，尽带香氛。

书上有记载："在明清时，还出现了蔷薇宽幅屏风。古人的蔷薇屏风支架也是用竹子编织成网，网眼可方、可斜，中间放上五颜六色的蔷薇；隔屏透视，对面景致不即不离。"

很早读《红楼梦》，对其中的花草就有了美学的认知。芍药，蔷薇，以及一众花草，在书中开出了大观园的初印象。大观园的蔷薇花架，在第十七回有记载："院中满架蔷薇、宝相。转过花障，则见青溪前阻。"

"宝相"是如皋民间对蔷薇花的别称，仅仅两个字，就把蔷薇的娇憨与美丽形容得生动透彻。每次站在蔷薇前沉思，就会心生圆通之气。温润与柔美，静谧与安宁。原来，一种植物的气息是它自身传递出的气场，也难怪许多乡民都会在家中的墙角处栽种几株，看着它们攀爬在墙壁上的朵朵花开，甚是欢欣。

在中国人的审美观中，有着对照的方式。满架蔷薇，土墙古砖，茂盛与沧桑，给流年的印记中添了美感。再融入些人儿，有人唤着小名："蔷儿，薇儿。"一对双胞胎，在庭院的蔷薇架前玩耍。

我在自家的阳台上，也用竹子搭起一架蔷薇。拿起旧书《红楼梦》，再读第十三回，上面写着："只见赤日当空，树阴合地，满耳蝉声，静无人语。刚到了蔷薇花架，只听见有人哽咽之声。宝玉心中疑惑，便站住细听……那蔷薇正是花叶盛茂之际，宝玉便悄悄地隔着篱笆洞儿一看，只见一个女孩蹲在花下……"

一幅画面感油然而出，透过蔷薇花架，有着人生的悲欢离合。春日读书，不觉春深。春深处，架木为轩，我沿着古老的文化之道，一直向前。

轩，旧时多用于书斋名或茶馆字号。我在今年的春天，用蔷薇与青竹，在店铺外和自家阳台上架起了一条轩廊。行走其间，有温柔，有书香。日日在一架蔷薇前读书，书中自有人生百态。

架木为轩，我在方寸之间。

# 我们多情地活过

我们对生命的多情，表现出来的方式是热爱与向往、努力与坚持。季节的多情，用四季不同的色彩勾勒着。生命的多情，是爱与热爱，是璀璨的星空，是大自然中的春花与秋月，是悲欢离合。

每个人的心中都有一片别人无法企及的星空，在这片星空里，我们种植了许多如星星般的情感和梦想。每当仰望星空，在浩瀚的宇宙中，会有许多灵魂相似的人在同行，许多事情值得为之付出。

一直记得那年看过的一部关于凡·高的影片，《至爱凡·高》的色彩再一次冲击着我的视觉，在享受视觉盛宴的背后，我看见了凡·高对世界怀有美好的内心。在影片中有一句台词："在凡·高的眼里，没有不美好的事物。"一朵花、一个小镇、一块麦地，以及星空下的所有。

他是多情的，对艺术，对生命。现实中的他并没有笔下的画作那般完美，生前凡·高只卖出了一幅作品，生活贫困潦倒。那时，没有人懂得欣赏他的画。此时，我们在一幅画的面前，感知着生命的美好，它是来自内心最真实的触动。对那时的凡·高来说，热爱是一种多情而温暖的力量。

有一年的夏天，宿住深山之中，大山深处，宁静空旷。到了夜晚，抬头看漫天闪烁的星星，明亮动人而神秘，因为空气干净，我们能清晰地看见幕布上闪烁的星光。

繁星之下，虔诚与敬畏，温和与安宁，高远与清明。心底泛起一些久远的往事、一些渴望到达的地方、一些想要攀登的方向和一片片开满向日葵的花田。

如凡·高痴迷于作画，在无际的星空中采摘那一份属于自己的清香和理想。寄托于星空之下的情感，曾经渴望，曾经拥有，曾经怀念，曾经向往，曾经璀璨，曾经深情。

凡·高说："当我画一个太阳，我希望人们感觉它在以惊人的速度旋转，正在发出骇人的光芒巨浪。当我画一片麦田，我希望人们感觉到麦子正朝着它们最后的成熟和绽放努力。当我画一棵苹果树，我希望人们能感觉到苹果里面的果汁正在把苹果皮撑开，果核中的种子正在为结出果实而奋进。当我画一个男人，我就要画出他滔滔的一生。如果生活中不再有某种无限的、深刻的、真实的东西，我将不再眷念人间。"

其实，我们也会渴望极致的绽放。在这些极致中，不能少了热爱与多情的基调。那些蓝色的梦想，定是携着无尽的力量，坚韧而无垠，引领着我们去往一片璀璨繁星。

平凡的我们，在庸常的生活中，那些闪光处就是凡·高笔下的繁星点点。最近关注了一个话题《你所向往的生活是什么样子的?》其中获得高赞的答案有这么几条："能素奈朱李，枝条入檐，在楼上坐而食之。""松花酿酒，春水煎茶。""能做到行业的巅峰，成为一个想要都能拥有的人。"

一个平时安于生活的朋友说："锅里有煮的鸡鸭鱼肉，天上有飞的天鹅麻雀。"这位朋友过着简单的生活，每天上下班，然后运动，烧得一手好菜，生活过得平淡并多情。

另一位在企业界打拼多年的朋友则说："想要在老去时，去乡下寻一间房，与爱人一起养鸡种菜，安守时日。"因为多年在商界拼搏，累了寻一安静地方，在一抹暖阳下品茶种花，看鸡飞狗跳，与时光平行前行。

喜欢第三种生活方式，成为一个想要就能拥有的人。热爱工作，才能让我们任性地去过自己向往的生活。在工作中兢兢业业，其实真的很好。那些属于自己劳动的成果，可以帮助自己过上想要的生活。

是的，每个人必须为自己的生活负责。一个人只有把自己经营好，才有能力去谈照顾别人。而支撑我们生活的底气，就是在力所能及的时候，用尽全力去做该做的事情。用最多情的姿态，活出生命的色彩。

"松花酿酒，春水煎茶"，也是在生活稳定的前提下，才能如此安闲。到乡下静等日出日落，是在拼搏之后才有的心境。艰辛地奋斗，是生命旅途中一种多情的姿态。

当父母老去，我们能够提供一份好的生活给他们，再多一些时间陪伴左右，无悔为人子女的付出。当孩子尚小，给孩子提供一个好的成长环境，每天与孩子一起成长，等到孩子长大后，无悔自己生为父母的担当。

一对年轻的夫妻，在经历了两次丧女之痛，却做出了将幼女的器官捐献的感人事迹。从而挽救了一个肝衰患儿和两个肾衰患儿的生命，一双眼角膜帮助两人重见光明。

人间本多情，所以活着的人如此幸运。一个个多情的生命，闪烁出星光般璀璨的光，彼此照耀。

伟大、平凡，每个热爱生命的人都值得尊重。凡·高在他对艺术的追求中，寻得内心的安宁与生命的真谛。大爱的夫妻，在人性之美中闪光，平凡的人们，在庸常的生活中过好日月，也是对生命的多情。

无论用何种方式，对生活充满向往与热爱，然后为之而努力。每个人都是星空中的一颗小星星，在生活这片广袤的幕布上，用自己的努力，使之发出或明亮或微弱的光。

路过岁月的无情，我们多情地活过。

# 又见情怀

钱穆说："人类在谋生之上，应该有一种爱美的生活，否则只算是他生命之夭折。"细雨下得淅淅沥沥，窗外一片雾色，有些新绿在地面上，醒目且耀眼。

邮政送件车带着一股老绿，停在店铺门口。从车上走下来一个中年男子，个头不高，嗓门挺大，他扯着嗓门喊着我的名字，并且坚持要本人亲自签收。

送件员用他粗大的手，递过来两张精致的明信片。一股墨香扑鼻而来，明信片带着安静的气质落在我的手中。"谁寄来的?"落款处只有收件人。

穿着雨衣的送件员，拿出一张表，让我在上面认真地签收。时间在缓慢地流淌，大嗓门的邮政人员此时温和地指导着我该在哪里签字，我认真而慎重地写下了自己的名字。

窗外的雨，时大时小。明信片一路辗转在时间的驿站，它带着一种情怀，从山西的平遥古城，来到了襄阳。

我不知道寄件人是谁，但是我想一定是对生活充满深情的人。目光落在两张明信片上，是平遥古城的写生手绘画。带着温度与故事，我在春日的雨中沉醉。

该有多浪漫的情怀，才会寄来明信片。在这个充斥着快感的年代，邮政绿、明信片，原本就是一段缓慢而浪漫的旅程。

在许多人都注重物质追求时，有人在一个古城的角落，寻来两张明信片，用邮寄的方式寄给你。我被这份浪漫的气息包围着，空气中传来青草的芳香。

"好多年都没收到过明信片了。"店铺的小妹看着我，絮叨着。"是啊，有些情怀它原来一直都在。"所谓的"情怀"，它的释意是这样说的："拥有某种情感和心境。"情感与心境，不正是我们生命中不可缺少的构成吗？

我抚摸着两张明信片，纸张上是手写的字迹。手写的文字，是每个人心底流淌出的温柔，是对这个世界最温柔的表达。

寄件人用钢笔写下的字迹，有力度，有温度。古有"见字如面"，确是如此。四月的日子温润，心更是被一场谷雨浸润。是谷雨吗？是手中的字迹。

起身，站在花前。"看见花开，我就想起你。"花依旧开在窗前，手中的明信片传来一股油墨的清香。"谁寄情怀来？"我随手写下五个字。

谋生之上，一定还有另一种生活。店铺的小妹，看着我手中的明信片，讲起了她在驾校学车的所遇，感叹"浪漫情怀总是诗"。

与她一起学车的有几位年轻人，每次在郊外排队等候的时间里，有人带着吉他，有人拿着诗集，还有人带着画板。停下来休息的当口，吉他声传来天籁的声音，画板上落下了一整个春意，诗集中的句子像一只只白鸽飞过。

情怀，无处不在，它是我们在谋生之上，对生活的另一层理解。把自己放置其中，春天是灵动的，人是可爱的，生活是浪漫的。

那年，我在安徽西递的一间酒馆，遇见过两个来旅行的人。酒馆的桌上有一个手写本，旅途中的人都可以用铅笔，在上面写下一句或者一段话。

在我埋头写字时，耳边传来两人的对话声。"你给我手写一封情书吧。""回去后，我用毛笔给你写。"男孩浑厚的嗓音，夹杂着女孩轻声的笑声。轻音乐在古镇的酒馆里流动，我见证着人间最浪漫的情感。

在原色的木桌上，静静地躺着两张明信片。窗外的花，开得正好。我想起了，一些人，一些事，过去与现在。

诗在风中飘动，不知名的寄件人，从山西的平遥古城寄来了两张明信片。我的心头，诗意涌动。人间的温暖，它通过某种情怀在不断传递，穿越时空，穿越距离。

这让我想起了巴金老人写过的一个故事：

"他怀着满心难治的伤痛和必死之心，投到江南的一条河里。到了水中，他听见一声叫喊，看见一点灯光，模糊中他还听见一阵喧嚣，以后便失去知觉。

"醒过来时他发觉自己躺在一个陌生人的家中，桌上一盏油灯，眼前几张诚恳、亲切的脸。'这人间毕竟还有温暖'，他感激地想着，从此改变了生活态度。绝望没有了，悲观消失了，他成了一个积极热爱生命的人。

"这已经是二三十年前的事了。我最近还见到这位朋友。那一点灯光居然鼓舞一个出门求死的人多活了这许多年，而且使他到现在还活得健壮。

"我没有跟他重谈起灯光的话。但是我想，那一点微光一定还在他的心灵中摇晃。在这人间，灯光是不会灭的。"

情怀是盏灯，它温暖着我们的岁月，照亮着我们疲惫的生活。凡尘琐事，人皆有之。谋生之上，我们也谋爱。

情怀，是爱。是我们内心对这个世界的爱在流淌。生活的源泉，之所以源源不断，是因为生活在其中的人，一边谋生，一边满怀期待地活着。

时节的雨，时下时停。城市的角落里，簇拥着一簇簇新鲜的绿意。穿着老绿色的邮政车，送件人正忙着整理手中的信件。下一站，又将去一个有温度的地方。

　　我看见一盏灯光，在人生海海中闪烁着，永不磨灭。是我们在谋生之上的浪漫与情怀，是人世间经久不息的诗意与温情。

# 被美唤醒

春天醒来，大地喧嚣，繁茂的事物，一茬接着一茬。先是小草探出头来，和人们打着招呼，接着一簇簇地开花，画出了春天的色彩，就连江水的声音，也变得柔美悦耳起来。

一轮最大的月亮，挂在了春天的夜空。我怀揣着月光入梦，醒来内心充满了如月的光辉。万物皆美，我的心被这些美好的事物包围，有了灵动。

"人间四月芳菲尽，山寺桃花始盛开。"去山寺寻幽，中原地区的桃花早已谢落，仅留下枝头的一枚青果。小小的青桃，它承载着花开的盛年。走过时光的美，生命有了质的变化。

桃花来过，山寺见过。我见与不见，已是无关，它兀自美过。在年轮的圆圈上，细纹与斑点是生命走过的痕迹。曾翻山越岭地追寻，后来才明白，盛景是住在心上的。

谷雨后，空气被槐花的香气填满。习惯了醒在一首诗中，时常会想，如果这个世界缺少了诗意，该有多无趣。我常常把即将枯竭的心灵，放置在一片诗中，任由其策马奔腾，或漫步浅行。

心被诗句点燃，笔墨才有神韵，我用无数个美的事物，来滋养与填充内心的空白。心是一张白色的宣纸，上面的图案形成，来自于日常的行为。在我小心翼翼落笔时，满是敬畏。

植物、诗歌、音乐，以及美好的人。古镇、流水、星空，以及风吹过的声音。时时，处处，都有美在唤醒，唤醒一颗沉睡的灵魂。

时走时停，我把生命的发条稍作调整，不急着赶路，但也不停滞不前，在自己的节奏中，走与自己同频的线路。

喜欢那种能够在俗世之中活得热情，在俗世之上修补心灵的人。有俯身于生活的柔软，也有仰望星空的胸怀。

窗外的晨曦，透过朦胧的窗纱，悄悄地照亮人间。一阵阵春天的鸟鸣，把我叫醒。随手翻开床头的一本诗集，心中顿时荡漾出一片花田。

枕着月光入眠，被美的事物唤醒。生命的每一秒都充满着味道，需要细品。面包、煎蛋、牛奶，以及餐桌上的一束洋桔梗。四月末的阳光，落在阳台的月季上。

没有人能够阻挡我们对美的追求，让我们颓废于生活的，是内心的漠视。在我们逐渐漠视这些美的事物时，我们便开始了失去，失去生命中的养分。

暮春的午后，与父亲对坐在一盏茶前，我们聊着一些旧事与故人，茶汤静谧。我在此时写下："人间事纷纷，愿心有常闲。"适当地停一下脚步，与最亲的人相处。

早些年，同学交往的男友是某企业的老总。我一直记得她在聚会时随意说出的细节，她说自己每次打电话，男友都会以最快的时间赶过来。"管理企业应该很忙吧。"不知道谁说了一句，女同学说："看是对谁，对我他总是有空。"

我们应该相信，美好的情感它一直在人间。亲情，友情，爱情。大多时候，被我们以忙碌为借口，忽略了去享受这些人间的真情。

活在人间，与美好情感同行。山寺的桃花，它开过。岁月拥有过它的美，留下一些果实作为最好的纪念。

那年在旅途中遇见一个做音乐的人，他说自己在创作时是最纯粹的。他把美融入音符，把情感深深地带入。火车隆隆，车厢嘈杂，他却有着一种内在的安静，他留给我一个有音符的记忆，我记住了那段火车行驶的路线。

我被这些人间美好的事物唤醒，落笔之时，心田不再荒芜。我知道，春光易逝，但它却把春天的色彩种在了心上的花田。

一轮明月，爬上了天空，推开窗，皎洁的月光洒满阳台。我静静地坐着，呼吸着月光与花香。

小鸟们在歌唱，茶汤殷红，月亮不落，我被美唤醒。

# 温和

　　休息日，最喜欢做的一件事就是上菜市场逛逛。这是初秋的一个星期六上午，时间闲散，便绕过熟悉的菜市场，向着偏远一点的巷弄走去。我知道，那里的摊点摆放灵活，因此菜品会更加丰富。

　　所谓人间，也就是充满烟火气的地方。正是不冷不热的季节，菜市场的人很多。摆摊的，闲逛的，聊天的，卖面条的，卖水果的，卖豆类制品的，卖鸡鸭鱼肉的，应有尽有。

　　它是一条巷弄，因为两边的房屋被菜农们租下，自然形成了一条卖菜的通道。甚是喜欢这样的小巷，没有车流，只有人群熙熙攘攘。人与生活，在自然地交融。

　　不熟悉的人们，各自忙乎着。秋天大量的水果，摆在地面上，呈现出一派丰富的色彩。构成图画的元素，少不了它们的存在，人间正在用最真实的色彩绘制着生活。

　　最多的是正当季的葡萄，一筐筐的紫色，与红苹果、黄香蕉、大枣混合在一起，势多便抢了眼球。还有提着小篮子，蹲在旁边的乡民，篮子上用一层塑料绷着，绷起的面上放着几挂自家种的葡萄，透着亲切的青绿。

各取所需，人们挑选着自己喜欢的食物。我总觉得，想要治愈我们内心的慌乱与忙碌，美食是很好的方式。一个人，三五知己，或者一群人，好好地吃一顿色香味俱全的食物，那么许多的不愉快和纠结，都会被立刻冲淡。

空闲时间，喜欢自己去挑选食材，在厨房里慢慢去煎、煮、蒸，看着它们冒出热气腾腾的烟雾，食物的热情，滋养和浸润着庸常日子里的心情。内心会随着食物的温度，变得柔软。

嘈杂的声浪，从巷弄的各个角落传进耳膜。多么悦耳动听啊，这人间美妙的声音，它自然地流动着，缓缓而有节奏，无序而有秩序。

对于食材，是随了眼缘的。我被一杆秤吸引了视线，在一众电子秤中，她用的是古老的秤砣和杆秤。老妇人驼着背，动作缓慢地招呼着来买菜的人。时间顿时慢了下来，她用一辆破旧的人力三轮车，摆放着自己的菜品，地面的塑料布上放了几把葱和少许的青菜。

三轮车上有几个玉米棒子和切开的南瓜，以及刚从地里收起的花生、丝瓜、苦瓜、辣椒、茄子，都是一些家常菜品。老妇人的迟缓，一下子让时间慢了下来，在她摊前买菜的人，好像都不着急。

我一直站在菜摊前等着，她用一把杆秤，把每一份菜都仔细称量，有稍微差个一二两，还会添加足够，这才算完成一笔买卖。我细细地观察着她的一举一动，那种不慌乱的从容，在举手投足之间。

　　脚步蹒跚，每走一步都是迟缓地向前挪动。秋风有时吹动着她花白的头发，老妇人浑身透露出一股和善。她用自己的坚强支撑着一生的光阴，活得自然。

　　当我们能够全然接受自己生命的缺憾，并爱上它时，我们就战胜了一切苦难。不能改变一些事情，但是我们可以选择接纳，并从中择优录取。

　　买了几个玉米棒子、一把小葱、一些辣椒，她认真地把每一种菜都称好，然后反复默念，记在心里，最后得出一个数据。习惯了现代快捷的付款方式，我问老人要了微信付款码，扫完付款，准备离开。

　　"姑娘，能不能让我看看你的手机?"老妇人是为了检查一下付款的真实性，我立即打开微信把刚才的记录翻给她看。"微信码是孩子的，我不知道收到没，就看看。"她好像自己做错了事一样，抱着温和却略带歉意的表情。

　　在这个什么都便捷的时代，乡村的老人们也在适应着。走在初秋的风中，莫名有了些伤感，再回头看看老妇人，伛偻着身躯还在卖她的菜。我在脑海中想象着她的生活，当孩子每次收到母亲卖菜的零钱，会是什么样的心情。每个人都在一种复杂的心境中，向前行走。

成年人的世界哪有容易二字，我们都在用力地活着。那些隐藏着的心酸，被人世间的活着治愈了。是啊，我们都在用力地活着。我们在一次次的命运打磨中，变得坚强，变得柔软。

对"温和"的解释是"性情、态度、言语等温柔平和"。老妇人身上透出一股温和力量，就像是她手中的杆秤，不偏不倚，正好在星点上。那杆旧秤，还有那辆破旧的三轮车，把与她生活在一起的时光收集。

巷弄的两边，卖菜的、卖水果的、坐着闲聊的、卖西瓜的、炒瓜子的，各式各样的食物，全部被容纳其中。我行在光阴新与旧的交替中，内心平和。

有时，不知道是被外在的食物治愈内心，还是内心中自己与自己和解。也许，都有。在我们抱怨生活不如意、有压力时，还有更多的人比我们更加艰辛地活着。

"遇到低谷怎么办，那就走两步；两步走不出来怎么办，那就再走两步；终有一天我们走着走着，就走了出来。"却原来，我们不是走出了低谷，而是在时间中学会了与自己的内心温和地相处。低谷、平地、山峰，都是风景。

倘若能够在时间中，温和地活着，那么一切都是一马平川。所呈现出的生命状态，是我们在人世间真实地走过。

我会在闲暇时，去偏远的菜市场走走，挑选新鲜的果蔬，与具有生活气息的人打交道，从中汲取一些生活的养分，从而滋养与润泽自己的内心。

初秋的风，吹过摆在地面上的事物。老妇人的驼背有了一种别具一格的美感，仿佛看见了一匹在沙漠中跋涉的骆驼正在负重前行，她眼前的青蔬就是那一片绿洲。

紫色的葡萄，满筐满筐地抢眼，但是它依旧没有能够超越那把杆秤在我眼中的宽度。无数个用力活着的人，正在用心中的杆秤，称量着人世间的光阴，温和且有力量。

厨房的台面上，安静地摆放着苦瓜、南瓜、丝瓜、红薯尖、辣椒、茄子、西红柿。餐桌上的葡萄、大枣、黄桃，透出温和的色彩。

顷刻之间，让我们想起了母亲围着围裙的样子。人世间的炊烟，在各个角落冉冉升起，带着统一的温情、思念与平和。

香袅书卷 作品

错过与拥有，已不重要，毕竟风来过、花开过，我们深情相拥过。

# 慢慢相遇

春日里那么多的相遇，让人心有所动。季节限定的绿色在春天全部打开，树木的枝丫间，地面上的草色，稍加留心，就与春天撞了个满怀。

惊蛰一声轻雷，与冬天真正地告别，即便是白天与夜晚，有微雨，那股轻寒也只是表皮的，春天内在的阳气，早就在人间肆意挥发。

三角梅，无尽夏，开在了笔记本上。在春天，每个人都是少年。总有一股朝气在体内奔腾，年老与年少，共同拥有着这个春天。

带上蓝色地布，去郊外的春光中野餐，小虫子陪伴在身边，微风掀起裙角，脚下的小白鞋走出新的故事。我们在冬天遇见的事物，在春天说着再见。

日光像瀑布一样在绿叶间穿行，抓住了一把好天气。午后的慵懒与倦意，带着微醺的醉意，春日好眠。

就连下午四点半的阳光，也会把巷弄铺满。喜欢穿梭在襄阳古城那些古老的巷弄，看古老的城墙上斑驳的光影，寻找着从青砖缝隙里冒出的青绿。

我们与春天认真地相遇，其中的人与事物，都带着新鲜的气息。恰到好处的光芒，与江水相融，闪耀着恰到好处的宁静。

在春日里，遇见的人也是多种面孔。为了修整店铺地面的木地板，在城市的路边，寻找到一个木匠师傅。那天，下着细雨。

他站在路边的屋檐下，自行车前放着一块木板，上面写着"木工"。他穿着中式的棉衣，戴一副斯文的眼镜。起初我以为他是在退休之后，找点事干，打发时间。

"我是从 1973 年就开始在做木匠，那年我 13 岁。自己一直从事木匠，已经有些年头了。""是祖上传下来的手艺吗？""不是，起初是为了谋生，后来是喜欢上了做木活。"

手艺人的身上，总是有一股静气与羞涩，他们不善于言谈，把所有的情感都付诸了手中的作品。木匠师傅在耳朵上夹着一支铅笔，随时方便画线。

他的话语不多，一板一眼地做着自己的事情。余下的一些碎木片，我让他帮着钉个小木盒，木匠师傅严谨地测量、画线。"师傅，随便钉一下就行了。""那可不行，做出来的手艺，是要对得起自己的。"

他专注而严谨，沉静而内敛。极少的话语，所有的心思都扑在手中的木活上。"师傅，整日里与木屑打交道，是不是很难受啊？""不，木头是清香的，我喜欢闻木头的味道。"

他头也不抬，语气缓慢地回答着我的问题。不急不躁，木匠师傅把每一颗钉子钉得服帖。他说："做木活，不是敷衍别人的，这些木活是要经得起时间的检验。"

春天的细雨，在窗外飘着。他手下的活计，精确又整齐。只是一次偶然的相遇，也许日后他会依旧在路边等活，我会在自己的生活中，渐渐忘却。

木匠师傅留给我的，不只是一次修整的木活，而是他在无形中传递出的严谨与认真的态度。做完了自己分内的事情，他主动帮着我们把其他脱落的地方修补好。

倘若这些都是应该的，那么后来他的羞涩，却是真性情的流露。在最后一点活计即将结束的时候，我把工钱递给他。"不急，活还没做完。""接着吧，工钱早晚还是该给你的。"

木匠师傅在接过工钱的那一刻，有些腼腆。这是一个人内在纯真所散发出的，在他的心中，做活才是自己的本分。

我们会在每日与不同的人相遇，慢慢去品，善待对方，你会发现，善意是长在春天里的绿芽，只需要春风一吹，就会绽开，并自然生长。

"还有哪里需要修整的吗?"木匠师傅并不觉得自己已经把活干完了,而是会环顾一下,看看其他地方有无需要修整的。

与每一个人的相遇,都有值得我们学习的地方。木匠师傅的静气,是一个手艺人的品质,不被外在的环境干扰,而专注于自己的作品。木匠师傅的善意,还有不计小利的性情,是一个老手艺人内心的操守。

一段春天,会有无数的事物与人和我们相遇。在春雨绵绵的夜晚,做一个烘焙蛋糕。在一盏路灯下,等一个相见的人。在窗台上的小鸟声中,倾听春天。阳光轻轻洒落在阳台上,提醒我们要多出去走走。

挤满了阳光的铺面,萨克斯的曲调传出,巧克力味道的曲奇饼,很好吃。有人拉着手走过来,谈笑风生,眼中的光芒闪耀,是星辰落在大海上。

寂寞的时候,去看海,在春天的日光里,可以遇见许许多多的人与好事。也可以与夕阳合影,在瓜果中寻找春天。

三月的天空,有时蓝得出奇。老艺术家的叮嘱在耳边:"立德,立言,立行。"在春天,有许多重要的事情可做,也有许多闲散的光阴。

在春天里,慢慢相遇。

# 美色妖娆

糖果味的夏天，让清晨与黄昏充满了甜蜜的味道。街上流行起糖果系，各种物品披上了一件夏天应有的妆容。就连商场里的销售员，介绍起女子常用的胭脂口红，也用起了"南瓜色"。

可见夏日深得人心，它把属于自己季节的魅力深深地植入到了人间生活。生活的色系，有悲凉、有暖意、有欢喜，还会有哀愁，一系列的生活铺陈开来，任凭人们去做出选择。

我在夏日的童心里，幻想着能像神笔马良一样，绘制出天空下最美丽的事物。草原肥茂，瓜果飘香，花色繁多，心事时深时浅。

入夏以来，花箱里众花喧嚣。茉莉日夜不停地展示着自己的巧笑嫣然；栀子花大大方方，穿过时间的弄堂，把自己稳妥地安放。忽然，木槿开出了血红色的花朵；黄瓜藤上挂着一个小而可爱的黄瓜，头戴一顶黄色的帽子。

人间从来不寂寞，尤其是到了夏季，在裙摆带风的季节里，粉色糖果系的事物把人们融化。没有人能抵抗对美好事物的向往，我们向美而生，为生活盖上一层优美的画布。

一众的果实，鲜艳欲滴。樱桃、荔枝，更是招摇。买回来装盘，青花瓷底色的瓷盘，盛着樱桃的娇嫩与诱惑。只是一眼，心中就会舒坦起来，有些美，它是日常。

我时常用一种观察美的视角，去观察生活。夏天来时，竹林听雨，江边踏沙，草丛听虫鸣，山坡上看月亮升起，或者在花架前看一粒粒细叶悄然生长。

世上万物，带着真善美的原身存在着。庄子说："天地之间有大美。"这里的"大美"，是囊括万物之美，是大自然之美，是人性之美，以及我们目之所及、心之所感的万物之美。

我不拒绝与一切美的事物同行。夏日之可爱，有美色满满，美食、美景、美物，都值得去爱。街头走过穿白色网球裙的女孩，是美；樱桃放在盘子里，静守光阴，是美；我们内心充满善意，是美。

舔过糖果的舌尖，留下甜蜜的回味。走过夏的风情，人间妖娆，妖娆给夏天添了一种韵味与美色难描。凡娇艳美好的，有诱惑力的事物，皆可称"妖娆"。最喜《沁园春·雪》中那句，"须晴日，看红装素裹，分外妖娆。"

古诗词中常见妖娆，《海棠》诗："著雨胭脂点点消，半开时节最妖娆。"宋朝柳永《合欢带》词："身材儿，早是妖娆。算风措，实难描。"《京本通俗小说·志诚张主管》："说不尽万种妖娆，画不出千般艳冶。"

在我心中，妖娆是一种流动于事物内在的气质，它内含风情，外显娇艳美好。我在夏色满满时，走在这一季，每一步的前行都是对生命的释义。

夏天的色彩，有浓郁，有清淡。白色的花多了起来，丁香结出满树的白色花朵，茉莉在深夜静静开放，栀子花偷听着人间悲欢。红的、青的、黄的，果实满筐。

偶尔，一阵雨水落下，树叶上、地面上一片湿润。雨停后，树木更加葱茏，人间愈加可爱。我们与当下的生活相互缠绕，挣扎过，也欣慰过。

心上，亦是妖娆。与人处，便少了飞扬跋扈的傲气，增了一份谅解与温和；与事处，也会一分为二地去判断与解决；与自然处，更是怜惜起细小的生灵。

原来，是心灵被美丽的时光染上了一层甜蜜的色彩。水果糖在童年就已经根植于经年的记忆中，糖果色的夏天，一轮又一轮，岁月在增，傲慢在减少。

世上烦恼之事甚多，赏心悦目之事会更多。放下与拾起，任凭着自己选择。放下一些不快乐，拾起一些美丽的颗粒，摩挲生活，然后拥有它。

夏色满箱，静坐一隅，不问世事，只听心声。心之所唤，是美的醒来，是良善。心之妖娆，是锦上添花，是雪中送炭，是木槿开出的血色，是茉莉流出的纯白，是栀子花的安静。

美人在骨不在皮。皮相可以用来伪装。骨子里的真善美是自然流淌出的气质，是红装素裹的妖娆，是内心对这个世界的庄重与谦恭。

我想，你我都应该是这个夏日的美人，有美色从内向外溢出。

## 蓝色

我望向天空，天空一片蓝色。初夏的晴空，干净明亮，这让我想起你的眼神，曾经也如此清澈。后来的浑浊，是世事的尘埃落在了上面，化成一汪深情，有了五味杂陈。

女孩穿着一袭浅蓝色的衣裙，在城市纵横交错的路口，有了遗世独立的美丽，也有着人间清纯的欢喜。她把夏天写在了视线里，夏就应该如此让人舒适与惬意。

我把目光投向一些热烈的事物，尽量使得自己心生热望。能够活出热气腾腾的气象，总是迷人的。孤独与热烈，并不矛盾，相反它们总是相互融合。我们学着在孤独中活得热烈，在热烈中享受孤独。

踢着足球的少年，穿着蓝色的运动衫，汗水挂在脸颊发梢，每一步跳跃，都闪烁出光芒。夏天，应该是动态的，像一个少年一样，对世界充满好奇与热情。

五月以来，好日子特别多，人世间喜事连连。一对新婚夫妻在电梯里贴上了结婚启事，红色的纸张上写着"各位邻居：本人

5 月 18 日新婚，宾朋将至，电梯往返楼层频繁，给大家带来的不便，还请谅解。略备喜糖，给各位业主沾个喜气"。

引来邻居纷纷留言，送上祝福。看后心头一暖，一片蓝色的海洋在心中荡开。我们都是一只只孤飞的海燕，在人生的汪洋上独自飞翔，却总会有一些爱与温暖来到身边。人间不缺乏喜事，它们携带着爱与温暖，向我们飞奔而来。

寻常夏日，每个人都是平凡的。之所以不同，是因为总有一些人能够把平凡的日子过得有了更深层的意义。融入了如海水一样的情感，夏天的味道有了丝丝的甜。

我在属于五月的夏天，收到来自 5 月 20 日的一则后台留言。是一名陌生的读者发来的，她说："提笔留言发觉离上次已有一年了。我不认为过得快与慢，因为每一天都很值得。尤其是 2019 年的我迷茫不知方向，不甘于平庸。感谢老师给我的建议，我开始了运动，开始与室友、父母好好相处，试着清理一些东西，心态自然又放开了许多。18 岁生日后自己也醒悟很多，每天保持着清醒，现在有了详细的规划、有了喜好，感觉未来可期！此时，翻翻日历，是一个好日子，也在这表达对老师的喜爱。离下一阶段已经不远了，我的下一站是去小学实习，满怀期待，是不是又会有许多惊喜朝我而来？"

记得那是 2019 年，她在后台留下了自己的彷徨与迷茫，当时正是夏日，熏风入弦的季节。又是一年夏来，收到她的好消息，我看见了她灿烂的微笑，与夏日的阳光一同在人间呈现。

夏日，就应该是这样的清澈与明亮，如海洋般把蓝色忧郁涤荡，流入生命的是干净的眼神、清晰的方向。我坐在夏日的窗前，看着窗外湛蓝的天空，路面上行人匆匆。人们的故事，一直在开始，一直在路上。

在夏天，可以酣畅淋漓地活着。热爱与希望，是生命的主旋律。相较于那些推卸责任的人，我更欣赏那些勇于担当的人，他们活得热烈，对每一天都充满了希望。

在我们对物质的拥有越来越多时，许多人的生活却越来越狭窄。所谓的欲望，有两种意义。其中之一就是希望与盼望，其二是想达到某种目的。倘若我们连希望与盼望，都将失去，那么生命剩下的又是些什么呢？

我喜欢看见那大红喜字上的成双成对，喜欢看穿着浅蓝色裙子的女孩，喜欢看踢球的少年，也喜欢你勇往直前努力的样子。

夏天，就应该是在大海上冲浪，在绿荫下起舞，挥着汗水去攀登，付出全身心地去爱。与其苟活，不如壮烈。泰戈尔有句名言："生如夏花之绚烂。"

勇敢去尝试、去承担，即便是受伤，也会有如海洋般蓝色的爱把它抚平。即便是失败，也不后悔。即便知道结局是告别，也不遗憾曾经深深地喜欢过。

蓝色的夏天，有人在树荫如盖的小路上旋转出一个美丽的裙摆。在汉江边的桥墩下，男孩子笑得响彻云霄，女孩子跟着蹦蹦跳跳。

生命的活力，就在于释放。何必在有限的年岁里，把自己放在一种无望的境地，我们完全可以心存热望、仰望星空。

夏天的星空，蓝色的幕布上，有明亮的星辰在眨着眼睛。那是爱着我们的人用目光送来的关怀。有人在 5 月 20 日写下一句话："愿爱你的人更爱你，愿你爱的人你更爱。"

是啊，愿我们对这个世界的爱，永无止境。因为蓝色的爱，才是夏天真正的色彩。我仰望天空，天空一片蓝色。

初夏的晴空，干净明亮。正如我爱着这个世界，这个世界也爱着我。

# 终朝采绿

小满时节，是绿色的，山是绿的，原野是绿的，世界是绿的。从忙忙碌碌的世间，拔腿而出，向着田野奔去。在绿意葱茏的旷野，撒着欢，摘一片绿意挡住目光，似乎住进了一个童话。

心是一座房屋，里面装满了柴米油盐和各种情感。日日消磨，有时需要一个治愈自己的方式。去郊外寻绿，大概是初夏五月最美好的事情。

路边的竹笋，已有了年少的气势。风声吹过的竹林，摇动着光阴里醉人的光影。偶尔有鸟鸣声传来，听见了鸟类谈情说爱的话语。绿意笼盖，心思清明。

小满的绿，是饱满的，虽然并不是满满当当，但是也小有满足之意。初夏的绿啊，疯狂地倾吐着自己对这个世界的爱意，打开、飞跃、奔腾，绿色让人内心在安宁中生出力量。

寻一处院落坐下，三五好友，烧一壶好茶，静静地听雨打绿叶的声音。茶壶煮出汩汩的声响，与屋外的雨滴，一起演奏。笛音袅袅，琴音漫漫。有些植物，悄悄探出一抹绿色，爬上墙头，蹲在墙角。

《诗经·采绿》有云："终朝采绿，不盈一匊。"大自然铺天盖地的绿，如此盛大，我们怎么能够采摘得完。而我们能够拥有的，便是此时、此刻、此境、此景。

我始终认为，治愈忙碌最好的方式是在大自然中，与植物亲密无间。我们在自己的日常生活中，常因贪婪与自私的本性，生出了诸多的烦恼。把自己放逐在一片绿意中，任凭绿色的因子包裹，以此清空、清透、清明。

我用目光抚摸着如丝缎般眼前的绿意，刚好有雨丝轻轻冲刷，竹叶的青翠欲滴简直有了一种不可抗拒的吸引力，就像是一个人清风明朗的样子，总是招人喜。

再想起李叔同的"一生极致归平淡"，少了诸多执念，从而心绪安宁。凡尘琐事，事事扰心，寻一段闲时，把自己交给这满世界的绿。

从小，就喜欢绿色事物。在年少的梦中，绿军装是越不过的坎儿。被女生们喜欢的男孩，在中学后去参了军。一身绿军装，照亮了好多女孩的梦。我们有过的渴望与梦想，都不曾远去，只是它们融入了四季。

总有偏爱在岁月里深藏。对于绿色的事物，任何时候都会与之多相处。去古镇的邮局，寄一封明信片，认真地用手写好，贴上一张小小的邮票，然后轻轻地放进绿色邮筒。在我去超市购物的必经之路，也有一个邮筒，经年地站立着。

绿，是希冀，是归来。我们把心中所愿，投递在一方小小的邮筒中，信的那头是我们的牵挂与期盼。走再远的路，都会有归期。站在归期中等你的那个人，永远有父母的身影，有沉甸甸的爱。

那年乘坐一辆绿皮火车去远方，每天只有一趟。现在的高速时代，绿皮火车已经成为一种记忆。有些慢，有些闷，但是却又那么亲切。叮叮当当的铁轨音，还有熟悉的"啤酒可乐矿泉水，花生瓜子八宝粥，脚让一让啊"。

如今，动车高铁的速度比绿皮车快了许多倍，但我们依然会怀念坐绿皮车出行的岁月。有些事物，是我们永远无法抛弃的，它承载着我们成长的痕迹。

慢，是一种情怀。我们时常急匆匆地赶路，忽略了慢下来去欣赏一下沿路的风景。我在绿意盎然的浅夏，寻找着属于自己的速度。深耕细作，慢慢认真且仔细地做好一件事。就像这一树一树的绿，都是从根部的养分中汲取，茂盛生长。

生命是一段旅程，快与慢，都会达到终点。我很怕自己在快速的奔跑中忘记了出发时的初心。于是，会在某一段时光把自己放逐在大自然中，去反思、去思考、去发现自己的浅薄与渺小。

从浅夏走过，绿色像一匹绸缎覆盖心间。《说文解字》中注解："绿，从糸，录声。帛青黄色也。"本义是草和树叶壮盛时的颜色，也有传中说："绿，闲色。"

闲色，那应该是让心闲下来的颜色吧。忙，最经典的解释是说"心，亡。"一颗拥有闲适的心，才能去面对日月中角角落落处生出的细碎。

扫去烦恼与焦虑，让绿意覆盖心间。一夏清凉，从心开启。正是小满时节，适合去郊外寻绿。邀三五好友，静听雨滴轻唱，静观绿色绸缎铺陈。偶尔，有几株桃树，挂出了红色果实，点缀其中。

是美，支撑着我们对生活的热爱。发现美，需要我们用眼睛去看，用心灵去感悟。铺天盖地的绿色，它在夏日里盎然挺进。仿佛吹响的号角声，我们都在途中行进。累了，就慢点。

无需过于用力地去赶路，多到青山绿水中走走，与大自然一起欢愉。我在初夏之际，为自己的心灵披上了一件绿色外衣，未来的日子，内心清亮、明净。

傍晚，回城。居住的小区门口，摆着几个颜色不同的垃圾桶，其中两个绿色的格外醒目。上面写着："绿色环保，垃圾分类。"草坪上，有一位老妇人，正支起画架，对着一株植物静静地写生。

想起了刘禹锡在《陋室铭》中写道："斯是陋室，惟吾德馨。苔痕上阶绿，草色入帘青。谈笑有鸿儒，往来无白丁。"

耳边，传来绿皮火车的叮当声，它载着希望，披着绿意。

# 不可辜负的好天气

八月的天空，时常让人着迷。已经不再热烈的阳光，温柔地披在身上，夹杂着秋风微微地抚摸，心头涌上百般温柔。

因风起皱，生活的一点点涟漪，都显得那么值得。站在蔚蓝的晴空下，会生出幻想。仿佛驾驭了一双飞翔的翅膀，可以去很远的地方，也可以落在熟悉的家乡。

尤其是清晨的风、夜晚的月亮，梦幻般地让人深情地投入。这一生我们有三样无法挽留的东西，那就是生命、时间和爱。八月的风吹过有生命的地方，于时间中我们与万物彼此深爱。

蓝色的天空把江面映衬出一片干净的底色，寻一根枯枝，就能在上面画出一道道图案。孔子说："绘事后素。"只要是底色干净，就能绘制出不同的色彩。

我们内心的底色，是否像现在的天空一样辽阔、深远、清澈？我小心翼翼地翻动着内心的土壤，在其中发现了一些腐烂的事物，然后剔除。唯有保持底色清澈的心空，生活才能如初所愿。

最美的秋天，又来了。放下对生活的抱怨，去拥抱吧。与自己所爱之人相拥，因为在一起的时间会越来越短。与自己热爱的事物相拥，能够全力以赴也是生命的荣光。与心中的自己相拥，过好每一个当下，是对生命的不辜负。

还在为一段情感的失落，而痛彻心扉吗？既然不能如愿，不如早日释怀。对着过去深鞠一躬，然后挥手告别，大踏步地去遇见适合自己的情感。

最不能原谅的，是那个走不出来的自己营造的忧伤与悲苦，也许你正在为之痛苦的人，早就在与他人寻欢，何必呢，辜负了这么好的年华，用自己的生命与时间来祭奠一些不值当的爱与情感。

还在为一次失败而懊恼吗？没有失败，怎么能称得上人生。所有的失败，都是荣耀的，说明自己已经去挑战和尝试了。失败了，换一种方式再继续。换一种活法、换一个思路、换一种心情，只要身体健康，精力充沛，任何时候都可以重新开始。

清空一些负面的情绪，像天空一样，用风雨雷电来冲刷自己，雨后的彩虹会更美丽，雨后的天空会更明亮。我们流过的泪，失去的情感，失败的经历，都是用来为生命添彩的。

那些你爱的与爱你的人和事物，一定会翻越千山万水，奔赴而来。假如此刻，你是痛苦的，那是真正的爱还未抵达。

秋风送爽，一轮明月挂在夜空。坐在摇椅上，我闭着眼睛，想起了前尘过往。写下一段文字："再回首，我依然不后悔这小半生的颠沛流离和生命中所有倾情的付出……"

正是这些非同一般的阅历，丰富了来过的生命。不后悔失去，因为曾经拥有过。不惧怕明天，因为孤独与艰辛是必经之路。边走边品，回味这甘苦与共的生活。

想要举杯邀明月，对着它道一声"感谢"！感谢父母给予生命，感谢被这么多人爱着，感谢付出所得的礼物，也感谢失落在风中的故事。

感谢我们能够平安地活在这个世界，这足以让我们欣慰与动情。喜欢就去追求，相爱就去表白，心动立即行动，在光阴的流逝中，我们要印下一个个足够有分量的脚印。

多年后再回首，来时的路，一路风光尽显，装满了我们的行囊，让我们心生万丛爱意。在不断失去与得到的过程中，我们趋于从容与豁达，趋于慈悲与温柔。

就在前几天去乡村送救灾物资时，看到了这样的场景。受灾人看着洪水冲过的家，有着百般的无奈和心痛，但是在受灾后的积极重建中，他带着微笑坚守着自己的小小榨油坊。我一直感动于生命的存在，这种从不向命运认输的精神，才是我们活着的意义。

一些不可预料的事情，总是会与我们不期而遇。面对灾难与痛苦，我们唯有抱着伤痛，继续生活。咬紧牙关，渡过难关。打碎的不再留恋，失去的不再心痛，抬头看天空依旧湛蓝，明月如镜，活着就是勇气，不辜负这么好的天气。

情感的重建，生活的重建，有勇气的人，是毫不惧色的。面对生命中的不幸，我们用万幸的心态来面对。所幸，我们还活着，并活得健康，这就是底气。

告别时，看着受灾人脸上的微笑，我真想对着天空大声唱出："你笑起来就是好天气……"风雨之后，我们依然能够微笑着，在自己脚下的土地上踏实耕耘，那些失去的一定会换一种方式归来。

去爱，去闯，去攀登，去翻越，去痛哭，去微笑。想哭的时候痛哭一场，擦干眼泪走出去，脸上的泪光闪烁着生命动人的光芒。

秋高气爽的日子，与家人一起去郊外，走在草地上，吹着风。天气晴好的时日，把一些潮湿的东西与心情拿出来晾晒，闻闻阳光的味道。下雨的天气，坐下来听一场雨落的倾诉，或者邀约老友喝上一盅，再说说近况。

八月的天空，让人欲罢不能地想要去爱上。爱上这一程山水的奔赴，有人相助，有人爱护，也有独自远行的背影与孤独，这些才配得上这么好的天气。

我在明月之下，看见了月的阴晴圆缺。在秋风之中，与自己轻轻相拥。与有趣的人，度过有趣的时光。于独处的时刻，提笔研磨。于艰难处，微笑面对。于生命的山河上，放歌。

"还是喜欢看你笑着的样子。"风送来的消息，从远方、从近处、从四面八方传来。无论遭遇什么，请带上笑容，因为一定会有人为了这份笑容走近你。

站在榨油坊前的他，微笑着与我们挥手告别。雨过天晴，我们手中握着的是深情与温度。对生命的深情，对生活的态度，与这些尽力去活好的人，牵手同行。

八月的天空，让人着迷。我想起了你的笑容，是向日葵绽放时的模样，迎着阳光，饱含深情。忘掉一些、清空一些、放下一些，然后与此时和明天相亲。

绘事后素。应该是两层意思，一是在本色与初心上，做人做事。另一层意思应该是在历经世事后，依然保持着本真的色彩。清澈与干净的心灵，是出发与回归的底色。

这么好的时日，不可辜负。

# 荷风过境

池塘里的荷叶露出了它的得意，到了属于自己的季节，风光是掩盖不住的。在古襄阳樊城以西的一号公路旁有一片大面积的荷塘，在荷叶初长的时期，带着原野风中的清凉，一下击中了我的视觉、听觉和触觉。

久居城市，生活如纵横交错的马路，捆绑着前行。能够站在郊外的风中，呼吸荷叶送来的清新，内心顿时有了宁静。也难怪旧时的隐士，大多会选择一处田园，安放肉身，安放心灵。

沿着一号公路，缓步前行。在五月末端的荷塘里，荷叶清浅地站立着，它们还没到从众的时期，只是各自站在天地间，微微卷曲，偶有舒展。

这让我想起了刚出生的婴儿，肉乎乎的小手总是会握着一个小拳头。是试探，试探初到人间的温度。随着时间的长大，我们握着的双手，渐渐有了拿捏的能力。

荷塘被草埂分割成许多板块，水面与荷叶以及田埂，相互映衬，有了远古的《诗经》味道。从古至今，诗都是来源于生活本身。"彼泽之陂，有蒲与荷。"源远流传的诗句，从初夏的风中，隐约飘来。

天地之间，被一片青青的荷塘连接。行在这天地间，植物永远是我们最好的陪伴。我与荷，顿成一体。人之于植物，多是相互联通的。静夜，每坐于植物旁，就真的能够听见它们说话的声音。

初生的荷塘，还比较安静。来赏荷的人并不多，离众荷喧嚣的时日，还有些距离。我倒是最喜欢这样的时节，因为其间的留白，它让我心驰神往。

荷叶初长，在池塘的水面占据着小小的一隅。到了盛夏六月，具有势力的荷叶反倒少了可爱，过于盛气凌人，终归是少了让人回味的意境。

年少时去荷塘，会观花，几经风雨波折，再去荷塘，便生出观叶之心。花开极美，定是历经风雨之后的颜色。而初生之时，是有着磕磕碰碰之勇的。

"你知道生活最好状态是什么吗?""是无惧，不惧怕失去地活着。"我们常常会念出那句"愿你出走多年，归来依旧少年"。少年的我们，在穿着白衬衣的夏天里，无忧无虑，勇敢而纯粹。

爱得干净，恨得深刻。就是这份爱恨分明，支撑着我们向着成长勇敢奔赴。那时的我们，相信明天，相信梦中的情景都会实现，相信与爱着的人会走到永远。

初夏的荷，迎着世俗的光，带着试探与勇敢的初心，在天地间、在水面上，挥笔泼墨，书写自己的初生与年少。

只是后来，随着拥有的增多，我们越来越害怕失去，于是烦恼与焦虑随之而来。再回首，看那少年的纯色，白衬衣是那么耀眼。后来的我们，学会了遮遮掩掩，迎来送往，只是我们穿着的白衬衫，必须要搭配点什么。

我是感性的，也是理性的。站在一塘初荷前，便想起了生前世事。世事如棋，像极了这一块块被草埂隔出的荷塘，每一次生长，都是从淤泥中崛起。

荷风过境，禅意清明。我们把内心的惶恐与不安，放在淤泥之下，倘若能够冲破黑暗，迎着光明，那么无惧就会随之生根。

像初荷一样，带着一份对俗世的热烈，勇敢而无惧地去挑战。再多的险阻，都会随着光明的到来，而显得那么渺小，曾经以为过不去的坎，在时间中慢慢被治愈。

初荷还在婴幼儿时期，挥舞着小拳头，哭闹着要吃要喝。从荷塘吹来的风，夹杂着泥土的腥气。没有一次成长，是无需付出的。婴儿的哭声，在荷塘上响起，我听见了生命的渴望。

隔着荷塘，是庄户人家的住房。"要是能隐居于此，该是多么悠闲与惬意。""惬意是心中开出的花，与外在无关。"居住于荷塘边的庄户人家，传来的是七零八碎的声响。

这就是生活，它永远热烈。而那些清凉之地，是我们心底的桃花源。就像陶渊明那首著名的《饮酒》："结庐在人境，而无车马喧。问君何能尔？心远地自偏。采菊东篱下，悠然见南山。山气日夕佳，飞鸟相与还。此中有真意，欲辨已忘言。"

荷风淡淡，荷叶微卷。我们要想安稳地度过一生的光阴，只需要在心中修篱种菊。一个无惧于失去与得到的人，他就有了初生的勇敢与年少的纯粹。纯粹去爱，纯粹活着。

樊城以西的一号公路旁，大片的荷塘形成了田园风光。我已经看见了荷花盛开时路上人头攒动的情形，人们寻找着自己内心对美的向往，我亦是如此。

一阵风穿过荷塘，落在我的心上。上面写满了诗句，有《诗经》隐隐浮动，有陶渊明的思想在风中流动。从来，我们对诗意的向往，未曾停歇。

我们无惧地向前走，公路两旁，荷叶初生。

# 可行可止

《论语》中孔子说："吾十有五而志于学，三十而立，四十而不惑，五十而知天命，六十而耳顺，七十而从心所欲，不逾矩。"

也就是说年少正是立下志向的时候，三十而立，是立马横刀百无禁忌；四十不惑，是明晰世事了然自己；五十知天命，顺其自然；六十而耳顺，再无拂意；七十从心所欲，不逾矩，是行于可行，止于当止。

修身的最高境界就是从心所欲，不逾矩。十五岁到四十岁是学习领会的阶段；五十岁、六十岁是安身立命，不受环境左右的阶段；到了七十岁，思想和行为自觉地遵守道德规范，从而达到了知行合一的最高境界。

可行可止，简单的四个字，做起来并非易事。"古之君子，字以为己。可行则行，可止则止。仕以行义，止以远耻。"古人学习多是为了自己的修身立德，而今很多人学习是为了有一份好工作，或者是通过学习来获得点什么。

如果我们能够以修己为生命之本，每个人都做好自己，那么人世间的生活也就美好了。少了名利之争，少了是非之言，生活的本质就会显露，那就是活好我们自己的这一生。

一个时刻为了提高自己而不断学习的人，他的人生一定是向上而生的。一个总是想要取悦他人的生命体，就少了内在的精神。

知行，知止。就像是春天的花开万里，它们明白开在自己的季节里，用尽全力，待到花期过去，便会落地为泥。我们何尝不是如此？

水果店的老板娘正在教训孩子，"现在不吃苦，以后就会过苦日子。"年少时，该是立下志向、努力学习的时间段，应该认真地好好学习，等到老去了，再悔恨自己当初把时间浪费，已经晚了。

人的一生，也就是一个不断完善的过程。在这个过程中，我们不断地充实和修正自己，让自己明白事理，从而把一生过得有意义。

在不断学习的过程中，我们明白了行于可行，止于当止。不对的行为，就应当立马止住，有好的方向，就要坚持不懈地去追求。

我们曾经如此渴望春天的到来。这真正到来的春天，不该辜负。抓住每一寸春光，去充盈自己。学习、远行、赏花……动静皆宜，只要不让生命白白地浪费。

春风的脚步，时急时缓，它会催促大地上的人们，晴耕雨读，也会告诉人们，适当地放松。会生活的人，把时间安排得恰当。工作时，全心投入；休闲时，轻松舒缓。

植物从冬天走过，忙着换上新绿。天空蔚蓝，白云朵朵。大地上的人们，有人在匆匆赶路，有人在歇息。可行可止，是让我们明白道理，把生命经营好。

另一层意思，也有着告诫人们，行止得当。不能总是把自己置放于高压状态下，还要学会停下脚步，去修整自己的身心。

还有一层意思也就是说，选择的道路走得通，就走下去，倘若是条死胡同，就要及时止步，换一条路走。山间的水流，正是如此，才会渊源流淌，它们会在平坦的地方高歌前行，会在遇见山石时绕道而行。

生命是一个主体，上面有花开，也会有绿叶。松弛有度，过于绷紧的弦易断，工作时认真工作，但是也要给自己一段休息的时光，去郊外走走，去运动场出汗。

"可行"的春天，我们一起迎光奔跑，加油干。"可止"的春天，我们一起坐在花树下听花开的声音，在一杯茶中歇息，在一首老歌中回忆过去的时光。

向好而行，止以远耻。有了羞耻心，有了敬畏心，有了方向感，有了智慧，我们的生命就会通达。从而达到"从心所欲，不逾矩"的境界。

# 皆可风雅

抬头望天空，枝丫斜画，在一块湛蓝色的天幕上，落笔有意。冬阳下一株紫色的小碎花，开得欢腾，这怎么也不像是冬日，更像是在赏一幅画。

放下权衡利弊，而倾心于当下的一景一情，是风雅。风雅二字，来自于古老的《诗经》，其中的风、雅、颂，都是落实在日常人们最淳朴的生活情景中。

何谓风雅，并没有具定。它是我们内心对生活的一种态度，所有具体的表象，都是心之所往。心若有境，万物皆可风雅。

唯名利是图者，难得风雅。红尘俗世，我们时刻在计较着自己的利益得失，从而丧失了对日月品鉴的雅心。事事都想着利己，即便是身在松间竹音中，也不能拾起那满地的风情雅致。

与人交，心正意诚者，才能极尽风雅之事。凡是以索取利益为目的，是终难登大雅之堂。人之品相，尽数出自内在的涵养。清廉行正，是风雅。

有风雅之心于万事万物中，万物都能寻得真趣。"雨送漆研之水，竹供扫榻之风。"万物有着它诗意地存在，只是与之相处的人，要怎么去对待。

日日脚步匆匆，偶尔我们也可以停下来，听风扫落叶之妙音。给生活留一点风雅之隙，让它由内而外渗透出来。

风雅是一种情怀。陶渊明的田园，苏东坡的洒脱，诸葛亮的躬耕，这些从古流淌至今的人物故事，无不透露出他们对生活的态度，不是与世无争，而是与世好好相处。

古隆中脚下的诸葛先生，羽扇纶巾的风雅中，藏着大智谋略。陶渊明的田园诗句中，深埋着不流俗的生活态度。苏东坡几起几落的生平中，有着豁达与通透的雅襟。

具风雅者，必是有着内在之情怀。附庸风雅者，也只是学得其外表的浅层表象，内在的精髓，却是一个人精神层面的流露。

与这个世界好好相处，是另一种风雅。93 岁的老人，一生从事翻译，在九十多岁高龄，依旧是日日伏案。她把一生都献给了翻译事业，她的白发和笔下是无尽的风雅。

老人没有搬进单位分给她的楼房，而是住在自己的旧屋，房间满地都是书，她在书籍中挪动着脚步，独特而有着书香气息的风雅，是老人对生命的致敬。

有人这样写道："当她朝书桌附身时，这种衰老的妇人就给人一种奋不顾身之感，仿佛要朝着书桌跳水。"这是一个多么美丽的身姿，有着跳水般的优美，尽管年岁老去，但她对事业的终生热爱，成就了自己一生的风雅。

我们的一生是与这个世界相处，用内心的热爱绘制出一幅属于自己的刻痕，倾尽心力，而不图回报，才是人生的风雅之境。

我们时常会困扰与烦恼，其实这些困扰着我们的烦恼，都是出于对利益的追求，因为没有达到自己想要的目的，而自寻烦恼。

心存一事，不图回报，风雅尽生。真正的匠人，手中的物件，没有一件是为了别人而做，都是从心而为。是沿着自己心灵的走向而做出的作品，那些打动我们的作品，带着匠人身体与心灵的温度。

再回到日常的风雅中，亦有早期的《小窗幽记》。"举黄花而乘月艳，笼黛叶而卷云娇。"凡常人间，举手投足皆是风雅。举着黄花而借着明亮的月光，梳拢头发挽起高高的发髻，那时是美。

这就有了"走静夜小径，听四野蛙鸣。观十五月明，问自己心声"的妙境。时时尽可风雅，事事皆可风雅。

"辽木无极，雁山参云。闺中风暖，陌上草熏。"天地之间，极目远眺，看大雁南飞，闺房之中暖香如玉，郊外田径上，野草散发出迷人的芳香。

柴米油盐，诗酒茶花，每一件与生活相关联的小事，都可用作风雅。煲汤煮茶，研磨绘画，或者就是静坐窗前，看流云飞渡。

能风雅者，是源于有一颗诗心。孔子早说过："不学诗，无以言。"这里的学诗，是学习让自己的内心充满诗意。

在万事万物中，皆有风雅所在。在万千人中，我们都是风雅之人。古老的《诗经》一直在诉说着"风雅"二字，它是日常事物中的爱与赞美。

热爱与情怀，是一生风雅的基色。湛蓝色的天幕，枝丫斜画。这是难得的好天气！

# 拥美入怀

我在晨风中，观察着一群葫芦的欢跃，它们伸出长长的藤蔓，向上生长着，身姿舒展。植物的美，在于它安静地扎根，奋力地生长，以及它们不被外在环境打扰的倔强。

喜欢一切与美有关的事物，美食、美景、美人、美物、美片、美文……睁开眼就来到了一个美的世界。这些与美同在的事物，在我们的生活中泛起。

抬头是蓝天白云，入眼是青翠苍绿，低头是满心欢喜，时日以它最美的状态，与我们相遇，而我们只需要打开怀抱，敞开心扉，去拥美入怀。

内心生出喜悦，源于我们内心对此时的感知。用美来浸润心灵，让它能时时散发出快乐的气息。我一直欣赏那些把生活过得朝气蓬勃的人，他们的眼中心中一定装着对生活的爱。

轻轻地，触摸着盛夏。它是溪水边赤脚的姑娘，它是晨风中扬起的裙裾，它是独坐一隅时的茶香，它是奔跑的身影，它是我笔下的文字，它是外婆手中的摇扇，它是萤火虫一闪一闪的童话。

我用这些美好的事物，浸润着内心。徘徊在世事的繁杂中，我依然能够辨别生命的方向，它是向美而生的。

　　眼前的葫芦秧，长势喜人，迎着光，吐着绿。万物都有它的喜人之处，我们需要耐心去发现。给自己一点时间，静静地与美好的事物相处。

　　"去山中住几日吧。"我想象着大山深处的宁静，田野清晨的凉风，黄昏溪边的石头，蛙鸣声中的稻香，乡民们把日子过得很慢。

　　山间与旷野、高楼与喧嚣，人们用各自的方式过着自己的日子，我时常会坐在城市的街道边，欣赏那些迎风奔走的身影，也时常会坐在村庄的田埂上，数数日子。

　　生活的节奏，由自己调节。我坚持着在每一种环境与每一段生活中，去发现并拥抱它的美好。日子是向前流动的，一天一天地留下印记。

　　审美，是一种生活态度。那些内心强大的人，他会把痛苦转化成另一种美学。"把痛苦咀嚼出甜味来。"让我们的内心能够有海纳百川的壮美，有天高任鸟飞的雄壮。

　　路边花铺里的买花人正在卡片上写着："送你一束花，给我一个笑容，再将花和你一起拥入怀里。"拥你入怀，拥有的不止是花香，还有甜蜜的滋味。你和花儿一样美。

　　时日里美好的故事不断地在发生，我沿着人间的路途，边走边感受着。寻常人家里传来锅碗瓢盆交响曲，生活的调门就是那么温情。写字楼里走来怀抱鲜花的女孩，笑意盈盈。山村的人们，把日子过得缓慢，在光阴里安静地打发时光。

每一种生活状态，都是美的。就像是植物，不同的植物长出不同的模样，它们有着自己独特的美。不拘泥于某一种固定的生活模式、流浪、行走、山居、城市、品茶、看花，都是美的。

就连最常见的风，都带着轻柔的美感，它拂动着我内心的温柔。再也没有比活着更好的事情了，我们要与自己的生命热烈相拥。

在生命的每时每刻，去探寻美的存在，然后拥美入怀。"有朝一日，我们爱上了此时的甘苦，也就懂得了生活之美。"生活之美，美在它的点滴之间。

远行，居家，各有所好。草原上触手可及的白云，湖边蓝宝石般的宁静，被翡翠绿包围着的夏日，值得独自行走，值得牵手同行。

壮阔的大海，海浪拍打出如天籁般的旋律。美丽的仙女湖边，木栈道承载着脚步的声响，鼓浪屿的岛上，风情丛生，篁岭古镇上的民宿，木板吱吱呀呀地响着。可去的地方实在太多，只要想走，随时可以出发。

身体的流浪在远方，心灵的安放在书本上。居于家中，读几本闲书，泡上一壶好茶，把地板擦拭得干净，闻午后阳光味道。

走着走着，眼界宽阔了。读着读着，心境高远了。这样的时日，我们有许多浪漫的事情可以去做。与亲密的人，做一顿美食慢慢品味。与三五好友，在地摊上不失浪漫地烧烤。独自远行，在陌生的地方让自己彻底放松。隐居一室，读书品茶，修身养性。

我在生活之美中沉醉，醉在光阴里。再多世事的困扰，都会化作一股轻烟，飘散在空气中。因为空气中的美，早就把那些生活的不堪溶解。

何必纠结于一些烂事，趁着光阴正好，去与美好的事物相遇。街道上，走过来一个美丽的女孩，白衬衣上别着一朵栀子花。我们要随时赏美，发现美，拥抱美。

生命没到终点，我们与美好事物的相逢也无止境。重情的人们，从古至今，都在生活中演绎着自己。只是此时与彼时，一个时间的不同而已。美，它一直都在流传。大红色的艳丽，葱绿般的清幽，金黄色的向日葵，还有拥你入怀的爱意。

许多事物，都带着美的根源，在生命中流淌。放下那些困扰着我们内心的执念，简单干净地活在这个夏天。

你闻，花香扑鼻，你听，蛙声蝉鸣。你看，果实呈现出五颜六色。你行在路上，看尽世上风景。有人拥你入怀，说着暖心的话语。

去拥抱吧，拥抱这世上无尽的美好。让美驻扎在心间，日子明亮起来。

# 敬请快乐

雨，欢快地下了一整天，接着下了一整夜，让前几日的高温带来的酷暑消失殆尽。大地上的植物，同样欢快地吸吮着这份来自天空的甘露。

我喜欢走在雨中，认真聆听它们的声音。它们每一滴落在地面、敲打在植物上，或者散落在伞面，都会发出悦耳的声响。

它是欢悦的，是一种天然的快乐。因为有雨，天气清凉许多。尤其是有雨的夜，一阵阵凉风吹来，情愫油然而生。倘若有情趣，坐在有雨的窗边，托腮细思，空气中浮动着一股莫名的清宁。

人的快乐，来自于自己的内心。在同样的时间中，感知不同。有人快乐地度过，有人唉声叹气地抱怨。时间中的每一秒，都由我们自己的内心去主宰，快乐与否，只与自己有关。

我询问着："快乐是什么？"天空的雨说："它是对自我的接纳并欢喜地爱上自己。"这一场雨，它说来就来了，并且欢快地落在人间。它不会为选择什么样的环境而焦虑，也不会为落在哪里而担忧。它欢喜地来，欢喜地去。

我们为什么不快乐？其实，我们是可以每一秒都快乐的。当我们开始接纳生命的不完美、爱上生活的每一刻，那么我们就会生出快乐之心。

因为生命如此值得我们去爱，并快乐地存在。冰淇淋中含着甜蜜的因子，生活细碎中也有爱的影子，拥有着无比丰富的物质，以及这么好的天气，我们没有理由不快乐呀！

像孩子一样拥有，像雨一样欢快酣畅，像一条平静的河流，在光阴里流淌。这些其实很简单，那就是与自己的内心时刻在一起。

"吾性自足，不假外求。"一个人能不能感知到快乐与幸福，决定于自己的内心。一颗饱满而丰富的心灵，它对世界的感知是饱满的。而我们此时的所见所闻、所思所想，正是透过心灵的滤网，与世界产生的连接。

过滤掉一些负面的情绪，用一颗明亮的心去看世界，会发现一片云会说情话，一阵雨会唱歌，一砖一瓦都有故事，一声问候如此动人，手中的事情正在快乐地进行，所遇的人都值得感恩。

我时常写一些短文，字里行间都是生活的细碎与点滴，而这些恰恰是筑造我们心灵花园的途径。那就是生活中每一个发生，它都会为我们带来欢喜。尽管我们逃离不了痛苦与伤痛，但是后来我们会发现，这些痛苦与伤痛淬炼着我们的内心，让我们变得坚强而宽容。

一个人能够拥有"吾心自喜"的能力，那么就没有什么可以把他击倒。在绝壁深崖上，也会有生命的迹象。沉入痛苦的深渊，也有了自救的力量。任何外在的事物，都不会击退内心自有的欢喜。

而那些痛苦，往往是外在物附加上去的。因为我们总是不满足于现状，于是拼命地抓取。因为我们总是想要拥有更多，于是觉得失落。因为我们总是在不断攀比，于是就不会快乐。

当我们学会了与自己欢喜地相处，与这个世界温柔相待，那么我们就能够化痛苦为力量，让自己活得越来越好，也会越来越顺畅。

我举起手中的一杯茶，询问朋友们是什么味道。有人说清香，有人说淳厚，有人说有点甜。其实都是从一个茶壶里倒出来的茶汤，为什么会感受到不一样的味道呢？那就是我们内心对事物的感知不同，而形成的外像。

有人讲起了诸多泡茶的方式，然后来评定一杯茶的味道。我说："茶无论用什么样的方式泡出来，那只是方法，而品茶的人需要用心去品，才能品出它真正的味道。"

你用心感知到的味道，才是真正的味道。它没有统一的定论，一杯茶每个人喝出的味道不同。外物只是一个载体，而内心才是它真正的主体。

学会让自己随时随地用一颗快乐与喜悦的内心去感知，那么在生活的主干上，长出的枝丫就会满心欢悦，迎着光，充满向上的能量。

　　雨，还在持续下着，深呼吸，一股湿润穿透胸腔。玻璃窗上的雨珠散开，画出一朵朵漂亮的窗花。我听见它欢快的声音，落在荷塘，落在山涧，落在我的肩上。

　　伸出手，握住此时的欢喜，原谅一切过往，无论它们来自哪里，都不再能够打扰到我此时听雨的欢喜。

　　快乐，是生命的主旋律，每个人都有拥有它的权利，请别过早放弃。

香袭书卷　作品

生命的渡口，纵横交错，你

是那个撑船自渡的人。

# 听禅

过简单日子，听蝉声鸟语。行走坐卧，皆是自己的风景。犹喜雪中听风声、夏日听蝉鸣，寂静与苍茫，热闹与喧嚣。

在复杂中寻求简静。清幽是一条偏僻的路径，少有人来。能枯灯下静坐之人，必是有着过人之处。任是雨来雪落，兀自禅静。

六月炎热，我在内心听一场雪落。不再苛求于生活表层呈现出的奢华与琉璃，向着一方心灵的家园，划着小舟渡去。

能称得上佳人的，是与现实有着距离的。不落俗套，不谄媚于俗世，于自己的内心之中，让莲花倾城，独自赏景，画出一道美丽的风景。

长路漫漫，提灯前行。写自己的歌，听自己的曲。万物皆为友，温柔与慈悲心渐起。远离纷扰，把一日三餐做好，可盐可甜。

将繁华舍尽，将功名深藏。与山水共饮，与日月话深情。晨起暮落，看天空云彩变化出各种想象，让内心灌装整个天际，其间的际遇也只是一粒尘埃。

心中事，随风飘散。听夏日蝉鸣，寻那个从泥土中爬出的前生。蜕变，空灵，心静，倾情。一生的修行，就在于回归自己的内心。

自然，平和。栀子余香，月清明。任是尘世纷杂，依然持一颗欢喜心，安静度日。少有怨恨，终觉世事皆可原谅。包容之心，与万事万物处，不争，不怨。

鸣了一夏的蝉，会把音调从高调到低。划着小舟去渡，渡的是自己。又读红楼一梦，方知世事尽头是空明。黛玉葬花，晴雯撕扇，湘云醉卧，宝钗扑蝶，终究是美过。

"日久不过随土化了，岂不干净。"葬花人早就明言，归宿都是泥土，也唯有所归之处，得了安宁与干净。人应该是自然的，也要归于自然。

站在六月的树下，听熟悉的蝉鸣声，它们为属于自己的夏天而歌。看一只蝉的自我觉醒与超越，带着禅意活过一生。

庸常的日子，总有蝉鸣点醒是夏天了。在夏天，安静地看植物吐绿，把梦想写在纸上，去水边看鱼儿逆流而上，听鸟儿们讲着过往。

禅音回荡，溪水的潺潺声淹没了杂乱，竹林的风穿过发梢落在指尖上。山林寂静，野草自然地生长。雨来时，撑一把油伞，去遇见一个心仪的人。

吸纳之间，清透舒展。这样的夏天，心上也有雪落。白茫茫一片真干净，清幽的是内心，于寂静处安放。有人来访，可见，也可拒绝。

扫地烧水，日常亦是美。一举一动，禅意尽显。不是远离生活，而是带着一颗禅意的心融入生活。慈悲之际，便会觉得万物都应该去爱。

纵是城市喧闹，心本自静，也能把生活过出禅意。远离一些，接纳一些。能清简处不复杂，安静地品一壶茶、读一本书，看云彩飘过，静下来与自己相处，万物本寂静。

喧嚣与不安，是我们的心。我们时常活在恐惧与期待中，然后生出不安与失望。倘若能放下对他人的期待，放下恐惧，那么我们会活得更加舒坦。

尝过悲欢，能够心无杂念，是生命的修行。心无旁骛，专注一人一事。日子的悲欣交集，就把它化成一船的星光，载着自己渡向生命的彼岸。

哪里有一世的苦，哪里有一生的甜，我们都在五味中被生活浸泡。行在繁杂与庞杂的生活之中，依然会有高于这一切的诗情与画意。

浮躁让我们的内心静不下来，在匆忙赶路之余，我们还是需要去聆听大自然中的神奇妙音。你听蝉鸣蛙声，诉说着夏天的深情。我们不是为痛苦而来，而是为光明而生，为欢欣而鸣。

　　"你只要干干净净，安安静静，便看得清清楚楚。"干净，安静，是我们的内心。生活是复杂的，但是我们的内心可以简静。

　　风吹柳动，笛音悠扬。蝉鸣声中有禅意，"知了，知了。"知道了什么，明了了什么，悟出了什么。一生是一场际遇，我们不该让自己活在痛苦与挣扎中。

　　阳光穿过树梢，穿插在树叶之间，地面上形成斑驳的影子。一只蜻蜓悠闲地飞过，我寻着内心的禅意，所做之事尽带欢喜。一些不如意，随着山涧的流水声远去。

　　心本自静，有了欢喜与温柔。慈悲之心渐起，世事如风过境。

# 世味深情

"你爱上生活的五味杂陈才会爱上生活。"五味杂陈，单是这一个词语，就涵盖了许多可以言说和不可言说的深意。活在人世间，每日都会感悟着各种不同的滋味。没有一份生活是相同的，没有一个生命的脉络是一致的。

我们循着自己的生命脉络，体验着这一生的复杂。这无人可替的长路，必须靠着自己的双脚一步一步走完。在长长的路上，与未知的自己相遇，与陌生人相逢，与日月同步，与山水同眠。

各种不同的生活形态，让世界充满了人情味。世味，也就是我们生活散发出来的味道。人间烟火丛生，世味愈加浓烈，越来越喜欢待在有着烟火气的地方。看清晨炸油饼的摊主，熟练的手艺，仿佛是受过训练，不多不少，在刚刚好的时间出锅，递给买早点的人，其间的过程，没有一句话，买早点的人，与卖油饼的人，仿佛有着约定似的默契。

地铁穿过城市的角落，人们脚步不停地赶着时间。年轻人的朝气蓬勃，脚下就有了韵律，年岁大的人，会迟缓一些，但也是赶着热闹地在其中奔走。一站又一站，上上下下，川流不息，始终流动着。生活浓郁的气息，带着热情在城市里蒸腾。

人与人之间，是有着情分的。车站的座位上不知道是谁遗忘了水杯，一直静静地躺在那里。一个民工扛着许多物品候车，刚坐下就掏出一袋干脆面吃了起来。过了一会儿旁边传来一个声音："这不知道是谁丢的水杯，你可以去接点热水，就着干脆面吃。"于是那人便感谢着去拿过水杯，冲着说话的人憨厚一笑，两人便攀谈了起来。

说起工作环境的艰苦，农民工继续嚼着他的方便面，边吃边说："有事做，就觉得很幸福了。"话语落下，眼中添了笑意。我对着这人世间最普通的两个人，深深地送过去一份祝福的目光。只要深情地爱着生活，再苦再累也觉得值得。

我们都是这么庸俗而寻常地活着，与生活的苦乐纠缠，与时间中的自己同行。成年人的世界，没有容易二字。一颗带着深情热爱生活的心，能够装下生活中所有的缺憾与不足。

地面上弥漫着不同的世味，在烟火丛中过日子的人们，都少不了对美好事物的向往。长长的豆角被晾晒，红红的辣椒被挂起，手边的蒸笼里冒出热气，弄堂的孩子们跑来跑去，老人们咧开缺了牙齿的嘴乐呵呵地笑着。一辆自行车把岁月碾压出吱吱呀呀的声音，老牌国货带着经久不息的底蕴在生活里划下痕迹。

食人间烟火、看山河海阔，少不了的一味，是世味。每到一个地方，都会寻最繁闹的集市去走走，有集市的地方，总觉得更多了一层人间气息。人们在小摊前，不慌不忙地等待着，针头线脑、旧书旧报，以及零零碎碎的日用品，再夹杂着卖菜的声音，在生动的画面里，我们都是其中的一个。

泰戈尔说："爱就是充实了的生命，正如盛满了酒的酒杯。一个能爱的人，就是生命充实的人，就是一个快乐的人。"爱着生活，并深情以待的人，都会充实而快乐。因为心中有着对生活的爱，日子就会过出滋味。五味杂陈，是生命的馈赠，我们只有接受并爱上它。

我在四季的变化中行走在城市与乡村，遇见过西装革履的企业高管，也遇见过穿着布衣的乡民，其实他们不同的只是外在的皮囊，心中对生活的热爱都是同等的。繁华里，也有失落，贫瘠中，也有收获。人们播种着对生活爱的种子，后来都生出了根，扎根于自己脚下的这片土地。

年少时不怎么喜欢烟熏火燎的事物，眼中只有清风明月的美丽。随着年岁的增长，才渐渐明白，真正的生活，就是在这庸俗的世味中，它散发出油烟滚滚，它携带着风霜。风花雪月，是建立在柴米油盐上的浪漫。

中国人对情分的重视是几千年流传下来的传统，父母对孩子无私地付出，孩子对父母孝顺，祖祖辈辈，源远流长。正是有了深情，人世间的烟火味就浓了。逢年过节回家探望父母，闲着无事，与朋友聚聚，在情分中把心灵的空间滋养，然后生出百倍的力量，来面对生活的挑战。

地铁准点来到，早点摊上年复一年日复一日地放着油饼。民工回乡，陌生人的善意，还有那些为生活打拼的人们，都是世间的瑰宝。他们浑身带着光芒，默默无闻却勇敢坚强。

那些爱着的人，是饱满的。汲取了光阴里的味道，凝结出对生命的深情，缓缓地在时光中，缔结出自己的生命之花。绽放为你，守望为你，深情为你。有了根、长了叶、开了花、结了果，一切都是源于爱着这五味杂陈的生活。

心中装着深情，世味浓烈如酒。一落肚，一回味，满腹生香。

# 不惑

桌面上的台历，翻过小满，打开在夏至。生活在一页一页地翻过，六月的日光与盛夏的明月交替，滑行而过，心有恓惶，眼见它飞驰而去，伸出的手抓不住丝毫边角。

人们不停地寻找生活的答案，我被一个美丽的背影所吸引，女孩穿着牛仔裤、吊带背心、平底鞋，外面罩着一件露背的天蓝色风衣。六月底的天空，早早地飘浮着白云朵朵，天地之间，女孩成为一道美丽的风景线。

青春，律动，敢于追求，背负理想。仿佛看见了多年前的自己，那时我们把对生活的热忱，融入每一个日子，无所顾忌地享受着生命的美。

岁月是一把钢丝刷，被刷过的地方留下了伤痕与皱褶。实实在在地被生活刷洗过，深夜的痛苦与不甘心，把生命的赞歌重新谱曲，用深沉替代了激昂，在一曲与生命有关的曲谱上，有了灰色的忧伤，从而更有力量。

女孩骑着电单车，迎着六月骄阳，勇敢前行。城市的高楼在如画般的天空下，成了她的背景墙。前路漫长，真心愿她能够永远保持生命中最美丽的部分。那就是对美的勇敢追求，露背的风衣、毛边的牛仔裤、黄色的平底鞋，肆意地美过。

走过了年少的清澈，逐步有了疑惑。曾经用尽全力付出，尽然未能如自己所愿。曾经痛彻心扉地爱过，却面临着撕心裂肺的结局。惑，心上有犹疑。生命在青春年少凛冽地释放过，却觅不见自己想要的结果。

一边疑惑，一边继续生活。立于生命的湖边，杂草丛生。痛苦、羁绊、哀愁、迷茫，缠绕着生命的主干。我们被压得透不过气，沉入湖底，渴望成为一尾自由的鱼。

又是一年高考季，最先冲出考场的少年，对着镜头回答着问题。"你未来想要过什么样的生活？"一脸清澈的男孩回答："在法律允许的范围内，过一切自己想过的生活。"

《中庸》中很早就说："诚者，自成也。"成为自己，过自己想过的生活。即便是被现实撞得头破血流，即便是被失望一次次冲击，也要真诚面对自己的内心去生活。

生命仅此一次，大胆去尝试。那些以为很糟糕的经历，后来才发现它成就了后来的自己，让我们变得坚强、柔软、坚韧、具有力量。

茶点之余，话题停留在关于生活的选择，是在一线城市打拼还是选择小镇生活。他说起自己在 20 世纪 80 年代初去深圳打工的经历，曾经睡在小区外的水泥地上寻找机会。说起往事，脸上露出了一丝微笑，此时的他已经在深圳开了一家自己的影楼。

她说："相较于大城市的生活压力，更愿意选择小镇生活。"毕业后的她，选择了回父母所在的小城，做着一份早九晚五的工作，一边照顾老人，一边工作，还有时间相夫教子。业余时间，健身、插花、居家。

他说："当初选择离开老家，留在大城市发展，是因为不想过一种一眼望到头的生活，而是想要挑战自己。就算是最苦的日子，自己也没想过放弃。"

她说："当初选择回小城，是因为生活环境优越，不愿意自己过得太辛苦。安心踏实的小日子，是自己想要的生活。"

生活是没有答案的，每一种形态都值得尊重。人生的轨迹不同，我们各行其道。最喜欢其中一个人的回答："问心无愧就好。"

问问自己的内心，是不是有愧于自己的这一生。茶话闲叙，生活依旧在继续，我们只是偶尔相聚，更多的是在各自的轨迹上，周而复始地继续着自己的生活。

《论语》中孔子说："四十不惑。"也就是说在我们经历了世事之后，遇事能明辨不疑。不惑，解开了心上的犹疑与困惑。

看着渐行渐远的女孩背影，露背的风衣上，系着一些漂亮的蝴蝶结，蝴蝶结把少女的身姿勾勒得愈加婀娜多姿。再想起那个少年冲出考场时的自信，还有人到中年的他与她的选择。

结果都不重要，重要的是我们正在经历着此刻的光阴。我们追求过，放弃过；奋进过，颓废过；勇敢过，退缩过；肤浅过，深刻过；天真过，世故过。

想要的生活，自己去选择与争取。想要到达的方向，坚持不懈地前行。想要留住的人，全心全意地去爱。想要得到的结果，不如意又如何。

走过小满，来到夏至，光阴在缓缓流逝。解开心上的疑惑，迎着自己想要的生活，大踏步地走过去。拥抱你爱的人，认真追求你想要的生活。

我们走过的地方，就会有痕迹。这个夏至，经历着的一切，都将在后来归于平静。至此不惑，夏至的热情似火，那么真实地炙烤着大地。

# 自有从容

美人蕉开得欢实时，夏走到了深处。年已过半，岁月消减。在一日日的光阴里，有急有缓。霞光初现，直至晚霞满天，一日一光景。

青苔油亮，蝴蝶翩跹，时至半夏。赶路的行脚，走走停停。年华渐去，虽觉光阴似箭，却添了些许从容。会停在一群蜻蜓中，任思绪与之舞动，也能在日常中，用心用力。

路过一塘荷开，惊觉世事无常，反观自我，倒是添了与之好好相处的决心。不再似年少的轻狂，有了赏花的心境。

愈活愈是欢喜，喜欢上当下的每一寸光阴。也有凡事缠身，总会留一段时光听夏日的蝉鸣。行在一片虫鸣声里，说起儿时趣事，便觉岁月不饶人。

行在路上，有上桥与下桥。波浪形的人生曲线，走着走着生出了欢喜心与清净心。少有困惑，淡看流年。明知道生命的结局，便想着活得要更有意义。

"回首向来萧瑟处，归去，也无风雨也无晴。"苏大文学家的句子，早把风雨做笑谈。不为命运的波折与艰辛低头，更多的时候是享受生命存在时的每一处欢喜。

不妨长啸，不妨轻马。把日月嚼碎，就着一口酸甜苦辣，好好品味。日日是好日，好的是有滋有味。五味杂陈，生活的好呈现出一种状态，那就是活在生活之中。

从容接受，坦然面对。该来的就让它来吧，该去的自然就去了。所留下的应该是面对自己的心，把每时每刻过成自己的。

不去道他人是非，专注于提升自己，这才是生命的正道。一生的光景，走着走着就少了。草木鱼虫，花鸟兽禽，皆是朋友。

却原来，是自己的内心有了从容，生命就不再慌张。

时间的点滴，皆是修身时。每一次言行举止，皆是修身。修正心诚意，去面对日常、面对生命、面对命运的百般变换。

心正则意诚，意诚则从容。从容面对生命的赐予，荆棘与坎坷、磨难与艰辛都是其精彩的部分。人生之命题，有沉重，有宽泛，起落沉浮，当之必然。

不去计较得失，尽力做好自己。换句话说，当我们可以从容接受失败，那么生命便全是精彩。

路边的树木，在阳光下呼吸。青草肥沃，浮萍漫生。半夏的时光，让世界充满了绿意。没有一份沮丧会一直持续，每一次的付出，都是为后来铺路。

那么我们还在担忧什么呢？从容，是内在的气度。正心诚意，做好自己，然后接受生活的挑战，接纳生命的不完美，从容过日月。

草木荣枯，不喜不悲。自有从容，来自于一个人内心的清净与正念。我在大自然中寻找着生命的轨迹，看云聚云散，听风来雨去，闻鸟语花香，写红尘世事。

青草吐绿，树木葱茏，荷塘一片美色。美人蕉在地里，开出红色黄色的花朵，有人坐在公园的桥廊上，说着情话。行人三三两两悠闲地散步，一只不知名的小动物，从脚边跑过，惊起一片童心。

时间在有序地前行，生命在野蛮地生长。我们在其中，从容度过这一生的光阴。得到或失去，与生命庞大的载体，又有多少关系呢？

我们已经拥有太多，如此富裕。某日与女友同行，四十岁未婚的她，没房没车，却活得比很多人都潇洒。我用常态的思维提醒她，"你也在这个城市攒钱买个房，最起码有自己的专属空间。"

她看着天边的云彩对我说："这天地之间，就是我的房，我还用买吗？"然后她指着路边的一棵木槿花说："我正拥有整个花园。"

那年也是一个夏天，我一直记得她当时在阳光下，那张干净的脸庞，活得纯真而从容。那时的她已经在不断学习与不断旅行中，让生命充实而饱满。

无惧无忧，活出自我。从容的生命，来自于我们自己内心的成长。唯有不断提升生命的质量，我们才能够拥有一座丰富的心灵宝藏。

在那里，天地之间皆是自己的住处；行走之间，花草鱼虫为伴。

从容，来源于我们对生命的自我认知。正心诚意做好自己，不为得失忧患，活好当下。与大自然相处，丰富而从容。

夏天的牵牛花，也有娇美与可爱。苏轼曾说："一蓑烟雨任平生。"

# 常有心动

突然，想远行，心念一动，就开始计划。在想要远行的那一刻，心跳跃的频率比平时高了许多。心动的一瞬间，喜悦紧随其后。

每个人会有一些时间，对什么都提不起兴趣，没有想去的地方，没有想要见的人，没有想去做的事情，日子过得恍惚而无趣。

朋友给我讲过一件小事，她说："有段时间我特别沮丧，某一天清晨，赶去上班。电梯停了，进来一对母子，小男孩约莫四五岁，很可爱，我冲他笑。他妈妈说快叫阿姨好。小男孩脱口而出姐姐好！那一刻，我多怕自己会爱上他。"

说完这些，朋友露出了明媚的笑容。总有某一刻的心动，治愈了我们沮丧的情绪。也总会有某个人，像一束光，照亮了心情。

心动的密码就藏在生活的细节中，只需要我们轻轻去按动。一句话、一片云、一本书、一次初见，以及日常的美好。

常去的面包店，摆出了新品，把一整块蛋糕设计成了一座花园，让人心动。年少时喜欢一个女生，放学后跟在她身后，她一转身，刚好看见了你，你脸红心跳。

对于心动，钱锺书是这样写的。他说："遇到你之前，我没想过结婚；遇到你之后，结婚我没想过别人。"

有些心动，牵绊一生。有些心动，愉悦一时。这些心动的瞬间，它时常让我们的内心充满活力，从而修复庸常生活中的寡淡，让我们爱上生活。

保持心动的能力，在每一个日常中去发现让自己心动的部分。保持美丽的秘诀在于内心，内心有活力，生命才美丽。

去了一个地方，心有所动，想要住下来。一块青砖，搅动了深藏于心不愿触碰的往事。流光青石板上的雨滴声，唤醒了内心的诗意。一盆蜗居在墙角的植物，敲响了心底的旋律。转角处走廊的一袭白衣，惊起了心中的涟漪。

一些心动，不期而遇。一些心动，留下岁月的印记。一些心动，在一念之间。一些心动，蓄谋已久。

我们墨守成规地活成了一个模子，在成日里戴着的面具下，那颗易感的心，被生活磨出的茧子，遮盖得严严实实。

很难心动，成了常态。我们按部就班地过着平常的日子，常说平淡就好，这没什么不对，但是我们也可以选择在心动中前行。有了心动的创意，就去探索。有了想改变的冲动，可以换一种方式。想要远行，就动身。想要见一个人，就去见吧。

生命如此丰富，是用来体验和心动的。任何时候都可以开始，只要心动就去行动。没有一种结局会比没有去尝试要差，只要是在经历，我们就在收获。

心动，是保持生命美丽的秘籍。去遇见，去不断地与新的事物相逢。你会发现，心情会变好，容颜会变美，一切都会随之变得好起来。

美好的回忆，大概就是心动的时刻。正是那些让人心动的瞬间，成为了我们老去时记忆簿上最惊艳的一朵花开。

在某个时刻，想要去某个地方，想要见某个人，想要做某件事情，只要去行动了，就会在未来少些遗憾。不会为自己的碌碌无为而后悔，也不会为曾经的懦弱而沮丧。

一切总要有个开始，我们不能因为害怕结束，就避免开始。那些让我们心动的事情，要勇敢去追求。

一个同事曾经在一次饭局上遇到了一个心动的女孩，挣扎很久，在临分别时鼓起勇气要了女孩的电话，后来这个女孩成了他的妻子，他们一直很幸福。

相信好事都是从心动开始。能打动我们内心的事情，它一定是经过生活的层层过滤，带着正能量的因子，向你而来的。

那些治愈我们情绪的心动，就在自己，去发现然后心为之所动。一条路、一座古民居、一部影片、一次偶遇、一个问候，或者一段让人心动的沉默和宁静。

凡是能打动内心的事物，都带着与生俱来的引领力，带着我们去探寻生命的美丽，去倾听生命的赞歌，去践行生命的真谛。

心动像一束光，穿过生活的窗棂，拂去尘世的灰尘，落在生命的缝隙，开出漂亮的花朵，长出绿油油的青草，让我们的内心柔软，有生机和力量。

如果有一天，遇见一个心动的人，我一定留下她的微信。如果有一天，想要去远行，我一定选择出发。如果有一天，想要换一种生活方式，那么我会随心而行。

因为这些事情，它足够能打动我的内心，让我渴望，让我向往，让我美丽。

# 潜藏香气

时常能够闻到生活的某种香气，它潜藏在每个角落。喜夏日无事时，临窗而坐，品茗读书。就遇到了些好句子，"忧来无方，窗外下雨，坐沙发，吃巧克力，读狄更斯，心情又会好起来，和世界妥协。"

太多的人日日绷紧神经，与生活拉扯，心力交瘁。能够在内心让自己与这个世界和解，那么每一寸光阴，都不会太累。累的是心，是我们对生活无止境的索求。

回到一次散步、一顿晚餐、一朵开在夏日的花朵里，把心安放在这些日常中，去感知生活。生活里潜藏着无数欢乐因子，溢满了带着香氛的事物。

书香，花香，饭菜香。很多时候我们只能看见生活的琐碎与无奈，对一些内在的实质，总是后知后觉。流于表象，生出诸多的不情不愿。

接纳此时的生活，接纳当下的自己，从中寻觅那些带给自己快乐与美好感受的部分。每个人都是在不断受伤中成长，又在不断治愈的过程中继续生活。

当我们明白了伤口会在时间中自愈，流血的部分是在提醒和矫正我们的言行，于是不再惧怕与生活共进。

烛光下的晚餐和红酒、土灶台上的锅巴饭和米汤，都有着相同的味道。在生活的暗香里，有着多种味道的组合。

我在优雅与庸俗间调和着生命的鸡尾酒，就着灯火慢品。一口微辣，一口微甜，还有微酸、微苦，皆在其中，生命的美丽就在于它的变幻莫测和酸甜苦辣。

慢品，一个带着煽情的词语，品的是内涵，每一种物质都带着自己的特质存在着。读书时，书本传递出墨香与涵养。临水时，水波在湖心荡漾出一层层鱼鳞似的光圈。

住在心上的人，想起来就有微醺的感觉。浪漫与美好的本质，存在于情感中。怀旧和感伤，亦是美的。与我们紧密相连的每一部分，都有它的意义。

恬静从容地活着，与生命中的每一个部分相融，然后顺其自然地生活下去。不歇斯底里，不自暴自弃，不怨天尤人。

从容是潜藏在生活里的香气，从容去爱，从容面对，然后不动声色地好好活着。只要自己的分寸不乱，是没有什么可以击倒你的。

街道上有位老人，遭遇家庭变故，镇定自若地带着孩子们走过生活的泥潭。我路过她家门外，总是能看见从她家屋顶上冒出的炊烟，还有一盆栀子花开在夏天。

饭一口一口地吃，路一步一步地走。生活有无数的变数，但是从不缺少美。下雨的日子，诗人用一本书、一块巧克力与世界和解。在日子里，要寻找美的东西，来滋养自己。

潜藏着的香气，它来自深情，来自我们对这个世界的亲密接触。窗外清风如许，我在窗下读一段美妙的文字。"有时候从书页中滑落下一片干枯的芍药花瓣。也不知是谁夹在那里的，也不知来自哪个春天。"

一段美丽的文字，把我拉进了早年的记忆。时光微暖，把郊外的雏菊夹在书页中，赤脚在夏日的细沙上放逐。

细数日常，一点一滴都值得回味。此时的时光去了，就再寻它不到。翻开记忆的书页，上面密密麻麻的小字，是每一段过往，它们带着让人无法抵抗的香氛。愈弥久，愈香醇。

南方有一种习俗，会在女儿出生时，在地下埋上一坛好酒，待到出嫁时开封。时间酝酿出的香，早就把人灌醉，后来，人们叫它"女儿红"。

也有人家，在庭院里栽种上一棵香樟树，待到女儿出嫁时，用来打造一口上好的箱子，装上陪嫁的东西，让岁月留香。

栽种香樟树的人，一是想要女儿在婆家的日子过得香甜和美，二是想让女儿记住在娘家时无忧无虑的快乐。

从能够闻到生活处处流动的香气开始，我就有了心平气和。在迷茫时，会穿过太阳与月光，看见地面上盛开的蒲公英。在绝望中，寻找新生的力量，它来自对生活的认知。

认知是一段暗香，对自己的认知，对这个世界的认知。当我们能够真实地做自己，生命的暗香就在悄然升起。一个能清醒地认识自己的人，它一定是通过心灵的路径，明白自己的心之所向。

夏日的香气，从四面八方涌来。墙角的茉莉开着纤细的白花，一瓶瓶美丽的香水躺在桌面上，有人记得给你买爱吃的点心，还有梦想与文学带着不灭的光向你走来。

多么好的日月啊，尽管它也会生出疼痛与忧伤，但是更多的是我们脚下的泥土散发出的清香，生长出绿油油的秧苗，栽种出硕果累累的果树，以及依偎着泥土生活的人们。这些人与事物，被光阴涂抹上了一层或清淡、或浓郁的香氛。

风雨飘摇，岁月静好，抑或是奔跑与操劳，都有着它非同一般的意义。我们在不断地更新中发现自己，在日月的缝隙中潜藏着幽香。一爱上它，就有了笑容。

夏日闲时，读书与写作。煮一壶多年的普洱，看它泛出殷红的茶汤，一只不知名的鸟，落在窗台上。你在我的记忆里，泛起与沉下，都带着爱的光芒。

轻轻掀开土壤，一只土知了爬出来。多年后，再忆起此时，会说出诗一般的句子。"那些年，我们坐在月光下，谈文学，说着梦想，头枕着荷香，有你在身旁。"

生活的沟壑上，长出绿油油的青草，一股清香在空气中弥漫开来。小镇上，有人买了最贵的三色冰激凌递过来。"这里最贵的冰激凌，四块。"夏日的阳光，落在你的肩上。天地、万物，还有同行的人们，都笑了。

笑声飘向天空，化作一朵朵白云。白云下，山川河流，草原沙漠，都值得向往。我弥香而去，去山间，去沙漠，去草原。

回到一次散步、一顿晚餐、一本打开在夏日的书里，生活处处潜藏着一股幽幽的香气，它时时提醒我们和这个世界和解，从容地活好自己。

# 自我成长

一棵树的绿芽，悄悄地在春天发出。它没有声势浩大地声张，而是默默吸取着泥土中春的气息，然后吐出了第一片绿芽。

这是生长的力量，它用自我成长，把自己活成了一个春天。我们在不断寻找一种力量，用它来支撑我们的生命，这种力量就是自我成长。

学会独处，是自我成长的途径。给自己一段空白的时间，用来与自己相处，去探知内心世界的秘境。一个心灵丰富的人，是会享受独处的。他们能够从生活的任何一个环节，去发现美与乐。

每一棵树木都有着自己的根须，它们用自己的根须去汲取天地之灵气、日月之精华，然后把自己从一棵幼苗长成参天大树。不喧嚣，不随众，不沮丧，不放弃。

一个时时都在热闹中周旋的人，因为把所有精力用来应付他人，而忽略了自己的内心需求。这样周而复始，越来越沉重，生活好像除了应酬与应付，再无其他。有一天，当我们坐下来面对自己时，发现是那么的苍白与无力。过于把快乐寄托在他人身上，是一件危险的事情。

我们要有独处的能力，学会在自己的世界寻找属于自己的生命之乐。留一些时间给自己，让我们在独处时，去思考，去学习，去充实自己的内在。

化解与接纳生命中发生的一切。我们的痛苦大多来源于与自己过不去，拿别人或自己的错误惩罚自己，从而产生出痛苦。

把痛苦化解并转化的过程就是自我成长。无论发生了什么，都要选择向阳而活。玛丽娜·阿布拉莫维奇说："欢乐并不能教会我们什么，然而，痛楚、苦难和障碍却能转化我们，使我们变得更好、更强大，同时让我们认识到生活于当下时刻的至关重要。"

像树木一样，向阳生长。林间的树木，高矮不齐。那些长得高大的树木，都是吸收阳光多的，在同一个环境下，能够多汲取阳光的养分，就会长得更快。

自我成长也是同理，一个心怀阳光的人，会时时拥有好的心情。心情好了，身体健康，事事顺利。即便是偶有不顺，也会很快走出逆境，他们有自己内在力量的支撑，生命力比较旺盛。

我时常站在树木下聆听，想要听见它的抱怨，但是从来没有听到过，大树用它的沉默，接受着暴风雨，并在其中吸收着养分。它并没有抱怨过烈日的烘烤，而是让它成为自己强身健体的条件。

接纳并转化，是自我成长。没有人能够一生不受挫折与磨难，当我们把这些转化成自己生命的能量，那么我们的生命就会如树木一样，枝繁叶茂。

蔡元培先生曾提出："美的目的是陶冶性情，从而使我们具有美的理想、美的品格、美的素养。"

勇敢追求美的事物，与美同在。不错过遇见的每一份美好，与之同行。在美的事物中，培养自己的心性、品性与素养。

一个人拥有了对美好事物的发现与相处能力，那么他也会变得温柔。剔除嫉妒、猜疑、抱怨，然后把时间用在与美的事物相处上，以此为镜，修正自己。

审美，是自我成长。那天与朋友出去拍片，发现她现在的构图与用光都有不少提高，拍出的照片有了内在的美。与之交谈，她说："最近都是在培养自己的审美能力。"

她在独处时，把自己放置在音乐、艺术、文学、色彩、大自然中，时时保持着内心对美的审视与发现。时日久了，那些美感融入自己的内在，就构成了自己的审美观。

在健康的生活中自我成长。近些年，生活条件比起以前要好许多，但是不快乐的人却越来越多。深夜，会有很多人在朋友圈留下失眠焦虑的情绪。

这些负面的情绪，会影响我们一生。在夜晚身体不能得到充分的休息，第二天就没有精神去工作，循环往复，工作生活一团糟。

合理安排时间，是自我成长的先决条件。按时吃饭，早睡早起，坚持运动。把这些与自己身体息息相关的事情，养成一个良好的习惯，让身体在健康的状态下运转。

我是深有感受的，如果身体有一点不舒服，便整日里就在与那点不舒服纠缠，做任何事情都提不起兴趣，只想要减少不舒服。如果每天醒来，神清气爽，心情自然就好了。再多的工作，再忙碌的生活，都有精力应对。

自我成长，从方方面面。只要是我们向好而生，那么就会好起来。当小树苗长成参天大树，再大的风雨都不能把它动摇。兀自生根，站立于天地之间，然后长出一片片绿叶，送给人们一个美丽的春天。

一个人的气象，来自于内外兼修，自我成长。愿我们温暖如春，生机勃勃。

# 花入日笺

落花入笺，时光如初。与花相握，顿时日月明亮。梅开时，冬已老去。寻春，还需一段时日，让人不免有着许多的旧日怀想。

久远的故事，如花影摇曳，想要抓住的，也只能是一股暗香。素有的暗香盈袖之说，那定是把故事装在旧时光的罐子里，让它自生体味。花色渐失，能留住的也就是一丝念想。

如此时光，花屋随处可见。一个城市的情调，是离不开鲜花的，对美的向往是人们生活中最基本的反映。在枯燥乏味中，看世俗浓艳，总是怨生活委屈了自己。

对美的感知不同，对生活的理解就大不相同。光阴是一张白纸，我们需要插花入笺。年少时的笔记本，页面上会留着一些花痕。那时的心中，捡起岁月中的一瓣落花，画出一个美丽的句点。

我应该是在年少时就有了些文艺情怀，直至后来生活让我明白了许多与文艺相关联的细碎与波折，但是存留在心底的那份对美、对文艺、对情感的认真，让我一直对生活充满热情。

年岁的增长，是一件有益的事情。在缓缓逝去的光阴里，咀嚼出百般滋味，更觉花香浓郁，是填满心灵空隙的那块海绵。

与花语，不仅是添了几分情趣，还有用蘸满花香的模块填充着日月里的荒瘠。内心的匮乏，需要许多种与美有关的事物去弥补。

在花屋遇见买花的女人，一身干净素雅的衣衫，让人感到日子的服帖。她在花丛中，缓步挑选。说起自己，言语愈加朴素。

"一个人生活在这个城市，买些鲜花来装扮日子。"这里是我的故乡，却是她的他乡。因为工作上的要求，她驻扎在我的城市。遥远的北方，此时正是她念念不忘的故乡。

"今年过年不回家，在这里与花为伴。"说话间她举起手中的花束，放在鼻尖下闻了闻。生活于每个人，都有着不同的形态。

她说，自己租了一间房子，屋子里常年都有阳光。我在脑海中勾勒着她生活的样子，站在柔光下，系着围裙，花香正浓。

一个人内心的柔软，与出生地和环境没多大关系，是后来我们在日积月累中沉淀下来的。一个对生活有着热爱的人，在哪里都能够让心安营扎寨，把日子过好。

卖花的女孩送她出门，"每周她都会来买花。"在繁忙的工作之余，在生活里插上一束花香，应该是抚慰自己很好的方式。

鲜花与日常，都要好。美并不是某一个特定的形式，它是流淌在岁月河流上的浪花，时有泛起。冬日的梅花开在枝头，室内的向日葵在水晶瓶里绽开笑脸。"积极，乐观，温暖，向上。"我在日记本上落笔写下几个与生活有关的词语。

各种不同的花香，可以调节不同的情绪。花入日笺，不是纯文艺的事情，而是日常中不能少了对美的感知。

听觉、视觉、触觉，这些都可以帮助我们采集生活中的美。城市的蛋糕店重新装修，格调高雅，其实面包和蛋糕是用来填饱肚子的，但是购买时的享受更是一种对生活的仪式。

与美的事物相处，尽管世事会充满了沧桑与坎坷，可是真诚并没有离我们远去。用感知美的方式，真诚地面对自己的生活。

花入日笺，也许是一枝郊外的蜡梅，也可以是一束室内的向日葵搭配着几朵玫瑰。卖花的女孩说"洛神玫瑰"的花语是矜持、信仰、宁静和希望。外表寻常的女孩，被花香浸润得温和得体。

于万千人中，我希望遇到的你是宁静的。写在日月里的，不光是柴米油盐的琐碎，还应该有良辰美景。多年后，再翻起光阴里的自己，看到的是落花入笺，时光如初。

与每一个日子相遇，愿有花香扑鼻。

# 烟火众生

路灯亮在凌晨的街道，已有公交车穿行其中。高楼里的灯光星星点点，路面上的行人三三两两，早起的人们，开始了一天的忙碌。

拉开清晨的窗帘，我会感动于这人间处处流动的烟火。车灯闪烁，人群如潮，城市里流动着无数的星火。常言说："一日之计在于晨，一年之计在于春，一生之计在于勤。"

春日的清晨，早早就有了为生活忙碌的人们。我时常看着街道上流动的人群，川流不息。每一个为生活忙碌的人，都有着自己的悲欢。肩挑背扛，把生活的担子担起。

热闹的人间，处处流淌着众生烟火。是许多默默无闻的人，让这个世界充满了温情与美好。那些咬牙坚持下去的人，那些敢拼的人，那些付出汗水的人，那些勤劳的人，默默地为生活描绘着色彩。

早点摊忙前忙后的小夫妻，路上骑着三轮车的拉货汉子，迎风奔跑的外卖小哥，带着孙子的老人，一幕幕的画面后是一个个温情的故事。

有个得了心肌梗塞活下来的中年人，说起生命，饱含热泪地讲述着。他说："当我从生死线上活过来，我才明白活着的意义。"他去问年迈的母亲，"妈妈，你怕死吗？"八十岁的老母亲说："怕。"他又问："为什么？"我以为妈妈的答案应该是，"我还有心愿未尽，还有家业要经营。"

这些都不是，母亲的答案是："我不怕我死了以后我拥有的一切会消失，我怕我死了以后你会因为没有妈妈而过得不好，妈妈是怕你过年没家回，怕你难过没人说，我还怕你想吃我包的饺子没人给你做，所以我怕死。"

这个讲述人说："人生是有意义的，只要你还在爱着别人，你就会觉得你的人生充满意义。别说你一无所有，你还有微笑可以安慰家人，你还有双手可以拥抱朋友，你还有长情可以用来陪伴身边的人。"

春天的花，有了炸裂般的声音，我在花团锦簇中，眼眶湿润。许多时候，我们以为自己是辛苦的，那是不懂得理解生命的意义所在。

活着不仅仅是为了自己，还为那些我们所爱的人。生活不易，但是爱却常在。正是因为这份人间最真挚的情感，让我们在忙碌的尘世中，忘却艰辛，从付出中获得了满足。

我在一个寻常的清晨，观察着尘世中寻常的人们。他们带着满身的烟火气，在城市的各个角落忙碌着。粥铺里的一家人，把小店打理得干净卫生。包子店的女人，脸上堆出一脸敦厚的笑容。

记起前些日子，与远方的女友聊起。她在一个外地公司跑业务，近来工作压力比较大，时常会感觉疲惫。因为长期开车在各个业务点转，她的腰部留下了病痛。

她告诉我："最苦的时候，是用两大包卫生纸垫在腰部，坚持开车。"我问她："你一个人在外打拼，会不会感觉孤单？"她说："说实话，我真没时间去想这些问题。每天都要出门跑业务，累得晚上躺下就睡着了。"

我安慰她："外面实在太辛苦，就回家来，年纪也大了，过点安稳日子。"女友说："不行，我还年轻着，还要奋斗呢！"说这些话的时候，电话里响起一阵爽朗的笑声，那些曾经的辛苦，都随风而去。

在这个世界上，每个人都不可替代。我们活在自己的世界，有荣光、有艰辛、有痛苦，也有幸福。烟火众生，各有各的喜乐与不易。

但是，我们有一个共同点，那就是为爱而活着。无论是爱自己生命的本身，还是爱着身边的人，在巨大的爱中，我们把辛苦与艰辛一并吞下。

"一年之计在于春，一生之计在于勤。"我在春天的人行道上，与无数个勤劳的人同行。晨起暮落，烟火众生，让人肃然起敬。

## 爱着就那么美好

永远无法去准备一场告别，因为不知道它会什么时候发生，也许会突然而至，也许会悄然相随。与其去准备这一场终究会有的离别，不如好好爱着。

生命是一场告别，每个人都是奔着终点而去。生活有无数段别离，太多不期而遇的事情，让我们过得支离破碎，然后重新组合。

时光无语，好好相爱。与时光同行，去爱你所爱。我们常常会为明天的生活，做好无数个准备，对生老病死都做了许多安排，后来发现，当时的准备并不充分，因为生活它永远不会按照自己的心意去形成。

太多突发的事情，在生命中发生。时光用它沉默的深情，爱着世上的草木，与生活在大地上的人们挽手前行。与其为未知的事情担忧，不如好好与现在的一分一秒热烈相爱。

平静与热烈，都值得去爱。我们总认为没有痛苦的生活就算是好的生活，随着年岁渐长，与生活的相融越来越深，才发现生活的可爱就在它带给我们的所有感受中，痛苦与沮丧，忧伤与悲痛，欢欣与微笑，歌唱与赞美。

坐在时光的无垠上，苍茫的沙漠里也会寻找到绿洲，汪洋大海上有海鸥飞过，雪上之巅闪烁着梦想之光，一望无际的草原，孤单与寂寞都开成了花儿朵朵。

这一生，我们拥有过什么，又失去过什么？富有与贫瘠，没有标准答案。我们实实在在地爱过，就是拥有。我曾无数次在自豪中醒来，尽管昨夜会痛苦、会落泪，醒来时我依旧觉得，世界如此美好，因为我们还能够在其中相爱。

与生命的每一个瞬间，好好相爱。我们不再为一些事情纠结，而是爱上生活的本身，那些曾经带给我们痛苦的经历，它成全了我们的成长。

当我们的内心充满了对生命的感恩与热爱，痛苦就会消退。爱是人活在世上最强大的支撑，因为我们还可以爱着，生命就充满了希望与热情。

我在历经世事之后，变得勇敢而坚强、豁达而善良。我们能够勇敢地接受生活的挑战，并直视痛苦的存在，我们就已经战胜了自己的懦弱。

消磨生命的是一些负面的情绪。被失望笼罩，源于我们对其有所期望。被失败困扰，因为我们总是渴望成功而忽略了过程的精彩。

在我懂得了如何好好相爱，我便与世间万物成了恋人。马路上的车流划过的声音，如溪水流过，悦耳动听。高楼林立的图案，像极了山谷里的丛林纵横。日光与空气拥抱着我，百灵鸟为我唱着歌，你迎面走来，伟岸与娇美。

世上没有一种生活和告别是能够准备好的，我们常常面临着各种不确定的因素。有时告别会在突然之间，有时生活会在别处。

所有的准备都是一场虚无，好与坏都在不断地转换，我们需要认真去爱。年轻时立下的誓言，后来都随风消散，但是曾经彼此相爱的印记，定格成了永恒的画面。

他在讲述自己的情感波折后，稍作停留，吐出真言。"我会在孤独时，习惯用回忆美好的曾经，来缝补现在。"灯火人间，我们都需要用爱来缝补自己内心的破洞，那些真实爱过的日子，是我们走向终点的纤绳，它拉着我们一直向前，毫无退缩。

命运的车轮，碾压过的人间，没人能逃脱悲欣交集。有些我们想要挽留的时光，却早已消失得无影无踪。有些想要珍惜的人，才发现已经走远。

离开之前，我们好好相爱。让那些突如其来的离别，不再显得苍白。好好与自己相爱，好好与他人相爱，好好与万物相爱。

与自己相爱的方式有许多，用温暖与善意供养自己的心灵，用勤奋和努力书写自己的华章。运动、阅读、旅行、音乐、艺术……世界上所有的美好都值得我们去尝试与亲近。

与他人相爱，多为对方着想。人世间的爱情，不是为了彼此折磨，而是为了相互牵手共享未来，共度此时难关。不要在一些毫无意义的争吵中，消耗对方，消耗爱的能力。

对于离别我听过一句动人的情话，他说："要是我知道这是见你的最后一面，我一定会好好拥抱你，然后说爱你。"可是她已经再也听不到这样的表白。现实，永远比假设来得快一些。

用一颗柔软的心，与万物相爱，在一朵花前倾听蜻蜓飞过的声音。爱上风，爱上雨，爱上云，爱上你。与所有相遇的事物相爱，花儿会说话，云朵会画画，鸟儿说着情话，昆虫们在表演，柳条泛起绿色的诱惑，湖泊里停留着旅人的脚步。

与这个世界好好相爱，与我们的生活好好相爱，与时光之中的自己好好相爱，与我们身边的人好好相爱，与遇见和重逢好好相爱。

别再抱怨，沉稳地爱自己，然后爱他人。我们与生命告别时，历经的这一场又一场的劫难和幸福，就是最好的准备。

因为爱着，原本就是那么美好。

# 值得期待

大暑后，夏天这项盛大的工程就接近了尾声。到了七月底，属于夏天的时间已经所剩无几。不再期盼着什么，仿佛秋天和夏天，只是气候与景色的差别，在时间的共性中，分针与秒针走过的声音，从未改变过。

能过好夏天的人，在秋天也会好好度过。站在夏末的人间实况中，每个人都在尽力活着。热闹而喧腾的人世，烟火是来处，也是去处。

炎热与寒冷，阻止不了人们对生活的探索与依附。人们用各种方式度过冷与热的交替，没有空白，无缝隙对接，这也是生活在大地上我们拥有的能力。

冷暖自知，悲喜自度。各人有各人的不易，各人有各人的悲欣。这一路千山万水地奔赴而来，是为了迎接与遇见那个真实的自己。

口中丝滑的冰淇淋，地面上趴着的一只知了壳，老汉腰间的红毛巾，少女的心动，汉子们的粗犷，闺房里的胭脂膏上写满了夏天的美丽。

柔软与刚硬，构造出生命的山川河流，我们怀着敬仰与热爱，去穿过山脉，越过河流。一位歌手离婚后在一个忧伤的夏天创作出一句经典歌词，"越过山丘，才发现无人等候。"

曾以为心中的那片云霞，会在山丘的另一端出现，竭尽全力去追寻后，才发现自己才是最美丽的风景，风霜雨电是必经之路。

生活的山丘上，长着一根根难于割舍的荆棘。被庸俗的生活束缚，浑身不自在，心情像一根根藤蔓被缠绕着，呼吸困难，心灵疲惫，此时会倍感孤独，不知道该怎么走下去。

奋力翻越眼前的山丘，不为前方谁的等候，只为了去看见世界的无垠，就足够生出力量。前方未知的生活，披着神秘的面纱，时刻被它吸引着。

像一条游动的鱼，在命运的浪潮中浮起与沉下。每一次的逆流而上，都在用力。活得那么认真，也逃不过命运的翻云覆雨，只有冒着狂风暴雨，顶着烈日炎炎，在烟火丛生的人间，奋力游动。

我们在下一秒到来之时，就已经失去了让时光倒流的能力。夏天在无情地流逝，它抚摸过的地方，有生机，也有枯萎。

热浪在夏末发起了最后的疯狂，地面温度很高。正午的烈日当头，到了傍晚夕阳褪色才稍微有些凉意。离城市不远的小镇上，夏天的黄昏时光很是热闹。

喇叭声、卖菜声、吹拉弹唱声、叫卖声，以及人们的说话声。汇入滚滚人群，顿时被淹没其中。喜欢这种随性地走进，在其中感受无拘无束的夏。

用拖拉机盛西瓜卖的女人，看上去很年轻，有些微胖的身躯，皮肤晒得黝黑。卖菜的中年男人，穿着汗衫。炸油馍的夫妻，配合默契。路边的烧烤摊前，摆着各种肉串。

一个断臂的女人，在路边摆上几把青菜，坐等着有人光顾。她的青菜摘得干净，比其他人卖得便宜。她告诉我说："自己一个人在家种点菜，吃不完拿到集市上换些零花钱。"

她没有因自己的残疾有任何自卑，挂着一条空荡荡的袖子，忙来忙去。不时地说几句话，热情地兜售着。夏日傍晚的霞光，落在她的脸上，少有阴郁之气。一个活得明亮的人，对生活抱着一种无法言说的热情。

站在她的对面，不由惭愧。健全的身躯，有什么理由去抱怨。生活的圆满，不是外在的表象，而是我们对自己本身的生活投入了多少的热爱。

在许多无法逃避的事故中，被伤害后带着一颗破碎的心，缝缝补补，再重新面对现在的自己。

我们失去的部分，慢慢愈合，形成了现在的模样。没有外貌上的美与丑之分，只有灵魂的勇敢与懦弱。直面生活，勇敢面对。走过小镇的夜市，人声鼎沸。一个个活生生的剪影，就像是我们自己的身影，他，她，还有你我，都在其中。

那些努力生活的身影，带着热浪，席卷着夏末。地面的温度再高，也高不过这些对生活充满希望与热情的人们。旁边一群吹拉弹唱的老人，更是把夏天的夜晚唱得火热。

向前，是未知的八月。对待未知的明天，最好的态度是过好现在。身披烟火气息，脚踏泥土，深情而不放弃地活着。没有事物能挡得住夏天的离去，就像是没有困难能阻挡我们热情地活着。

"每一天都用心过生活。"面对未知的明天，过好现在。即便是翻过山丘，无人等候，我们也开拓出了自己的生命疆土，并在上面播种过、收获过、失去过、体验过。还有什么样的风景，比这一路的颠沛流离来得精彩绝伦。

越来越欣赏一种姿势，那种受过命运的揉捏，依然站在阳光下的人，他们身上的温度与倔强、温和与力量，让人赏心悦目，心底舒畅。

真正压抑与纠结着我们的，是那些自己解不开的心结和放不下的过去。走出来，站在阳光下，像什么都没发生一样去生活。

丈夫因为癌症早逝，她独自一个人带着孩子，丈夫是家里的独子，照料双方老人的任务自然落在她的肩上。面对巨大的生活负担，她说："刚开始自己想想就害怕，经常在深夜痛哭，然而面对每一个白天的到来，想着自己被这么多人需要着，就又充满了力量。"

为了家里的生活开支，除了完成自己的正常工作，她还打了一份零工。这一路的负重而行，让她变得坚强，迎着光，一步一步向前爬行。

我想起了曾经问过一个阅历丰富的友人，"历经坎坷，你想要对生活说点什么？"他说："不仇视生活。"

不仇视生活，用温柔与爱化解所有的伤痛和历经的坎坷。带着平和与柔软的心，于生活之中热情地活着，这也是炙热夏天在人间发出的声响。

翻过这些横挡在面前的山丘，我们已经无需他人的等候。生命有了质的飞跃，因此不再惧怕未知的明天，不再担心意外的到来。

未知的明天，值得期待。

香袭书卷　作品

我把日月的光辉拥入怀中，

我的世界便有了光芒万丈。

# 无上心清凉

一页一页的日历，在手下不经意间翻过，从厚到薄。人间朝暮，弹指一挥间。辉煌与颓废，得到与失去，在由厚变薄的日子中，不再显得多么重要。

能握住的，是眼前的生活。随风而去的时日，都是为了现在的日子做铺垫。酷热在日光之中延续，内心却已是千帆过尽的清凉与从容。

远去的，不挽留。离开的，不痛惜。轻握日月的光影，弹一首古琴之意，与之道别。一生之缘，有深有浅。缘来，不错过；缘去，随它意。

八月来时，蝉鸣声不绝于耳。每一根阳光的刺射，让毛孔伸张，流出一股股生命的热浪。嘈杂的人世，一半清醒，一半糊涂。到底是图个心安理得，算是圆满。

浪漫与诗意从来都没有离开过人间半步。有些人握住了它的手，并与之同行；有些人无视它的存在，从而活得无趣。

夏日多烦躁是内心的不安定，情绪被外在的环境牵引着。倘若能够在任何时候、任何环境下，都按照自己的节奏，行走在自己的征途上，一切的不安与焦躁都会随之消失。

酷暑里，把诗意写在裙角上，站在凉风过境的片刻，念一段古人的诗情。"忆来何事最销魂，第一折枝花样画罗裙。"最是销魂的，是一颗修清净心的诗情与画意。

能够停下来认真地与花朵相处几分钟，就是难得的清净。我们不断向外抓取与掠夺，想要用物质把自己的生活填满，常常忽略了享受与感受生活带来的闲适与自在。

停不下的脚步，找不到快乐的源泉，是心被杂乱的东西塞满，没有留下一片清凉之地来容纳自己的身体与心灵。我们总是寻求被他人认可、寻求外在的热闹与华丽来证明自己活着。

生命，应该是忙碌与闲适的结合，让自己在其中有美与幸福的感受。远离了它的真实意义，我们的忙碌就显得有些枯燥与麻木。

夏花入眼，情深几许。对岁月的深情，对光阴的眷恋，让夏天的花朵入了眼、润了心。滋养心灵的事物，大多带着自身的清净与明悟。夏花开在夏天，无所求，与有情之人自然相见。

古琴声声，悠远而有意境。清除心中的杂念，让自己纯粹地去倾听。排除夏日烦忧，古琴之音有其道。琴声如药，可医疾病。古人曾留下"久而乐之，不知疾之在体也"。我在琴音中消度炎热，从而心上清凉。

听琴、赏花、读诗词，这些随手可及的日常事物，带着自然的凉意，驱除夏日心中的燥热。唯心清凉，方能觉出日月之清凉。一心烦忧，何来清凉之意？

有人送来两罐白茶，色清淡，味幽远。品白茶中寻清欢，读诗书中觅清净。饮茶、读书、听琴、赏月……凡是闲事，都有其闲适之乐。何不泡一杯清透的茶饮，读几句古人的诗情，留给自己一段闲适的时间来感知生命中的清净。

然后再背上行囊，远赴征程。那时，饱满的内心，承载着无上的清凉，脚下步步清风，心中朵朵莲开，看万物有趣，做事有精神。无上清凉心，便有岁月如诗、鲜花酿酒的心境。

入清凉境，生欢喜心。看万物可爱，爱在心中最柔软的地方打开。一任世事如许，从容淡定，次第花开。

《大学》中说："知止而后有定；定而后能静；静而后能安；安而后能虑；虑而后能得。"知道自己应该达到的境界才能够使自己志向坚定，志向坚定才能够镇静不躁，镇静不躁才能够心安理得，心安理得才能够思虑周详，思虑周详才能够有所获得。

循着自己的方向与节奏，活好自己。不去与生活计较得失，不去与世事探求胜败，让心坚定并安静下来，让自己活得像自己就行了。

拥抱一切的闲适与自在，也拥抱生命的劳绩与艰辛。忙碌时不忘折枝花样画罗裙，沏一壶好茶，听一段琴音，或者就静静地坐在夏日的树荫下。

日历变薄，阅历增厚。有得有失，日月有深有浅。与我们一生相处的是自己的内心，心若安然，则行步稳健，随其心净，则无上清凉。

# 渐入渐深

连夜的雨，把秋天泡在了一个澡堂子里，空中整日弥漫着模糊的云雾。稍微离得远点，很多东西就看不真切。澡堂子成年累月的朦胧，被这个秋天占据。

走在街道上，摸一把仿佛刚刚洗过淋浴的脸。"沐秋"两个字，一下子就蹦了出来。不停的雨水淋湿了地面，花朵和树叶上也挂着无奈的水珠。

绕护城河而行，阳春门公园的石桥和荷塘都晕染上了雨中秋韵。独坐江边的垂钓人，会选择一个人静处，对于真正爱上独钓的人来说是一种享受。撑一把雨伞，把目光投向水面，背景里写满了背负与卸下。

弹琴的、吹箫的、弹唱的，每走一段美妙的声音就会从亭子里飘出来。中国人把曲径通幽的智慧落实了在生活处，景观的建造，多有亭台。走累了，就停下来歇歇脚。亭，也是停的谐音。只有慢下来，才能真正发现美。

边走边停。终点一直在，何必过于急着赶路，何不把沿路的风光收尽，拧成一股记事的绳结。斑痕与划伤，也具有生命的美学。

星星点点的浮萍，被落下的雨点荡开又聚拢。每个人的生命都是在风雨摇曳中度过，有过离别与相逢，有过喜悦与难过。

"谁念西风独自凉？萧萧黄叶闭疏窗，沉思往事立残阳。被酒莫惊春睡重，赌书消得泼茶香，当时只道是寻常。"一个用情写词的人，整首词一个"秋"字都没有，却写尽了秋天的悲凉与思念。

人生之无常，是词人对生命的解读。我们怎么能够知道，生命中当时看来很寻常的事物，后来竟然再也无法触摸到它的温度。意外与失去，在不断地发生着。正是因为拥有过曾经的美好，才明白失去的意义。

没有拥有，何谈失去？那就放下执念，把一切收纳成秋风一束，寄给远去的人与事物。然后拾起地上的雨伞，独自撑伞前行，或缓或急。

"只要还活着，总是会有希望的。"这句话戳中了无数人的泪点，是因为我们都在生命的无常中得到过、失去过。当深夜的泪水，从眼角无声地流淌至腮边，然后轻轻地滑落在枕巾上，那是生命来过的见证。

有多少时日，词人站在熟悉的生活环境中，去思念亡故的妻子，以及那些曾经在一起的时光。我们被诗词打动，不是因为它的故事，而是因为它的真情。

从此，我在写文时，不会被故事所束缚，更多的是从心底涌出一字一句，然后一笔一画带着自己心灵的温度传递给能够遇见的人。故事可以编辑和杜撰，但情感和温度不能。

护城河对面的城墙被掩映在一派朦胧中，有了自然的水墨色彩。脚边的植物被雨水冲刷得干净，老绿中略带天真。芦苇静立，浮萍丛生。

一物一景，任何一种事物都带着自己的风情，就像是每个人活过的一生各不相同。孩童在细密的雨丝中快乐地玩耍，他们是希望。这也是我们在吃尽了生活的苦头、被生活折磨了许多遍后，依然会选择把生命传承下去的力量。

即便是明知道孩子的一生也会如我们走过的路一样，有坎坷与泥泞，但是我们依然会选择让他们去经历。因为真真切切感知过的一生，充满着未知的乐趣与温情，并带着无尽的希望与暖意。

秋雨不停，思绪不止。我沉浸在虚度的时光里，留给自己一处独钓的背影。早秋的雨，还不是特别寒凉，微薄的一丝凉意袭来。

生命的苍凉，是渐入渐深，我们只有在不断地体验中去感知。走到秋的边缘，一年过半，一生过半。前面的光阴，发生了什么，就让它留在记忆中。我们此时沐浴在秋雨中，看见了另一层美。

山色迷蒙，水雾缭绕，植物静谧。淡定从容的一塘莲花，正在续写着结莲为子的续集。中国人把所有美好的寓意全部运用在所见的事物上，一个莲蓬成了年年如意，一粒花生成了生生不息。

沉浸在秋雨的抚摸中，心上的旧事云烟沉浮。浮萍的荡开与聚拢，是在雨落之后。不经历风雨，怎么知道生命中的划伤都是常事，活着才是它的主题。

我们穿过风雨，长出了坚强的羽翼。不把幸福与期望寄托在别人身上，从内在修炼自己，从而让我们配得上这波澜壮阔的一生。不拿别人的错误惩罚自己，不被他人打乱行进的节奏，走在自己的路上，累了就停下来看看风景。

雨下了整整一夜，但是我清晰地知道，它是会停的。天气时阴时晴，生活时好时坏。沐秋，无论是沐浴阳光，还是沐浴雨水，都一样值得我们去体验。

路边的落叶开始缓缓随风而下，雨水给大地一场铺天盖地的淋浴，路人撑着雨伞前行，水边独钓人仿佛入了定。我在秋天沐浴了一场思悟的雨水，顿时心生清明。原来万物皆是清晰的，模糊的只是我的视线。

# 总相宜

午后的阳光，照样洋洋洒洒、无拘无束地落在每一个角落。寒冷与暖阳并不违和，它们相宜在人世间，不由得想起"欲把西湖比西子，淡妆浓抹总相宜"。

相宜，是适合并让人愉悦的。古有"东施效颦"，那年西施因胸口痛，捂着胸口在村子里走过，被东施看见认为很美，也学着西施的样子，却不料人人避之不及。

适合他人的，不一定适合自己。唯有寻找到适合自己的东西，才能愉悦。正午的阳光，把时间打扮得并不让人生厌。

在这样的日光下，日子变得温暖，生活也得寻到相宜相处的事物。情事，也是如此吧。遇到一个适合的人，比遇见一个喜欢的人要难很多。

被那个适合的人爱着，男子便有了那年少时的情愫，女子就萌生出少女之心。反之，不适合相爱的人，在一起就是折磨与纠缠。

相宜，是一个并不太难，却也并不容易做到的事情。宋代司马光说："调羹者，多盐则太咸，多梅则太酸，和调适宜，最为难事。"

做一道菜品方且要适量，为人处世，做到相宜，实则不易。人与人之间相处，更是多了鸡零狗碎的牵绊，彼此相宜，已是上好了。

此时的西湖，也应该是美的吧。有着自己独特的风采，寒暑已是不与外物相关。日常中的相宜，是美好的向往。

也是我们寻找的方向。与自己处，有一段相宜的时光。与他人处，有一程彼此的成就。光阴相宜，说的就是如此。

寻常日月，寻常生活，让自己舒服，让别人舒服。有句话说："让人舒服的程度，决定了你的人生高度。"越是有成就的人，越是比一般人谦逊。

中国人讲"仁者爱人""己所不欲，勿施于人"，这两句都是同一个道理，那就是相宜。适当并让人愉悦，不尖锐，就和悦了。

相宜之人，如春风拂面。言行举止，总是彬彬有礼。以礼待人，是根本。人与人之间，有了礼节，相处起来就是和谐。

与生命相宜，会永葆年轻。不纠结得到和失去，不沉溺伤悲与痛苦，在冬天寻找温暖的事物相处，在夏日摘一枝栀子花戴在头上。

爱一个值得的人，相处时欢笑多于眼泪，那就是对的人。远离一些让自己伤心的人和事，让自己与生命好好相处，不拿别人的错误惩罚自己，就是相宜。

也不用戴着面具，往自己脸上贴金。我们要真实而真诚地活着，在每一个日子里留下属于自己的气息。

苏轼就是把自己活得通透豁达了，才能写出"淡妆浓抹总相宜"。一生的际遇，起落浮沉，都没有把他沉入深渊，反而是活出了自己的风采。一代才子，定是有他过人之处，有自己与这个世界相处的相宜方式。

"无论命运把你抛向何处，你就地展开搜索，做自己力所能及最好的事，这就是人生最好的方向。"这是我听过最有力量的话，适宜当下每一个你我。

好好爱护自己，寻找生活的愉悦。放下对别人的期望和不被他人的期望捆绑，把生活的节奏调整到适宜。

西施之美，美在相宜。我们的生命，只有一次，我们要真诚而认真地与之好好相处。

午后的阳光，照在大地上，植物，动物，还有生活在大地上的人们，和谐而愉悦地活着，以此来安抚生命带来的痛楚。大千世界，你要相信，总会有人在爱着你。

找到活着的意义，尽可能和颜悦色地去追寻。

# 芳菲尽在得失间

一脚踏进秋天，满目硕果。肥大的，细小的，各据一方。随性地在乡间走走，会与许多秋实相撞。路边的梨树金光灿灿，头上的葡萄带着诱惑，花生芝麻都在抢着冒出。

蝉鸣声逐渐衰弱，就像一些朋友渐行渐远。慢慢地，秋色代替了夏日。有些事情并不是刻意地疏远，而是自然形成。热烈过，至于结出什么样的果实，都认了。

梨子探出头，打量着人间。在路边，在梨园，俏皮着。大自然的吸引力，可以治愈烦恼。我被一片秋色打动，内心涌出喜悦。

沙地里的花生，被主人排放在天空下。雨后蓝色的天际，不时有些鸟儿飞过。路边篱笆顶上的鸟儿，是不怕人的，有的非要等到人靠近，才腾腾起飞。在我眼中，它们是在与人类用肢体语言交流着。

一丛丛红色的木槿花，开得大气明艳。这一种很寻常的花，花朵大，颜色明亮，随性不娇气，是那种讨喜的性格，也难怪大家喜欢把它随处栽种。一株木槿一开就是很久，这朵谢了那朵开。

每当在城市的水泥地上，感觉干涩与枯竭，便会在季节中寻找泥土上的事物。那些正在发生着的收割与栽种，总是能让我的情绪立刻稳定下来。

在一种稳定的情绪中，又会生出喜感。葫芦被老人用绳子挂在屋顶上，一抬头就会被逗乐。看过动画片的人，总是爱对这些可爱的家伙对号入座。

留在记忆里的东西，想要消除都不行，它会在某一个熟悉的场景中，自动呈现。时间留下的印记，不是被抹去，而是被我们高高束起，稍微一拨动，就能汩汩冒出。

做过的事，把时光雕刻，有的像是刀削过，有些像是石凿过。吻合，违和，不同的成分都有。于是，回忆有些是苦涩，有些是甘甜。

走过的路，爱过的人，一一在生命印记中做着雕刻师。后来我们的圆滑与从容，都在其中。受过的伤害，不断地愈合和加深，成长也随之而至。

我对一些事情的释怀，是从成长的那一刻开始的。当我不为任何事物与自己的生命发生纠结，我想那时我便已经释怀。

外部的干扰，不再让人心烦意乱。如如不动的内心，看着春华秋实，百般美好。纵然这人世间有苦难与痛苦，但是谁也无法抹掉甜蜜与幸福。大自然的兼容，让我能在每一处感受到。

满载着收获的秋，在无垠的旷野上跳跃。它用果实的饱满，回报养育过它的大地和人们，一派秋色，有人看它是喜悦，有人看它是萧瑟。不同的心境，看事物也是不同。

我们徘徊在得失之间，兜兜转转，得到，失去，又得到。我纵观四季的循环往复，发现万物都在得失之间，构建丰满，充满芳菲。

我们为秋的飘零发出轻叹，其实叹息的是自己的心情。目之所见，秋叶零落，草木走向枯黄，便觉得满心凉薄、满目苍凉。实则，叶落有它的欢喜，草枯有它的去处。

曾站在山顶极目远眺山河之壮丽，也曾趴在草丛看虫蚁爬动。在喜悦的笑容里沉醉过，也在痛苦的伤口上舔舐过。山峰有横看成岭侧成峰，虫蚁有被雨淋的危险，也有晒太阳的慵懒。

无尽的生活，有着不同的模样，也有着它各自的滋味。得失之间，就是生活。舔舐生活的汁液，我们品尝着酸甜苦辣咸，五味俱全的一生，尽是芳菲。

芳菲，并非只是花开出的清香，还有收纳花落时的从容。植物的芳菲，是从一粒种子到一株植物、从花开到结果。生命的芳菲，是在历经生活的挤压后，依旧能够笑得灿烂。

走进大自然，某些时候我是在收集快乐。当我们面对最原始、最淳朴的事物，会不自觉地放下心中的沉重与包袱。有压力了，去大自然走走，释放压力。心情好了，去大自然走走，放飞心情。

每个人都在寻找突破自己和治愈自己的方式，我最常用的方式就是在大自然中寻找。脚踏泥土的感觉，让人心安，植物的吐纳，让人心静，一草一木的荣枯，让人豁然明了，一朝一夕的拥有，让人倍感珍惜。

花生、梨子、芝麻，在秋天的大地上撒着欢。收割芝麻的老人，带着一条可爱的小狗。他们选择一些成熟的芝麻收割，留下一些正在生长的芝麻秆在地里。无论成熟与青涩，他们都爱着自己的庄稼。

落满秋阳的梨树上，结满了黄灿灿的梨子。青枣正在奔赴着红透而去，葫芦挂满架子，无花果长在枝丫间。一切都在悄无声息地成熟或生长。

一季又一季的收割与播种，我看见了生命的起落与得失。辉煌与败落，是常态。所得必有所失，所失也会有新的所得。

得失之间，皆是芳菲。秋天的果实在告诉我们一个最明白的道理，成熟时就走向归宿，青涩着就挂在枝头。

凡是所遇之事，皆有它的意义。于所得之间去见所失，在所失之间观所得。细品生命的丰满，是源于这些因素的构建。

所有走过的路，都是为后来的成熟做准备。人终究会有一别，那就安然地行走，从容地挥别，然后隆重地说声彼此珍重。

这一路的芳菲，它来过的地方都有着生命的呼吸与跳动的脉搏。

# 唯有爱

晨风几许，我在风中与万物相遇。每一寸被它轻抚过的肌肤，闭塞的毛孔顿时张开，呼吸里是一片绿意，午后的一觉醒来，惊觉已是深夏。

出生的意义就在于对生命的探索，每一个生命体都带着自己的特性存在着。每一种生活，都有它的可爱之处。

夏日的香氛，在空气中弥漫，这样的时日，人们过着不一样的生活。烈日下、空调房、茶餐厅、泥土地，生活呈现出万花筒里的多样性，一次转动就生成一种图案。

童年的万花筒，带给我无数的快乐时光。我经常会好奇地去转动它，看里面花花绿绿变换着的图案。年少的快乐很纯粹，喜欢的，只管去爱就好了。

生长的痛感，让我们明白生活的图案也是多样化的。我们在不断地选择中，过着不断变化的生活。

夏日的夜晚，迷人的萤火虫，一闪一闪。对着漫天的星光，人就有了倾诉的欲望。他说起自己的往事，目光深邃。

"年轻时，还不懂得生活应该是自己的，那时已经有了相好，父母因为家里贫困，想让自己早点娶媳妇帮着做农活，于是与现在的妻子结了婚。

"婚后，与妻子共同帮衬着家里干活，安心过着日子。后来通过考学，到了城市上班，又把妻女接进城里，现在的一家人，过着平淡而富足的生活。妻子贤惠，孩子听话，自己感觉很幸福。"

不能选择自己所爱的，那就去爱自己所选择的。这才是生活正确的走向，这样的结局才不会两败俱伤。"后来听说，原来的相好，做生意发了财，嫁了个对她很好的男人。"

我们不能设定生活，但是我们可以过好日子，那就是去爱这些与我们生命有着关联的人与事物。与其沉浸在对过去的怀念，不如过好眼前的生活。

在一本书中遇见的德卡先生说："我不是非要把自己过成哪种样子，日子怎样来，我就怎么爱。有风雨，就在风雨里恣意奔跑；若平淡，就静静坐下来喝杯暖茶……"

日子怎么来，我们就怎么去爱。一个能够爱上眼前生活的人，他是幸福的、是快乐的。因为幸福与快乐，就在于与当下的时刻好好相处。

她是一位公司的高管，每日风风火火，忙个不停。她说："我对现在的自己，非常满意。"单身的她，在陪着丈夫抗癌五年之后，丈夫还是离去了。她一个人把孩子抚养大，并培养成了优秀的人才，工作也做得蒸蒸日上。

说起这些，她炯炯的目光里燃烧着深情的火花。仿佛日子里只有甜蜜，少有艰辛。哪里有什么顺风顺水的人生，多是因为我们用爱击败了所有的难题。

由于对生活热爱，她没有顾影自怜，更多的是投身于对生活的热情之中。工作之余，练瑜伽、学插花、去野营，动静皆宜。每一个阶段的成长，都是在帮助自己对生命的解读。

没有人能陪伴我们一生，很多的路需要自己去走。会遭遇风雨，会风和日丽。人这一生，要经历的事情太多，唯有爱，才是解决问题的路径。

他对妻子的爱，她对生活的爱，让他们走出生命的困境，从而迎来了内心的祥和与安宁。对现在的生活没有抱怨，原本就是一种成功。

太阳会每天升起，泥泞与坎坷都是生命中精彩的部分。当我们用满心的爱，走过一些艰难的时刻，会发现，阳光格外明亮，湖水特别清澈，人间如此可爱。

我在夏日的清风中，与万事万物相遇。有美丽的水鸟飞过湖面，船只在缓缓前行，装满星辉。在夏日的风中呼吸，频率是爱的韵脚。

我从未对生活有过设定，无论是精彩还是糟糕，我知道自己都会深深爱上，爱上这生活的本身。

唯有爱着生活的整体，我们才能够心平气和地过好这不平坦的一生。夏日风起，从清晨吹向傍晚，他与她都在风中，夏已深。

# 寂然

越往大山深处去，对于冬天的肃寂越加清晰。腊月下的一场薄雪，经过一些时日，山路两旁依旧残存着点点痕迹。

有点闲时间，就想往山里走走。大山的静寂，能够缓解日常在城市喧嚣中的情绪。大山里的风土人情、草木虫鱼，都是我为之而去的对象。

不同的季节，山里的风情各不相同。进入腊月，也就是冬的末端了。人世间的热闹与静寂，原本也是不同的。此时的山脉，添了苍凉与肃穆。

把车窗打开，让风灌满整个身子。虽是寒气较重，那股清新，简直是醉人心脾。深呼吸，一股大自然的清香扑鼻而来。

大山有着它独特的气息，是草木、山石、泥土混合出的味道。我贪念着这个美丽的世界，它有着那么多可以让我探寻的奥秘。

暮冬的树木更是显出一股森寂，落光了身上的树叶，曾经的荣光已经遗落在光阴里，只留下光秃秃的树干，在天空下突兀地站立着。远看近观，它都有着苍凉的意境。

在诗人与画家的眼中，冬天是诗意与旷达的结合。而现实中，山里的冬天是孤寂的，人烟更是寥寥无几。

我是奔赴着冬的寂静而来，在阳光和暖时，来大自然中走走，是一种享受。大山深处，有人用背篓背着东西，在前面缓慢地前行，在光阴里，他并不着急。

都市里的焦虑与烦躁，在他们身上没有一点呈现。静守着自己的日出暮落，安稳地进行日常的劳作。中国文化的起源，是农耕文化，在我们的骨子里，对于这种日出而作、日落而归的田园生活，也是充满向往的。

我在大山的呼吸中，抖落一身的繁杂。对于生活，简单是最好的治愈。一些困扰着我们的事物，在最原始的本真中，逃遁得无处可寻。树根从石头的缝隙里认真而执着地向着大地扎根，为了汲取养分，人与草木都是同样，各有办法。

山洼的林子里，小路被落叶常年覆盖。一抹冬日的阳光，散落在树木上，光影里有着几何图案的美感。是树木的倒影与地上的落叶相互融合，把斑驳与画意静静描绘。

真是静啊，脚踩在落叶上的声响，听得一清二楚。洼地里，没有一丝风来。虽是树木成林，但是每一棵树都是孤独的。

我们也是一样，日日看似热闹的生活，内心的孤寂只有自己知道。掀开生活表层下的喧嚣，剩下的留给自己的东西少之又少。

那些能够独处的人，由于内心的丰盛，他们学会了享受孤独，像极了林中的这些树木。不求被其他人理解与赞美，只求在一处属于自己的地方与日月同在。沐浴着阳光，身披着星辰，与风为伴，与自己为伍。

真需要这样一段时日，让自己去真正感受冬的深意。我们在庸常的日子，内心的底色才是日月的本真。用一些适合自己的方式，与生活的焦虑和解。

在大自然中走走，置身于草木寂寂中。静下来，听一听内心的声音，别被生活的表象迷惑，去探寻生活的本质，那就是好好活着。

要给自己一段慢下来的时间，就像是四季的草木与昆虫，它们总会在蓬勃生长后，留一段冬天的光景，用来蓄力。

《说文解字》中说："寂，无人声。"能够在繁杂的声音中，抽身而出，让自己的生命脉络清晰，这就是境界。往往我们过于在乎别人对自己的看法，在乎环境中自己的存在感。

"寂兮寥兮，独立不改。"在我们学会安守于内心的孤独，并享受这份清寂时，我们的世界就会更加广阔。内心世界的豁达与辽远，才是生命的厚度。

一个人能清晰地认知自己，那么内心就会无忧无虑。焦虑和烦躁，也会荡然无存。这些冬天的树木，它们在山林中长出自己的样子。风来时，欢喜。风去时，不悲。鸟来了，与鸟同语。鸟离去，它沉默不语。

嵇康在《养生论》中有一句："旷然无忧患，寂然无思虑。"淡泊宁静的心性，让我们不刻意去追名逐利，而是先做好自己，一切都会随之而来。如此，还有什么可焦虑的呢?

大山深处，一片静寂。我缓步行走在冬的气息中，深呼吸，细考量。路边的一朵小黄花，探头探脑，树木光秃的枝干，在挥笔泼墨，绘制冬意。安静地行走，是给自己内心的一份自愈与修复。

山路两旁，残雪还有迹可循，它们来去都那般寂静。

# 慢绣光阴

一针一线，一笔一画，描绣光阴是一件多么慢的事情。我会在夜晚的灯光下，坐下来静静地读一段书，写几笔小字，勾勒几条丝线。

时光需要这种安静的时刻来沉淀心境。把节奏稍微放慢点，去聆听内心的声音。每个人都会为生计忙碌，但是除了生计之外，我们还有一些与心灵同频的事物。

近几日淘来了手工刺绣，在灯光下飞针走线倒是生出了静气。白天凌乱的杂事，暂且放在一边，一心在手中的针线上。眼里心中，是单纯的。

当我们做一件事情能与利益无关，那样就纯粹了许多。有些美好的事物，被俗世的名利遮掩住了本质，从而变得从事而不从心。

手中的针线开始是笨拙的。任何事情的开端，都会有些生疏，真是到了熟能生巧的地步，便能顺利起来。

正是生活过于急躁，许多人时常处于焦虑之中。试着放下一些名利心，给自己一段轻缓的空间，把自己浸润在某一种自己喜欢的事物中，让我们的心灵轻松地呼吸。

过于急功近利的人生，显得那么匆忙。我们从出生到老去，也就是一程山水的光阴，何不在这段光阴里，多观赏其中的美景，而不是每日急着赶路。

寻找自己喜欢的事物，把它们植入生活。让自己慢下来，不为任何，只为取悦自己。内心愉悦，才能生出生命的快乐。

一颗被美好事物时时滋养的内心，看万事万物皆觉有趣。而一颗麻木的心灵，对这个世界的感知，更多的是枯燥与干涩。

留一段时光安静下来，或阅读，或刺绣，或临摹。以此来休养生息，从而让后来的日子精力充沛。

手中的绣线，丝丝绕绕，绣面上的菊花开得淡雅。可以是一幅菊花图，可以是一只猫，也可是有禅意的茶布，还可是身上衣襟的一角，一针一线绣制出的光阴纯粹而宁静。

记得小时候，总会看见母亲在灯下缝制着物件。纳鞋底、绣鞋垫，为我们缝制衣服，不急不忙的样子，印在我年少的心底，成了一张永不褪色的图片。

我也会在针线筐里寻几根丝线，歪歪扭扭地绣上几针。母亲是温厚的，会含笑着递给我一个带着图案的鞋垫，让我在上面游龙画凤。针脚是粗糙的，比不上母亲的缜密。

我想母亲手中的针线，一定是她在岁月中为自己寻找的美好事物吧。在后来许多年里，我忙于奔跑与成长，直至到了母亲那时的年岁，渐才明白安静的力量才能支撑起光阴的繁忙。

无论多么忙碌，我都会留一段属于自己的时光。在里面刺绣着属于自己的纯粹。用文字，用针线，用笔墨。当我爱上这样的安静，我的内心是柔软的。

柔软的内心，会接纳生命中所有的发生，然后满心去爱。为生活的付出变成了快乐，盈满爱的内心，对这个世界就有了和颜悦色。

孔子说过孝道的最高境界是"色难"，也就是能够对父母在每个日常和颜悦色是最难的一件事。延伸至生命，亦是如此。

能够对待生活和颜悦色，不恼不怒不焦虑，生命就有了质量。日日活在焦虑不安中，怎么会有好的生命体征。

我们对待这一生要是像绣娘缝制手中的衣物一样，用心用爱，那么还有什么可以让我们烦恼的呢？最难的是对这个世界的和悦，而这需要内心的柔软。内心的柔软，需要从美与静的事物中汲取。

那张刺绣的棉布，依旧还没完工，但是我已经在这段刺绣的过程中，享受了宁静。日日的写作，亦是一种刺绣，我用心把文字绣在生活这块棉布上，落字成趣。

且慢啊，把生活过得有趣点。对自己好点，留一点属于自己的光阴，用来缝制生活的美丽。

# 繁星点点

透过苍茫的夜，火车穿越在无垠的旷野。在一片空茫的视野里，突然出现一盏盏城市的灯火，心中竟然升起一股感动。

像极了天幕上的星辰，镶嵌在无涯之中。在生命的行道上，是白昼与黑夜的交替让生命有了活力。没有夜晚的漆黑，怎么会看见繁星点点。

摸索着探寻生命的触点，一点一滴地经历，一丝一毫地感受。于悲喜中，度过有数的时日。在生活的旋涡中，挣扎，获得。

一日一日地经历，一张一张的日历撕去，每一个节点都能够敲响暮色的钟声，并从遥远的天际传来。一个又一个日子，结束在漆黑的夜晚，开始于黎明时分。

我是一个远行的行者，从生命的初端向着末端，顺应着时序，不能停止地行走。途中所遇，填充着生命的空白。

时有哭泣，时有放歌。生命的神秘，在于它充满对未知的探索。下一秒会遇见什么呢？生命在一条深幽的河流上泛舟，我用力摇动着手中的桨。

边走边装，装满了一船舱的行囊。拥有的多了起来，行船的脚步却沉重许多。也许突然在一个转角处，遭遇一些切肤之痛，或是身心疲惫后，我们开始思考生命里该装卸的东西。

沉重的物欲拖着疲惫的身心，划不动生命的船桨，越走越感觉艰难。这时，索性放下手中的动作，静静地躺在船板上，看一看繁星点点的星空，想一想童年的趣事。

那一刻的轻松，真实得让我们感受到了生命中最美丽的部分原来是最简单的快乐。于是，开始做减法。

一件一件地放下，直至身心清明。一些不需要的物件，不再添置，一些让自己感觉不到幸福的情感，及时舍弃，一些乱七八糟的事物，统统剥离。

活在自己的生活里，把节奏调成顺畅，让生命的河水自然流淌。空出一些时间，陪伴重要的人。空出一些心灵的空间，让繁星闪烁，让日光照进来。

在我们不断做减法的过程中，逐渐发现生活是用来享受美好的，生命是用来感受美丽的。不再繁杂的生活，情怀油然而生。

空闲下来的时间，看见了一朵花开、一朵花谢。有了空间的心灵，装满了一船的星辉，它摇曳出生命中的火光，让我们欲罢不能地爱上。

坐在火车上的旅人，被窗外城市的灯火吸引着。我隔着窗户静静地观察，每一盏灯火下，人们在时间里过着自己的日子。

"每个人都有故事。"旅途中遇见做音乐的她，略带忧伤的表情里，装满了故事里的逗号、省略号。这样的人，注定会与命运纠缠。

穿过无垠的旷野，在黑夜中看见城市灯火的那一刻，我们彼此相视一笑。是啊，我们都看见了繁星点点的人间，充满了的善意。

在她娓娓道来的话语中，没有一丝的抱怨。更多的是对自己所有经历的解读，一个能够剖析自己的人，迟早会与命运和解。不是不得已，而是自己愿意。

有爱的人，在哪里都不会孤单。她告诉我，自己正从一个城市去往另一个城市发展。颠沛流离的生活，没有阻挡她对音乐的痴迷与热爱。

她说："只要有爱，哪里都是家。"说这话时，我们在行驶的火车上，看着城市的灯火，渐行渐近，渐行渐远。从这个城市的离开，拥抱下一个城市。

我们把自己融入了生活之中，活成了星空中的一个星辰。有时彼此沉默，有时彼此照亮。我想那些支撑着我们走过暗夜的，一定是心中的热爱。它如繁星点点，点亮心中的烛光，诉说生活的过往，温暖心中的荒凉。

无尽的夜，终会迎来晨光初现的时刻。就像是我和她，都在行路中黑夜的星空下看见过城市的灯火，看见了自己心中的热爱与繁星。

所行之途，总会有不期而遇的事物。行船于河流上，我们卸下了诸多的物欲，装满一船的星辉，那是情怀、是热爱、是简单的快乐、是繁星点点的闪烁。

火车在深夜高速奔驰，窗外醒目的事物是城市的灯光，它们带着温度，迎接着来自四面八方的旅人。一站又一站，有人继续，有人停留。

生命中我能想到浪漫的事，是能够心有所爱，行在路上。去接纳此时的自己，去与陌生人相互照明。

我与做音乐的她，不再交谈。在沉默的夜空下，我们彼此能够听见空气中流动的音律。她在用一生的挚爱追寻琴音，我在用满心的热忱续写流年。

我们的行李，都很少。但在心中却装满了繁星点点，这是热爱，是永恒。

# 追光者

在下午的山路上，追着光拍摄地面的植物。紫色、绿色、红色、黄色，无数道光从树叶的缝隙，散落在大地上，让植物带着七彩阳光在我的镜头里闪烁。

从不同的角落，欣喜地抓拍着每一丝入目的光线，广博的光让我有了许多的参照物，光影留下的美感，使人纯粹地想要去爱。

不由得赞叹美妙的光带来的感受，植物们在午后的阳光里唱歌、跳舞，它们一点点闯进我的镜头，邀请我一起享受着光的折射。

从午后到傍晚，我贪念着每一秒光的构图。被阳光包围的镜头，直抵心灵，整整一个下午，与光同行，心灵被大地上的光影与美融化。一个人，静悄悄地笑了。

一天又一天地入睡与醒来，我们在黑夜想过的心事被睁开眼的光芒清扫与化解。新的一天开始，昨天发生的任何事情，都从苏醒的那一刻有了新的意义。

晨光落在城市的高楼，整个城市醒来。流动的声音叫醒了生活，汽车轮胎划过城市的地面，留在耳膜。城市醒在一片光中，人们迎光而行。

眼前的世界，是美的，尽管它也有残忍的一面。我站在晨光中，慢慢地回放自己的记忆。有一道光，在了记忆的画卷上，缓缓铺开。

那是一部微电影，记录了深山中一位七十多岁老人的日常生活。老人生活在偏远的山区，与疾病缠身的丈夫和小孙女一起生活。

老人一生经历坎坷，年少失去父亲，中年失去两个挚爱的儿子，媳妇们改嫁，小儿子留下一个女儿，跟着自己一起生活。家里的农活几乎都是老人在做，影片中老人瘦小的身躯，扛着一袋大豆，稳稳地行走在大山深处。

一道光，照在老人行走的身影上，坚定而稳当。命运的重重打击，没有压倒这个瘦弱的老人，成为支撑她一直勇敢前行的力量。那道爱的光芒是身患疾病的丈夫和未成年的小孙女。

有个镜头，冲击着我的内心，让我一看见光就想起它。那是老人拿着手电筒，为孙女在夜晚掏耳朵的画面。微弱而晕黄的电筒，照射出一道暖光，老人满是皱褶的脸与孩子光洁的面容都聚焦在一束光下，那么和谐。

这就是生活，我们默默扛着艰辛前行。老人一生经历着痛与爱的交织，她在无数个难以入眠的深夜舔舐自己的伤痛，最终她选择了坚强地活着。老人脸上的无数道沟壑，叙述着生命的坎坷。每一道褶皱下藏着的艰难，都照亮着这个家。

我在这个构图中，看见了人性之光的美。我们对美的定义，常常会落在肤浅的表象上，而真正使人震撼的美，一定是历经过命运碾压后生出的力量之美，它带着无法磨灭的人性之光芒。

莫奈一生作画，谈起美，晚年的他说："很多人认为一定要去理解什么是美，甚至伪装成很理解美的真谛。其实，真正的美无需要去理解，只要学会去爱惜，已经足够。"

我在山路上拍摄着各种植物，它们自由地生长着，欢快地向路人打着招呼。路过的人都只是远远地用目光回礼，欣赏着，而不去践踏与采摘。

光照在植物上的光影，使得我不断去追逐它的美。无论发生了什么，美与爱都会把我们治愈。

他在一个清晨去为病床上的妻子买早点，在医院外的街道上，小吃摊点一应俱全地摆放着许多早点。妻子患了重病，正躺在医院的病床上。他在经历着身心疲惫的煎熬，看见地摊上一个美丽的风铃，只需几块钱，可爱与美丽的色彩，稍稍扫去了心头的灰暗。

想着了无生机的妻子，也需要一份好心情，于是他买来挂在了妻子的床头，一束晨光刚好透过风铃落在妻子的脸上，妻子有些笑意。

查房的医生告诉他，今天病人的气色好了许多，但是病人在化疗后是不能直接晒太阳的。于是他用手挡住了小小的风铃，露出手指缝的光，让它们散落在白色的被单上。他一边做着，一边想，这样也算是妻子晒着太阳了吧。

我被这种细微的动作感动着，他与老人一样，默默地用爱守护着家人，行走在人世间。在无尽的生活中，我们不知道会遭遇什么，无论所遇的是坎坷还是坦途，他们心中的光，一直亮着。

那些光不仅陪伴着自己走过难熬的日子，也同样照亮着遭遇不幸的人。我们真正地醒来，是面对新的一天，充满着面对困难的能力与力量。心底散发出爱与笃定的力量，扛起生活的重担，不动声色地继续生活。

我们一生都活在爱中，醒在爱中。对自己的爱，对他人的爱，对大地上万物的爱，对这难得一次的生命之爱。因为我们在苦中尝到了暖意，在勇敢中发现了生命的光源。

我继续用文字与镜头，捕捉着生命中遇见的一束束光，想要活得清醒。在我们真正地觉醒时，我们便爱上了生活。

那些难熬的时刻，是光被隐藏，让我们去发现它的存在。因为生活就是美的本身。一道道七彩的光芒与植物一起，进入我的镜头。

光是希望、信念和力量。当我站在晨光中，说起人间故事，每一个细节都闪烁着细微的光。终其一生，我们都是追光者。

# 小日清长

月亮缺了又圆，落叶在一场雨后，铺满了路边的人行道。一地的黄色落英，像是一张绣布，上面勾勒出一粒粒细小的心事。

小日子里，清心寡欲。顺应着时节与自然的变化，安心过好。心中依然有梦，但是少了欲望，梦便清明许多。自观内心，添了自在。

踏花而行的季节，微风渐凉。城市的街道上，鹅黄色的碎片摇曳出一地的万花筒。百般生活，皆是风雅。

静听落花，闲敲棋子，于生活中，寻自在。每一种生活，都值得去爱。凉风拂过发际，单车载满一筐心意，是清喜，是如此正好。

纵有诸多不如意，也只不过是云烟一层。尘世中，亦如候鸟迁徙，一日一日地循环往复。想要在繁杂中觅得安生，唯心中静观。

便有了"心似白云常自在，意如流水任西东"。心自在，日子便自在。一任小风吹过，拂动发际眉梢，悲喜暂且放下，与白云同游，与流水共生。

抬头看天空，蓝天白云下，梧桐树张开硕大的叶片，生性浪漫。复杂的不是生活，而是我们的内心。

是我们摇晃与动荡的内心，充满了欲望的沟壑。一方福地，皆在心田。心上播种什么样的种子，生活就会开出什么样的花朵。

谱曲的人，站在剧院舞台中央。"从我开始爱上音符，就有一个梦想，那就是有一天能在古城的剧院，开一场自己的音乐会。"

圆梦之时，古城墙上空的月亮正穿过朦胧的云彩，露出圆满之态。一个普通的工人，通过业余时间，不断地创作，谱写出了大量的曲谱。

仅仅凭着满腔的热爱与执着，终于让自己成了一颗夜空中闪亮的星辰。其实我们每个人都是天上的一颗星星，只是有人发出了自己的光。

清净小日，品茗听雨，去听一场音乐会。倾听梦想撞击命运弹奏出的大调，细品小日月里的清茶一盏、花田半亩。

识得个中滋味，酸甜苦辣任由其搭配。不自觉地就成了调味的高手，技艺渐长。光阴里鸡毛蒜皮的小事，也就不放在心上，随它来去，来了就迎接，该去的就送别。

静坐一隅，与植物寻欢作乐，看它们姿态万千。"高贵地活着。"记起一位前辈语重心长的话语。灵魂的高贵，才配得上清白的一生。细思极是，修身修得是自己的身心。

举头望向天幕，月亮正忙着穿过一堆的云彩。穿过世事的浑浊，我们寻找一片心灵的净土。像一轮明月清风，吹得小半生都清朗。

一任思绪倾斜，流淌出人情的味道。点心越做越花哨，却很难吃出孩童时的味道。见识多了，快乐少了，节日的仪式感也是非常重要的。

小日清欢，且过得慢点。静观内心，寻得自在。当一个人不再被欲望裹狭，他就活得明白了。大自在，不是说什么事情都不做就是自在，是能够顺着事物的规律去发展，不强扭着。

时日清修，静放其中。月缺终有月圆，慢一点，应该我们去经历的，一件都不会少。何须焦虑与烦躁，且把心安下，认真去品一盅茶香，听一段他人的评书。

在咿咿呀呀的曲调里的是蜿蜒曲折的生命之音，旧时有纺棉线的纺车，在月光下转动。而今有一场又一场的事物，把它弹奏。

无怨恨，无焦躁。把时日里的曲调听得真切，把时光里的琐

**清醒生活**　　343

碎细细道来。一年中的月缺，一年中的月圆。古城墙在月光下，静静地注视着人间变化。

江上生明月，照见的是我们内心。我于内心深处的自己，同清明，共有念。所念，是修心。所行，是修身。

音符在剧院的大厅里跳跃，明月穿行在云层间。我把收到的《诫子书》装在木框里，挂在店铺的墙壁上。立于前，念出声。

"非淡泊无以明志，非宁静无以致远。"清心明净地走一遭，月光照进我的内心。静观其，是自在。

小日清长，心似白云，意如流水。寻得自在，其余的由它。月亮缺了又圆，悲喜皆是一生。

# 其实很简单

在我无数次重复着的简单生活里，有些东西渐渐明朗起来。比如反复去阅读一本经典的书，比如减少一些人际的交往，比如穿最简单的白衬衣。

时日里对生活的需求也慢慢在减少，不让自己被各种喧嚣淹没，始终保持着一种清明。在这个趋于简单的过程中，剔除、割舍、选择与放弃，有时是疼痛的。

试着与惯性告别，去尝试不同的方式。我们长久地依赖于某种习惯或者某种生活是一件危险的事情，就像是被禁锢的事物少了鲜活与灵动。

在不断地告别中，有着新的相遇。保留下来的部分，是经过生活反复筛选而留下的。那些保留着联系的人，那些坚持执着去做的事，越来越清晰。

时常面对着山川与河流，去汲取简单与丰富的安静力量。巍峨不动的山峰，任树木郁郁葱葱或寸草不生，它依然屹立于自己的方向。从不停歇的水流，任是咆哮而过的激浪，或是平缓如缎的水面，它依然向着自己想去的地方奔流。

简单并专注于一个目标，会使自己安静下来。我总是会在人群中遇见情绪不能够稳定的人，他们焦虑、暴躁、抑郁。负面情绪的产生，与我们内心的索求有关，当得不到和自己的期望一致时，会生出诸多不满。

唤醒自己内心坚定而安静的力量，用自己的方式去生活。心有山河，就不会被琐碎捆缚；心有明月，就不会被黑夜所牵绊；心有信念，就不会轻易放弃；心有爱意，就不会深陷痛苦。

有许多种方式，让自己静下来。安静，并不是静态的，它也可以在动态中去寻到。阅读与行走，一动一静，都有着丰富的安静力量。

喜欢在晨起时，读泰戈尔的诗集。他在《飞鸟集》中说："当我没有什么事做时，便让我不做什么事，不受骚扰地沉入安静深处吧，一如海水沉默时海边的暮色。"

沉入安静深处，让自己归于简单。在物质如此富余的时代，能够保持一个安静的灵魂，来享受生命的独处与合群，才是一个人丰富的内在。

我像一个蹒跚学步的孩子，在文学中探索。在我看见了文学的光芒，触摸着它的温度，我即刻进入到安静的状态，去接纳与自己生命有关的一切。

许多的人，无时无刻不在寻找着怎么去摆脱孤独，他们害怕独处，总是让自己看上去很合群。其实真正的生活，它一定是安静的，让我们能够在喧嚣的声音中，清醒地去保持自己的本色，并在其中寻找到生命的乐趣。

一个能够管控自己情绪的人，随时能够让自己处于安静的深处。这种安静不是外在的安静，而是一个人内心的回归。

他们会在世事的纷扰中，保持自己对这个世界的认知。他们会在无数的工作中，清晰地理出头绪。他们会在生活的缝隙中，培育出一粒粒闪光的珍珠。他们会在内心的深处，留一片心灵的净地，让自己在其中自由穿行。

如何很好地去生活，已经不是外观上的衣食住行，而是内在的心灵成长。当我们满足了生活的物质层面，那么我们的不快乐来自于精神上的空虚。

沉入生活之中，安静地愉快接受。接受生活中的不完美，接纳生命中的裂痕与苦痛。试着给自己寻找一条能够让我们心灵安静的路径，然后坚持走下去。

世上有太多的选择，可以填充我们内心的荒芜。世事纷纷扰扰，被各种信息填满的时代，我们更需要有一些让自己安静下来的事物，让我们能够清醒地活着。

我不再向外渴求，而是慢慢卸下外观的标签。我希望自己能如蒙田所说："我所希冀的名声只是让人知道我曾安静地度过一生。"

不要慌张，让自己在生活的喧嚣中，沉入安静的深处。去聆听水流的声音，去观天籁的寂静，去看见光芒万丈的瞬间，去撕裂曾经的伤痕。当一切都变得简单，我们的内心便趋于明朗。

去安静地读一本好书，能够静坐一隅，看见沉默中生出的一株新芽，它在缓慢地生长，并充满了生机。

最终，我们是为了幸福与快乐活着。这些，其实很简单。